ALGUNS ERROS COMETIDOS

ALGUNS ERROS COMETIDOS

KRISTIN DWYER

Tradução
Sofia Soter

Copyright © 2022 by Kristin Dwyer
Copyright da tradução © 2022 by Editora Globo S.A.

Publicado mediante acordo com a HarperCollins Children's Books, uma divisão da HarperCollins Publishers

Todos os direitos reservados. Nenhuma parte desta edição pode ser utilizada ou reproduzida — em qualquer meio ou forma, seja mecânico ou eletrônico, fotocópia, gravação etc. — nem apropriada ou estocada em sistema de banco de dados sem a expressa autorização da editora.

Título original: *Some Mistakes Were Made*

Editora responsável **Paula Drummond**
Assistente editorial **Agatha Machado**
Preparação de texto **Giselle Brito**
Diagramação **Julia Ungerer**
Projeto gráfico original **Laboratório Secreto**
Revisão **Isabel Rodrigues**
Capa **Laura Athayde**

Texto fixado conforme as regras do Acordo Ortográfico da Língua Portuguesa (Decreto Legislativo nº 54, de 1995)

CIP-BRASIL. CATALOGAÇÃO NA FONTE
SINDICATO NACIONAL DOS EDITORES DE LIVROS, RJ

D992
    Dwyer, Kristin
    Alguns erros cometidos / Kristin Dwyer ; tradução Sofia Soter. - 1. ed. - Rio de Janeiro: Globo Alt, 2022.
    368p.

    Tradução de: Some mistakes were made
    ISBN 978-65-88131-61-9

    1. Romance americano. I. Soter, Sofia. II. Título.

22-78977   CDD: 813
              CDU: 82-31(73)

Meri Gleice Rodrigues de Souza - Bibliotecária - CRB-7/6439

1ª edição, 2022

Direitos de edição em língua portuguesa para o Brasil
adquiridos por Editora Globo S.A.
R. Marquês de Pombal, 25
20.230-240 – Rio de Janeiro – RJ – Brasil
www.globolivros.com.br

Para David, que está sempre pensando em mim.

E de jeito nenhum para Adrienne Young, que disse que compraria e queimaria seiscentos exemplares deste livro se eu o dedicasse a ela. Este livro não é nada dedicado a você.

1

Estou pensando nele.

De novo.

Neste momento em que não há espaço para ele. Em um lugar ao qual ele não foi convidado. É preciso tomar cuidado, porque memórias são como chuva.

Uma ou outra gota inofensiva cai na minha cabeça, até que, de repente, estou debaixo de um aguaceiro.

O capelo em minhas mãos é simples. O cetim verde-folha o reveste, sem uma única decoração. Diferente dos capelos do restante da minha turma. Não tem nada que represente a pessoa que o usa. Nada de seu dono.

Será que meu capelo ficaria assim, vazio, se ele estivesse aqui?

Afasto o pensamento e respiro fundo, saindo do corredor. Um grupo de outros formandos me empurra ao passar, porque, mesmo em um estádio enorme, ainda atrapalho o caminho. Levanto o olhar para o céu azul, que já está ficando rosado.

Aqui, o pôr do sol é diferente de como era no Meio-Oeste. Brilhante, como se a luz fosse mesmo dourada.

— Ai, meu *deus*! — exclama uma das garotas com sotaque californiano.

Todo mundo aqui fala de outro jeito. Eu queria estar em casa. Queria...

Do outro lado do gramado verde do estádio de futebol americano, vejo Tucker Albrey.

Não é o *ele* que eu queria.

Tucker contorna as cadeiras, vindo na minha direção. Está com óculos de sol e com o cabelo loiro bagunçado porque surfou. Tucker combina com esse lugar. As mãos nos bolsos da calça justa e a camisa com o colarinho desabotoado, revelando um pouco do peito bronzeado. Ele é lindo sem fazer esforço. Quase nem parece ter vindo da planície no interior de Indiana, onde crescemos. Parece até que é do sul da Califórnia.

Mas não é.

Tucker sorri e dá uma piscadela para um grupo de meninas no caminho. Elas riem baixinho e uma delas olha de volta. Não é a primeira vez que me sinto aliviada por ele não dar em cima de mim. O sorriso de Tucker é uma arma perigosa.

Fecho a cara, com uma falsa expressão rígida. Ele é assim desde pequeno. Um meio-termo entre a sinceridade e a arrogância.

Os irmãos Albrey são todos assim.

— O que foi? — pergunta ele, dando de ombros, despreocupado.

— Minha formatura não é lugar para flertar.

— Ellis Truman — diz, levando uma das mãos bronzeadas ao peito. — Se não agora, quando? Se não eu, quem?

Reviro os olhos.

— Procure sua próxima vítima em outro lugar.

— Seu vocabulário me ofende.

Ele me abraça de lado, e sinto um profundo alívio por sua presença. Pelo menos Tucker está comigo. Imaginei este dia uma centena de vezes, mas nenhuma delas foi assim. Fico agradecida por uma coisa ter sobrevivido a este ano: Tucker.

Ele estende o celular à nossa frente.

— Mostra aí seu certificado de Conclusão de Sofrimento de Ensino Médio.

Eu mostro.

— Não tampando a sua cara, idiota.

Com um suspiro, abaixo o diploma para a câmera me ver. O cabelo escuro que nunca fica totalmente cacheado nem totalmente liso, as sardas inevitáveis no verão interminável daqui e os olhos azuis aguados.

Não sinto vontade de sorrir.

O grupo de loirinhas bronzeadas e reluzentes que acabou de passar está a poucos metros de nós. Arrumadas e perfeitas.

— Agora — diz Tucker —, você só precisa fazer uma cara levemente feliz.

Dou um sorriso enorme, de boca aberta, como se estivesse dizendo "Eba! Estou livre!".

Tucker tira a foto e abaixa o braço, resmungando.

— Você é muito difícil... Sabia que normalmente garotas gostam de tirar fotos com caras gostosos?

Eu rio. Tucker não é um cara gostoso, não para mim, pelo menos. Ele é praticamente meu irmão. Meu melhor e único amigo em San Diego.

Antes que eu possa responder, alguém me abraça.

— Você conseguiu!

Sinto meus ombros se empertigarem e meu corpo enrijecer quando minha tia Courtney me dá um beijo estalado na bochecha. Quando vê que me sujou de batom, tenta limpar, com um sorrisinho envergonhado.

— Desculpa — murmura.

Na maior parte do tempo, ela varia entre ser muito amigável ou muito preocupada comigo.

Tento sentir gratidão por tudo que ela fez por mim este ano, mas só consigo pensar no que perdi desde que vim para a Califórnia.

Ela ajeita uma mecha de cabelo castanho atrás da orelha e pigarreia.

— Você está *formada* agora — diz, as palavras doces, mas tímidas. — Como está se sentindo?

Como em relação a tudo, me sinto mal.

Mas não é essa a resposta que ela quer. Forço um sorriso.

— Acho que bem.

O sorriso dela só desanima um pouquinho quando olha para a franja do meu capelo. Passo os dedos pelos fios sintéticos, laranja e brancos, distraída.

Odeio essas cores, porque são as cores erradas.

Deviam ser o azul e prata da Sylvan Lake High.

— Você pode pendurar no retrovisor quando comprar um carro — diz minha tia, me olhando e ajeitando os óculos de sol na ponta do nariz. — Talvez os jovens não façam mais isso.

Como se *eu* soubesse o que os jovens fazem. Ela parece não ter notado que não tenho nenhum amigo por aqui.

Tucker solta um gemido e me abraça de lado.

— Não pendure essas cores horrorosas em lugar nenhum — diz, pegando meu capelo e o levantando, fazendo o tecido verde-escuro reluzir ao sol. — Mas ainda acho que valeria a pena decorar esse chapeuzinho ridículo. Ano passado o Dixon desenhou um pinto de canetinha no meu capelo.

— Tucker! — exclama minha tia, fingindo estar escandalizada.

Ele me devolve o capelo.

— Para ser sincero, eu desenhei peitos nas costas da beca dele quando ele se formou. Ele só notou depois da cerimônia.

A lembrança me vem de repente. Dixon jogou Tucker no lago à noite e o deixou com um olho roxo. Quase consigo sentir o cheiro da grama no verão, me lembrando de outra coisa.

Easton sob o céu escuro. Olhando para as estrelas. Pés balançando na beirada do píer, mergulhados na água. Pele tão próxima à minha que consigo sentir o calor.

A memória cai como chuva, e fecho os olhos. Faz sol demais para isso.

— Você vai para alguma festa depois? — pergunta a tia Courtney pela quinta vez, como se minha resposta fosse mudar. — Aquele garoto não falou de alguma coisa na praia?

— Um garoto? — pergunta Tucker, se aproximando. — Um garoto bonitinho?

Levo a mão devagar ao rosto dele e o empurro para trás.

— Não vou a festa nenhuma. Nem conheço essa gente.

Minha tia aperta a boca vermelha em uma linha reta.

— Você está livre, Tuck? — pergunto. — A gente pode ir à praia. Outra praia — acrescento, vendo a expressão animada da minha tia.

Ouço a hesitação na voz dele ao responder:

— Claro.

Ele está mentindo sobre estar livre. Tucker sempre tem aonde ir.

Meu celular apita com um alerta. **@duckertucker** te marcou em uma foto. Abro a notificação e nos vejo sorrindo diante do céu azul. Estou mostrando o diploma, vestindo uma beca verde horrorosa.

Mas pareço feliz. Mais uma prova de que as redes sociais são pura mentira.

Três dias atrás, meu *feed* estava cheio de fotos iguaizinhas a essa na minha escola antiga, em Indiana. Meus ex-colegas de beca azul, sorrindo. Como eu deveria estar. Fotos que deveriam ser minhas.

— Jantar? — sugere tia Courtney.

Imagino me sentar diante dela em um restaurante franqueado, comendo e ouvindo ela me fazer todas as perguntas que acha que um adulto, uma mãe, faria. Mas ela não é minha mãe. É só a irmã mais nova do meu pai, que teve o azar de ser a única adulta com estabilidade o bastante para se tornar minha responsável legal. Até ano passado, eu só a via no Natal. Uma tia que só vejo uma vez ao ano não é a companhia que quero para comemorar um dos maiores acontecimentos da minha vida.

— Não estou com fome.

— Ah — diz ela, o rosto murchando e se recuperando rápido, que nem minha culpa. — Quer dinheiro?

— Já tenho um pouco — falo.

Essa é outra coisa que não permito que faça por mim.

— Tá bom. Legal. Não chegue muito tarde, tá? — diz ela, mas "tarde" não significa nada.

Desde que vim morar com minha tia, nunca voltei depois das dez.

Tucker ainda está digitando no celular, batendo os dedos com força, e me pergunto com quem ele está conversando. Esmago a curiosidade, porque se assemelha demais à esperança.

— Ei.

Esbarro no quadril dele com o meu e ele ergue o rosto, demonstrando confusão por um segundo.

— Foi mal — se desculpa, enfiando o celular no bolso. — Estava só falando com…

Quero perguntar, está na ponta da língua. Podem ser palavras simples. Curtas. Mas morro de medo de que transmitam mais do que apenas uma pergunta.

A mãe dele? A família? Easton?

O olhar de Tucker muda. Há um ar de dó nele, e engulo minha frustração. Sempre atraí pena, mas dói mais quando vem de Tucker. Era para ele me ver de outro jeito. Era para ele entender.

— Praia?

Respiro fundo.

— Vamos.

A praia fica a duas quadras dali, porque, nesta cidade costeira de San Diego, tudo fica "pertinho". Tia Courtney se despede com um aceno, voltando ao estacionamento, e ignoro meu alívio. É um sentimento escroto para se ter por alguém que sempre foi gentil comigo.

Abro caminho na direção das ondas enquanto Tucker vai ao food truck de burritos que está sempre por ali. O som do Oceano Pacífico é tão forte que quase faz silêncio. Um silêncio que podemos adentrar, como uma névoa, e que, em certo momento, paramos de escutar e começamos a sentir. Afundo os pés na areia e vejo o sol mergulhar na água escura.

Tucker larga um saco de papel cheio de batata frita na areia entre nós, e eu me sento ao seu lado. Ele me oferece um burrito.

— Al pastor, sem arroz, sem feijão. Porque você é fresca.

Remexo na bolsa.

— Cadê o molho picante? — pergunto.

— Ela disse que acabou.

Olho para ele.

— Sabia que sua voz fica mais aguda quando mente?

Ele muda de tom, imitando minha voz.

ALGUNS ERROS COMETIDOS

— Obrigada pelo burrito, Tucker. Você é incrível. Obrigada por largar tudo pra sair comigo. Eu mesma vou pedir o molho, porque não sou uma covarde.

Solto um gemido gutural. Como se molho verde picante fosse a coisa mais importante no momento e a falta dele fosse me matar.

— Você sabe que ela me odeia. Ela sempre te dá mais.

— Que dramática — resmunga ele, abrindo o papel alumínio. — Não é minha culpa Maria amar coisas belas.

Levantamos os burritos e Tucker tira uma foto com as ondas ao fundo. A legenda diz *burritos de comemoração com minha garota*. Mordo um pedaço quase só de tortilha e olho para o horizonte, o som das pessoas que brincam na água chegando até a gente. O mar já começou a invadir a areia.

Assim que acabamos de comer, Tucker se recosta sobre os cotovelos, vendo o sol se pôr.

— E agora?

Ele não está falando de hoje. Nem de amanhã. Quer saber o que vou fazer, agora que acabei a escola. Agora que tenho dezoito anos. Agora que estou livre.

Passei o último ano esperando. Esperando para finalmente soltar a respiração, presa desde o verão passado. Esperando esquecer tudo que não tenho. Esperando esquecer *ele*.

Easton e eu sempre planejamos viajar depois da escola. E só iríamos para a faculdade depois que o mundo tivesse entrado na gente até a alma e tivéssemos largado pedaços nossos por aí.

Juntos.

Depois que isso tudo desapareceu, em vez de pesquisar sobre o festival da lua cheia na Tailândia ou planejar os melhores jeitos de se perder em Praga, passei meu último ano tentando entender quem eu era.

Sem Easton.

— UCSD.

Universidade da Califórnia em San Diego. Do jeito que falo, parece só um emaranhado de letras, mas quero passar a impressão de otimismo. Na faculdade, posso decidir quem quero ser.

— Vou trabalhar nas férias e ir para a faculdade quando o semestre começar — digo.

— E acabou? — pergunta ele.

Pego um punhado de areia e deixo escorrer entre os dedos.

— Talvez.

Tucker solta um murmuro baixo e pensativo.

— Ela está orgulhosa de você — diz.

Não pergunto de quem ele está falando. Seria um desperdício de tempo. Sei que está falando de sua mãe.

— Ela queria estar aqui — acrescenta.

Claro que queria. Mas não pode estar. Afundo o pé ainda mais na areia.

— Não achei que seria tão importante.

Tucker ri, mas não tem humor.

— Cacete, você mente muito mal.

Sinto a necessidade de me justificar, o que também me irrita.

— Fiz tudo que ela pediu. Vim à Califórnia. Me formei na escola. Me inscrevi na faculdade. Ela queria estar aqui por si própria. Porque tudo aconteceu do jeito que *ela* queria.

Mas não sei se foi do jeito que eu queria.

— Ellis, sei que não é nessa baboseira que você acredita, e só por isso não vou enterrar seu cadáver na areia. Minha mãe te ama. Ela sempre te amou.

Talvez me amasse. Talvez houvesse uma época em que Sandry Albrey me amasse como sua própria filha, mas esse tempo já passou.

— Você contou pra ela da faculdade? — pergunto.

Ele abre a boca para falar. Fecha. Abre de novo.

— Acho que devia vir de você, né?

Ele está certo, e odeio isso. Quero contar para Sandry. Quero ver a expressão dela se transformar em orgulho, mesmo que a minha seja de mágoa. Porque, no fundo, eu tinha a esperança desses feitos garantirem meu lugar de volta ao lar. Achei que, se fosse boa o bastante, tranquila o bastante, obediente o bastante, mereceria perdão.

E, depois de me despedir de Tucker, lavar o rosto e me arrumar para dormir cedo, fico acordada na cama, gastando todos os meus pensamentos insones em como contar para Sandry sobre a ucsd. Mas, sendo sincera, não é por causa dela que estou preocupada.

É por causa dele.

Estou com medo de Easton descobrir. Será que ele vai ficar magoado? Será que vai se importar com minha escolha de faculdade?

Não importa. Ele não faz mais parte do meu plano.

Sem as distrações do dia, sinto o peso do vazio no peito. É um vão que me ata como uma corda, apertando até sangrar. Abro as redes sociais de Easton. Um hábito que não consigo largar.

Ele. Amigos. Sorrisos. Sara.

Easton Albrey está ótimo.

Ele se formou na escola cercado pela família. Deu uma festa enorme em casa. Fez tudo que as pessoas devem fazer quando se despedem do ensino médio. Sinto que a maré está recuando debaixo de mim. Sinto vontade de fazer algo que não devia.

Ligo para ele.

Meus dedos discam o número que decorei no mesmo dia que ele o salvou no meu celular, mas oculto meu contato.

A maioria das pessoas não atende a ligações de números privados, mas Easton sempre atende.

Prendo a respiração, esperando a voz dele surgir na linha.

— Alô?

É exatamente como lembro. Grave e um pouco rouca, como se estivesse empurrando um sentimento para longe.

Não digo nada.

E aí... e aí o ouço respirar do outro lado da linha. Do outro lado do país.

Quero falar de tanta coisa. Da formatura, do meu pai, da mãe dele, de Tucker, das praias da Califórnia. Quero ouvir os barulhos que ele faz quando finge me ouvir.

Quero saber se ele achou tão fácil me cortar da vida dele quanto demonstrou.

Mas o que mais quero é ouvir ele dizer meu nome. Uma vez que seja.

Ele não diz, porque, mesmo que seja o que quero, não é do que preciso. Em vez disso, ele fica em silêncio. Só ali, respirando.

Inspirando e expirando.

Suave e regular.

É o que ele sempre foi e nunca foi ao mesmo tempo. Easton é um hábito que não consigo largar. Um sentimento que não consigo deixar ir embora. Uma verdade que só confesso nos momentos mais vulneráveis.

No fim, sou eu quem desliga primeiro.

Mas só depois de chorar até a última lágrima silenciosa.

2

Onze anos

Todas as vezes em que estive em uma viatura de polícia, foi com Easton Albrey.

O verão chegara cedo à nossa cidade, roubando a suavidade da primavera do ar noturno. Era o tipo de calor que só seria resolvido por dentro. Eu tinha catado dinheiro suficiente entre as almofadas do sofá e dos bolsos do meu pai para comprar uma raspadinha no posto de gasolina.

Minhas pernas balançavam na beirada do telhado da escola, o mundo se mexendo sob meus sapatos. Dava para sentir a raspadinha manchando minha língua e meus dentes de azul, e encostei o copo gelado no pescoço.

Easton estava na calçada, me olhando com a cabeça inclinada, pensativo. O cabelo castanho dele estava bagunçado, mas não escondia o corte bem-feito, e os olhos escuros pareciam pretos naquela luz. Eu queria desviar o olhar, mas, dali, era seguro encará-lo.

E era ele quem tinha começado, afinal.

Olhar para Easton era que nem olhar para um espelho distorcido que virava tudo do avesso. Ele era rígido; eu, macia. Ele tinha um sorriso enorme, do qual os adultos gostavam. Comigo, os adultos não sabiam o que fazer. As roupas dele não estavam gastas e manchadas...

— Como você subiu aí? — perguntou.

Tomei um gole de canudinho, procurando as palavras para responder.

— Escalei.

Era uma resposta boba, mas eu não sabia conversar com Easton. A gente só tinha trocado umas poucas palavras ao longo da vida, mesmo que estivéssemos sempre na mesma turma.

Ele estreitou levemente os olhos.

— Você escala bem?

Eu não sabia exatamente o porquê da pergunta, mas dava para adivinhar.

Só um mês antes, eu estivera no corredor de doces do supermercado, pensando em roubar.

As embalagens pareciam presentes embrulhados debaixo da árvore de Natal. Todos brilhantes e coloridos, prometendo doces deliciosos. Coisas que eu não podia ter.

Todo mundo comia um almoço melhor na escola. Comida melhor em casa. Lanche melhor. Podiam pagar por doces que mais pareciam presentes.

Eu também os merecia.

Quando fui pegar uma barra de chocolate, outra coisa chamou minha atenção: Easton estava no fim do corredor, vestindo um casaco pesado, com uma expressão curiosa no rosto. O olhar escuro parecia capaz de ler meus pensamentos. Como se ele soubesse que eu não tinha dinheiro para pagar o chocolate.

Por um segundo, pensei em pegar mesmo assim, esperar a reação dele, ver o choque por alguém fazer algo de errado. Mas, em vez disso, considerei o que aquilo *me* tornaria.

ALGUNS ERROS COMETIDOS

Uma ladra.

Desde então, eu evitava Easton. Estava envergonhada, com medo de ele ver a garota no mercado que pensava em pegar o que não podia pagar.

Quando Easton Albrey me perguntou se eu escalava bem, eu devia ter respondido que não. Devia tê-lo ignorado, ficado ali no telhado até acabar a raspadinha e a noite esfriar.

Em vez disso, eu falei que sim.

Alguma coisa no olhar de Easton, tão confiante, mesmo aos onze anos, me fez querer dizer sim para tudo que pedisse. E quando ele falou que precisava da minha ajuda, não pude conter as palavras pulando em meu peito.

Desci do telhado e o encontrei na frente da escola. A janela do segundo andar estava destrancada, e levava ao escritório onde o diretor mantinha um gibi como refém.

Tinha sido roubado de Easton. Era injusto. Não havia problema em pegar de volta uma coisa que já lhe pertencia.

Acreditei nele.

Então quando ouvi alguém gritar com a gente e Easton me mandar correr, eu deveria ter corrido mais rápido.

Mas Easton não me abandonou quando tropecei logo depois de pular a cerca. E quando o sargento Thomas nos pegou, sem fôlego e frustrado por ter que nos perseguir, Easton tentou assumir a culpa.

— Fui eu que mandei. Não é culpa dela.

Ele parou na minha frente, me protegendo do olhar do sargento Thomas. Suas roupas cheiravam a sabão em pó. Eu queria continuar escondida ali.

— East, você sabe que não posso deixar vocês irem embora.

East, não Easton. Como se ele o conhecesse.

Easton mexeu os ombros e se inclinou para a frente.

— Esse gibi é *meu*.

Eu nunca ouvira alguém falar assim com um adulto. Era outra característica oposta a mim.

Nós dois acabamos na viatura naquela noite. Levados para casa em um banco de plástico duro e desconfortável. Eu sabia que tinha virado aquilo que não queria.

Ladra.

Easton olhou para mim no escuro, o rosto franzido.

— Não se preocupe — falou. — Ele só vai ligar para nossos pais e nos levar para casa.

Aquele era meu medo: que Easton visse minha casa. Os carros abandonados e apoiados em tijolos, a grama descuidada, a tinta rachada e descascada.

Virei a cabeça, vendo pela janela as cores da escola em um caleidoscópio azul e vermelho do giroflex.

O olhar de Easton pesou no meu rosto.

— Você é boa mesmo nisso.

— No quê? — perguntei, mas sabia do que ele estava falando.

Roubar.

— Escalar.

Ele mordeu o lábio. As sardas ficavam mais escuras na luz fraca.

Senti um sorriso repuxar os cantos da minha boca. Apontei para uma cicatriz comprida no joelho.

— Essa é da cerca no pasto dos Wilson — falei, e apontei para a próxima, na canela direita. — De pular o portão da pista de corrida.

— E essa? — perguntou ele, apontando para a marca fina e comprida no meu braço.

Hesitei.

— Subi no telhado do Wallmart.

Ele estreitou os olhos, provavelmente notando a mentira, mas não insistiu. Era melhor do que explicar que eu tivera que arrombar minha própria casa porque minha mãe tinha me esquecido.

O sargento Thomas abriu a porta do carro e entrou, bufando.

— Bom, não consegui falar com seus pais, Ellis, mas liguei para sua mãe, Easton. Você está encrencado. De novo.

De novo?

O sargento Thomas ligou o carro e soltou um suspiro demorado, exausto. A escola ficava a poucas quadras da casa dos Albrey, e o caminho foi de um silêncio pesado.

A casa de Easton era iluminada, mesmo no escuro. Um alpendre branco se estendia sob janelas grandes de cortinas abertas, e lá dentro as pessoas viviam uma vida que eu só via de relance. A tinta amarela parecia alegre, e arbustos cheios de gardênias floresciam sob o alpendre. Ouvi os pneus esmagarem o cascalho da entrada e finalmente parar devagar.

Uma cabeça de cachos loiros apareceu na janela comprida ao lado da porta. Tucker Albrey. Ele estava só um ano acima de mim e de Easton na escola, mas parecia muito mais velho. Já ouvira de adultos que ele era *precoce*, mas eu não entendia exatamente o que isso significava. Tucker desapareceu e, pela janela, vi a mãe de Easton se afastar do balcão, com as mãos na cintura e os olhos cheios de fogo.

Quando a porta se abriu, Easton gemeu, vendo a família toda sair. Eu me encolhi por instinto quando dois garotos vieram correndo até a janela. Eles olharam para dentro da viatura como se estivessem no zoológico.

— Sandry. Ben — disse o sargento Thomas, cumprimentando o sr. e a sra. Albrey. — Vim trazer seu transgressorzinho — falou, com um tom que indicava que era uma piada. — Tenho que levar a menina Truman para casa.

A sra. Albrey olhou de relance para o carro.

— Ellis? A filha de Tru? — disse a mãe de Easton, como se soubesse alguma coisa sobre mim. — Não sabia que East estava com ela.

O sargento Thomas assentiu e soltou um grunhido.

— Ela escala que nem uma aranha.

— Você ligou para Tru?

Ela cruzou os braços, como se sentisse um calafrio, apesar do calor.

— Ele não atendeu.

A sra. Albrey estreitou os olhos, se virando do filho para mim. Mesmo ao luar, ela era bonita, de um jeito totalmente diferente da minha mãe.

— Posso levar ela para casa, Tommy — disse a sra. Albrey, levando a mão ao braço dele.

— Seria melhor eu...

O sargento Thomas mudou o peso de um pé para o outro no cascalho.

— Você quer lidar com Tru? Quer essa dor de cabeça?

Ele considerou as opções.

— Se eu souber que você não levou ela logo para casa...

— Promessa de escoteiro — disse a sra. Albrey, levantando três dedos de unhas feitas.

O policial a encarou, sem humor.

— Você não foi escoteira, Sandry.

Dixon, o mais velho dos irmãos Albrey, veio até a janela de Easton. Ele passou o polegar pelo pescoço e botou a língua para fora, como se estivesse morto, antes de Tucker empurrá-lo para longe. Dixon era maior que Tucker, mas ainda assim tropeçou. Tucker protegeu os olhos com as mãos e se encostou na janela. Quando encontrou meu olhar, curvou a boca devagar em um sorriso.

Easton socou o vidro, bem onde Tucker estava encostado. O rosto de Tucker se transformou, furioso, e ele deu um tapa na altura onde Easton estava sentado. Dixon puxou Tucker, rindo, e os dois começaram a se empurrar.

Minha porta se abriu e o sargento Thomas me levou até os adultos.

— Olá, sra. Albrey — falei, olhando para o chão.

A sra. Albrey abriu um sorriso simpático.

— Pode me chamar de Sandry.

Puxei a barra da minha camiseta velha, nervosa. Era o momento em que ela me julgaria. Decidiria se me deixaria no alpendre, à espera de pais que nunca viriam, ou se me levaria para minha casa escura.

As duas opções mudariam o sorriso dela para uma cara de pena.

— Ela se chama Ellis.

Atrás de mim, Easton saiu do carro, passando por cima do banco.

— Elvis? — perguntou Dixon, com uma versão confusa da expressão do irmão.

— Silêncio — disse a sra. Albrey.

— Ellis — repeti, tentando soar firme.

Dixon fez uma cara de decepção para Tucker.

— Prefiro Elvis.

— Imagino, *Dixy*.

Tucker riu e desviou quando Dixon lhe deu um tapa.

— Ellis, querida, você está com fome? — perguntou Sandry.

Eu estava, mas tinha vergonha de admitir.

Mesmo assim, ela pareceu reparar.

— Você gosta de torta? Tenho um pouco de torta.

— Todo mundo gosta de torta, mãe — disse Dixon.

Segui os Albrey pelos degraus acima, entrando na casa que cheirava a limão e açúcar. No momento em que pisei no tapete azul felpudo, senti que tinha adentrado outro mundo. Sapatos enormes estavam empilhados perto da porta, em um hall iluminado, com uma mesinha cheia de correspondência. Parecia um filme. Um sofá cinza-claro era coberto por uma manta de lã macia e branca. Livros e papéis da escola estavam espalhados pela mesa. No balcão da cozinha, os garotos já tinham começado a comer a torta, garfos raspando a cerâmica. Passei a mão pelo mármore frio e pensei no laminado descascado de casa.

A sra. Albrey afastou os meninos da torta e suspirou.

— Monstrinhos — resmungou. — Ellis, quer uma fatia?

Tucker me ofereceu um garfo — era um teste. Pairou no ar, esperando minha decisão, para saber que tipo de pessoa eu seria ali, naquela casa de sapatos enormes e mantas macias.

Fechei a mão ao redor do talher e comi um pedaço de torta. Um feitiço se quebrou nos meninos e eles continuaram a comer, metal batendo contra metal enquanto brigavam por pedaços de fruta ou de massa amanteigada. Na minha quarta garfada, olhei para Easton, que estava me encarando. Ele apertou os lábios.

Abaixei o garfo.

— Você é diferente do que eu imaginava, Ellis Truman.

Dei de ombros, mas, por dentro, não deixei de notar que Easton Albrey *pensava* em mim.

3

Na verdade, não há diferença entre o nascer e o pôr do sol.

As mesmas cores pintam o céu. A mesma luz, desgastada e esmaecida, luta contra o manto escuro. O problema do céu é que às vezes não dá para saber qual é o começo e qual é o fim.

Meu avental está na mesa, manchado de café e leite depois do turno de trabalho, e eu não tiro o olho do e-mail sobre alojamentos da UCSD. Não sei nem dizer se é o nascer ou pôr do sol.

— Já bateu o ponto?

Dou um pulo, mesmo que reconheça a voz. Will para atrás de mim segurando um pano de prato, o crachá ainda no peito.

— Já — respondo, olhando para o oceano.

Ele puxa a cadeira ao meu lado e se senta.

— Você esqueceu as gorjetas, e achei que iria querer um café.

Will empurra na minha direção um montinho de notas de um e um copo de papel, no qual escreveu meu nome de canetinha preta. Ele sempre me traz café.

— Parece que faz uma vida que não te vejo — diz ele. — Como foi a formatura? Era tudo que você esperava?

A escolha de palavras é tão ridícula que eu o olho supondo que é uma piada, mas, assim como a maior parte do que Will diz, foi sincero.

Easton o acharia muito irritante.

Passo a mão na nuca e me mando parar de pensar em Easton.

— Foi legal.

— Vi uma foto. Você estava bem bonita.

Ele não cora ao dizer isso, e me pergunto como deve ser falar assim. Sem medo.

— Quando eu me formei, minha família deu uma festona — continua. — Minha avó ficou bêbada e minha mãe chorou. *Não* foi tudo que eu esperava.

— Sério? — pergunto, mais por sentir que devo.

Ele começa a contar uma história e vejo a boca dele se mexer, animada pelas palavras. Ele estica a mão para ajeitar o copo na minha frente, por hábito, e imagino aqueles dedos me tocando. A boca na minha. A voz sussurrando meu nome.

Eu me pergunto se uma versão diferente de mim, uma que nunca tivesse conhecido Easton, poderia amá-lo. Will insistiu muito mais do que as pessoas que tentaram fazer amizade comigo e desistiram. Ele é bondoso, estável e gentil.

Ele merece uma amiga melhor do que eu.

Will sorri, e sei que fui pega na desatenção.

— Desculpa — murmuro, sem sinceridade.

Ele suspira.

— Meu turno acaba daqui a uma hora, se quiser sair para comer alguma coisa. Tacos, quem sabe?

— Ela já tem compromisso no almoço. E prefere burritos.

Eu me viro e vejo Tucker atrás de mim, sorrindo. Ele está usando shorts, chinelos e uma camiseta que deixa à mostra as tatuagens nos braços esguios.

— Tucker — cumprimenta Will, com um sorriso tenso.

Tucker acena com o copo de café, puxa outra cadeira pesada de metal, que arranha o chão de concreto com um ruído que não parece o incomodar, e se senta.

Will franze as sobrancelhas ao ver Tucker se instalar confortavelmente ao meu lado e notar que a conversa entre nós dois chegou ao fim.

— A gente se vê amanhã? — pergunta.

Confirmo com a cabeça e ele se levanta e volta para dentro.

— Você está acabando com o coração daquele menino — diz Tucker, virando a cabeça, pensativo, observando Will ir embora. — Ele é meio bonitinho e sempre traz café. Dava para ser pior.

— Que generosidade — digo, seca. — Você precisa de alguma coisa?

Ele franze a testa, o que me deixa mais desconfortável do que imaginei ser possível.

— Te mandei várias mensagens.

Não tenho nem aberto minhas mensagens. Elas só acumulam, formando uma coleção de recados preocupados.

— Ando ocupada.

Ele revira os olhos antes de fazer uma cara séria. O "Tucker sério" me deixa nervosa. Só o vi assim algumas vezes. Por exemplo, quando nos mudamos de Indiana para a Califórnia.

— É quase quatro de julho.

É absurdo ele achar que não reparei na data. O quatro de julho não é só o dia da independência dos Estados Unidos. É também o aniversário de Sandry Albrey. Todo ano, os eventos combinados formam um superferiado.

— Minha mãe vai fazer cinquenta anos.

Tucker passa a mão pela mesa.

Não falo nada. Deixo tudo que sinto parado na ponta da língua.

Ele tira um envelope branco do bolso de trás e o desliza pela mesa. É um gesto dramático, e eu zombaria se não estivesse morta de medo do que está lá dentro.

— Presente de formatura do meu pai.

Mantenho as mãos firmemente cruzadas sobre o colo.

— O que é?

— Você sabe perfeitamente bem que é uma passagem de avião para casa.

— Eu tenho um emprego. Não posso viajar sem avisar.

—Ah, claro. O que acontecerá se você não estiver aqui para limpar essas mesas? — pergunta ele, exagerando o sarcasmo.

— Vai se foder — digo, ácida.

O problema não é a ofensa. O problema é o que ele me pede para fazer.

— Não é fácil assim — completo.

Tucker passa a mão pelo rosto.

— É, sim — diz, se inclinando para a frente, e então passe a língua pelo lábio inferior antes de mordê-lo. — Não peço muito de você, mas preciso que faça isso. Depois, pode ir pra UCSD e nos esquecer completamente.

Como se eu pudesse esquecer os Albrey. Como se Easton fosse desaparecer da minha mente. Mas, como um vício, tento fingir que não me importo com as palavras de Tucker.

— Ellis, você me ouviu? — insiste ele. — Minha mãe vai dar uma festa enorme. Dessas em que a gente tem que se arrumar e fazer discursos. Metade da cidade foi convidada.

Ele sabe que ouvi. Só espera que eu confirme.

— Não sei se querem mesmo que eu vá.

Tucker aponta para o papel entre nós.

— É, parece que eles ainda não têm certeza. Talvez você deva esperar que ofereçam uma passagem de primeira classe.

Tucker usa meu silêncio como oportunidade para tirar uma foto dos cafés e da passagem e postar. Recebo o alerta um segundo depois, dizendo que fui marcada em um post com a legenda *fazendo planos*, e o olho, com raiva.

— Por que você me odeia?

— Preciso de provas dessa conversa para não levar esporro — diz ele, com um sorriso maldoso. — Além do mais, você praticamente já aceitou.

Ranjo os dentes.

— Não vou.

Pensar em ver todo mundo. Em ver ele. Meu coração acelera só com a ideia, e eu o odeio por isso.

— Ellis. Já faz um ano. Você nunca mais vai voltar? Nunca mais vai ver ninguém lá de casa?

— Eu te vejo quase todo dia. Daqui a pouco vamos estar na mesma faculdade.

— Não é a mesma coisa.

Tucker se recosta na cadeira e me observa. Passa os dedos compridos na tatuagem do braço esquerdo, um hábito nervoso que os irmãos compartilham.

— Você está com medo? — pergunta ele.

Eu rio, mas até aos meus ouvidos soa vazio. Ele sempre foi bom em atingir os cantos que tento esconder. Odeio que minha pergunta seguinte soe tão carente.

— Eles disseram que eu deveria ir?

— "Eles"? — pergunta.

Ele quer que eu explique, porque acha que, se eu conseguir dizer o nome de Easton em voz alta, será algum avanço.

— Ellis Truman — insiste. — Seu nome está na passagem.

— Que seu pai comprou — esclareço.

— Eu já te falei na última vez que tivemos essa conversa. Minha mãe te convidou para todos os maiores e menores feriados comemorados nos Estados Unidos. Ela quis vir para a formatura. Você acha mesmo que posso não te levar para o aniversário dela?

Cutuco minha cutícula. A formatura ainda é um ponto sensível entre nós. *Egoísta e petulante.* Foi disso que Tucker me chamou quando falei que não queria que a mãe dele viesse. Levou semanas para nossa raiva diminuir. O fato de ele mencionar isso significa que decidiu que vale a pena brigar.

— Sei que parece que ela quer que eu vá, mas...

Tucker abre a boca, fecha, abre de novo.

— Estou cogitando te esmurrar. Você está me transformando em uma pessoa ruim.

Tucker nunca me machucaria.

— Ainda não sei se consigo me organizar no trabalho.

Ele me olha com irritação e desliza um dedo pela borda do copo de café.

— Easton não vai.

Não consigo conter a velocidade com que ergo o olhar para ele. Até tento. Passei um ano tentando ignorar o frio na barriga e o jeito com que viro a cabeça quando ouço o nome dele, mas algumas coisas nos são tão intrínsecas quanto a respiração.

— E daí se ele vai ou não?

— Isso — diz ele, apontando um dedo para mim. — Isso é a coisa mais irritante que você faz.

— O quê?

— De todas as coisas que me dão vontade de te afogar no oceano, essa é a pior. Pior que você roncar, ou estalar a boca quando masca chiclete, ou experimentar todos os perfumes ao mesmo tempo naquela loja de maquiagem horrível. Não suporto quando você finge que eu não sei de você e do Easton.

Ele não sabe, na verdade. Ninguém sabe. Não sei nem se eu mesma entendo todas as camadas e suspiros que compõem minha relação com Easton.

Tucker toma um gole de café e fica com a boca suja de espuma, que lambe como um filhotinho de cachorro.

— Easton te mandou mensagem? Te ligou?

— Não.

Tucker relaxa, como se eu tivesse lhe dado uma ótima notícia.

Engulo meu orgulho.

— Ele não vai mesmo?

Espero que ele não ouça a decepção. Não tenho direito a esse sentimento.

Irritação contorce seu rosto bonito.

— Claro que ele vai. É aniversário de cinquenta anos da mãe dele. E você também vai. Para de idiotice.

— Tucker.

Ele me ignora e inclina a cabeça para o lado.

— Você não falou mesmo com ele?

Eu me recosto na cadeira.

— Desde que fui embora, não.

Um músculo do maxilar dele treme.

— Você precisa ligar para ele, El.

Tucker deve ver o medo em meu rosto, porque, um segundo depois, pega o celular.

— O que você está fazendo?

Minha voz está cheia de um pânico que não consigo esconder.

— Vou consertar essa merda — diz ele, apertando três botões.

Easta Besta. O apelido surge na tela e ele deixa o celular na mesa.

— Tucker.

O telefone chama no viva-voz. Uma vez. Duas vezes. Sinto o ácido revirar na minha barriga.

— Não — digo. — Tucker, desliga. Agora.

Ele ignora meu pedido. Eu penso em me levantar e ir embora.

— Por favor.

Três vezes.

Não posso ficar aqui.

Quatro vezes.

Preciso...

— Que foi? — vem a voz de Easton do outro lado da linha, grave e áspera como cascalho.

Tucker olha para o celular ao responder.

— Dormiu tarde?

Ouço os ruídos de Easton se espreguiçando e me lembro exatamente de como é. O corpo comprido, esticado e retesado. O peito largo.

— O que você quer?

— Como está sendo a sua viagem?

Tucker me olha, esperando para ver se demonstro surpresa.

— O que você quer, Fucker? — repete Easton, usando o apelido do irmão.

Sinto uma pontada de dor ao ouvi-los conversar. Senti mais saudade disso do que consigo admitir.

— Parabéns pelo prêmio naquela revista de poesia.

Uma longa pausa se estende, devorando o próprio tempo, até Tucker voltar a falar.

— Dixon te ligou?

— Por quê?

— Por causa do negócio da mamãe.

— Óbvio. Preciso chegar em casa no máximo dia três, senão ele vai garantir que meu pau nunca mais funcione.

Não consigo impedir meu cérebro de imediatamente pensar em quem está com ele. Será que está com uma garota? Será que é por isso que se incomoda com a ameaça de Dixon?

Sou tão idiota.

— Então você vai — esclarece Tucker.

— Por que está fazendo perguntas idiotas? E por que essa merda não foi uma mensagem?

Percebo o que Tucker segura na voz, sei que sou eu.

— Então. Vamos estar *todos* lá.

— Isso. Por que você tá sendo tão bizarro?

Dói que ele não tenha percebido o que Tucker está querendo dizer. Easton me esqueceu.

— Vamos estar todos lá — repete Tucker. — *Ellis também*.

Meu nome é como uma pedra jogada no ar, e os longos segundos de silêncio de Easton recaem sobre mim.

— Legal.

Uma palavra. Não carrega a mágoa nem a esperança que eu queria ouvir. É só... normal.

Tucker me olha, esperando minha reação. Ele solta uma gargalhada desprovida de humor.

— *Legal*. Não vai ser nadica constrangedor. Que divertido.

Easton faz um ruído de desprezo que arranha o alto-falante do celular.

— Por que seria constrangedor? Duvido que ela se importe com minha presença, e eu não me importo com a dela.

— *Easton*.

Tucker está perdendo a paciência.

— Que foi? Relaxa. Não vou fazer nada para estragar o aniversário da mamãe. Eu e Ellis estamos de boa.

É a primeira vez que o ouço dizer meu nome em basicamente um ano.

Tucker já não aguenta mais.

— Não vou entrar nessa brincadeira sua, irmãozinho. Dane-se que você e Ellis estejam brigados...

— Não estou brigado com sua namorada, Tuck.

Faz-se silêncio e Tucker volta a olhar para mim. Tristeza toma sua expressão. Não é por mim. É pelo irmão.

— Ela não é minha namorada, Easton. Para de babaquice.

— Tá — responde ele, com a voz abafada, e não consigo conter a esperança de que seja por mágoa. — Ela não precisa de mim. Tem você. Pode chamar do que quiser. Ellis agora é problema seu.

— A arrogância de vocês dois... — suspira Tucker, frustrado. — O papai pediu para eu garantir que Ellis vá. Não quero que ela tenha medo de você... ser você. Então pode, por favor, falar com ela?

Easton está se irritando. Ouço um grunhido quando ele diz:

— Ela não é uma flor.

— Como você sabe o que ela é ou não é, caralho? Faz um ano que vocês não se falam.

As palavras penetram minha pele e a verdade me consome.

— Conserta isso — insiste Tucker. — Garanta que você não será um motivo para ela não ir, tá?

Ele desliga o celular e olho para Tucker com proporções iguais de raiva e gratidão.

— Não pedi para você fazer isso.

— Eu sei — diz ele, dando um último gole de café. — Mas, mesmo assim, de nada.

Eu queria que não tivesse levado seis dias para ter notícias dele.

Queria que não fosse tão importante ver aquelas duas palavras aparecerem na minha tela.

Queria que elas não fossem uma âncora me puxando para casa.

Só vem.

4

Onze anos

— Você é encrenca.

Minha mãe fez um barulhinho de desprezo antes de acender o cigarro que pendia da boca. O esmalte verde das unhas grossas estava descascado, revelando as cutículas amareladas de uma fumante crônica.

Encrenca. Acrescentei à lista de palavras que me definiam aos onze anos.

A fumaça saiu de sua boca ao expirar, tingindo o ar da sala com uma névoa cinza poeirenta à luz do sol, e notei que era igual às palavras dela. Veneno.

Eu já estava abrindo um livro para fugir do sermão da minha mãe quando meu pai entrou na sala.

— Fala sério, Anna. Não precisa pegar tão pesado. Ela não assaltou um banco.

Ele me deu uma piscadela e levantou meu livro para ler o título. *Japão.* Então assentiu levemente com a cabeça, aprovando. Um mês antes, ele me dera uma pilha de livros. Lombadas azuis com letras garrafais, cada um com o nome de um país.

— Dessa vez, não. Mas é assim que começa. Mentiras e roubos.

Minha mãe soltou um suspiro enfumaçado de decepção.

Eu não tinha roubado nada. O gibi era de Easton. Virei uma página do livro, vendo uma foto de flores de cerejeiras ao lado de dicas de viagem para explorar as montanhas.

— Não gosto que ela se meta com aquela gente — acrescentou ela.

Meu pai endireitou os ombros e arregalou um pouco os olhos. Minha mãe estava só começando.

— Claro que você *adorou* que ela tenha se engraçado com o menino Albrey.

Meu pai tinha a expressão de alguém que queria acabar com a briga, então sua resposta não me surpreendeu:

— Já falei para ela não ir até lá, Anna.

Pressionei os lábios, tentando conter as palavras. Ele não tinha falado nada disso ao aceitar a torta de Sandry, ao perguntar sobre a mãe de Sandry, ao dizer que *precisávamos* voltar para nadar no lago.

— Já falei para a Ellis, mas ela não me ouve — continuou.

Ele nunca tinha falado.

Quando minha mãe sorriu, eu entendi por que ele respondera aquilo. A felicidade dela era mais importante do que a verdade, e ele me usava que nem um esmalte barato para cobrir as manchas da mentira.

Li as palavras na página.

Há duas coisas que todo viajante deve saber ao pisar em um novo país. Como cumprimentar e agradecer na língua local.

Eu me perguntei como se diria *encrenca* em japonês. Se chamavam os filhos disso lá. Será que os sacrificavam no altar da própria fraude?

Decidi passar o resto do dia lendo minha coleção de guias antigos de viagem, e foi assim que Easton me encontrou naquela tarde de domingo.

Sentada na varanda, em uma cadeira de armar, com o guia da Costa Rica. De vez em quando eu me ajeitava, quando as faixas de plástico da cadeira tinham marcado demais as minhas pernas, e lia sobre a maior tirolesa do mundo passando por cima de uma cachoeira.

Minha mãe tinha saído, sem avisar quando voltaria, e meu pai estava resolvendo alguma coisa na rua. Eu tinha acabado de chegar na parte do albergue em que os hóspedes podiam dormir em redes na praia quando ouvi alguém falar.

— Sério?

Easton Albrey, arrumado para a missa de *domingo*, estava pisando na terra onde deveria ter gramado. Ele tinha soltado a gravata, e os sapatos estavam sujos de pisar no meu quintal.

— Que foi? — perguntei, deixando meus pés caírem ao chão. Apoiei o livro ao lado da jarra de refresco roxo.

— Você pode ficar à toa na varanda no *domingo*?

Misturado ao choque estava uma acusação que eu não conseguia entender inteiramente.

Olhei para a estrada, como se minha mãe fosse chegar de carro a qualquer momento. Será que eu não tinha entendido alguma coisa?

— Acho que sim?

A expressão de Easton murchou como se eu tivesse dito alguma grosseria, e ele soltou uma gargalhada seca.

— Bom, não mais. Minha mãe me mandou te buscar.

Senti um frio na barriga.

— Me buscar? Por quê?

— Para ir na festa da igreja. Ela não lembrava se você chegou a fazer a primeira comunhão, mas o pastor sabia que você não ia ao culto porque... você sabe.

Eu sabia, todo mundo sabia. Minha mãe era... minha mãe. A parte mais constrangedora de não frequentarmos mais a igreja era que ninguém perguntava o motivo. Era óbvio que preferiam que os Truman ficassem em casa.

— Talvez sejamos ateus — falei.

Ele soltou um gemido de frustração. Até os ateus iam à igreja na nossa cidade.

— Bom, hoje você vai à festa.

— Não precisa.

Peguei o copo e dei um gole demorado.

Ele franziu o nariz, me encarando.

— Roxo não é um sabor.

— É de uva.

— Nunca comi uma uva com essa cor — disse Easton, alternando o peso de um pé para o outro. — E aí, você vem?

— Não quero ir para sua casa.

— Você acha que fui *eu* quem quis te convidar para a festa da igreja?

Uma sensação de vergonha se espalhou pelo meu peito. Talvez eu estivesse errada e ele não quisesse que eu fosse.

— Não posso voltar para casa sem você — insistiu ele.

— Não quero ir.

Eu ainda tinha certeza de que ele não podia me obrigar. Muita certeza.

Ele respirou fundo.

— E eu não queria andar até aqui antes de servirem os bolos. Mas cá estou. Agora meus irmãos vão comer os melhores doces e só vai sobrar o bolo nojento de baunilha da sra. Wallmont.

Respirei fundo para não discutir. Só faria ele se demorar mais e, quanto mais tempo ficasse ali, maiores as chances do meu pai voltar e encontrá-lo.

Easton subiu os degraus até mim e limpou o pó do chão antes de se sentar.

— Suas opções são ir comigo ou eu passar o dia aqui com você.

Fiquei lívida ao pensar no horror de Easton passar o dia na minha varanda. As perguntas que meu pai faria se voltasse para casa, as coisas que minha mãe diria.

— Você tem outro livro desses para me emprestar? — perguntou Easton, se recostando no tapume velho.

Eu me levantei.

— Tá *bom*.

— É melhor trocar de roupa.

Easton não parecia querer me ofender, mas, pela mudança na expressão ao falar, entendi que ele sabia que me ofendera.

O que era ainda pior.

Entrei em casa batendo os pés. Meu quarto estava uma bagunça. Roupas, papéis, brinquedos para os quais eu não tinha mais idade, copos e pratos que não tinha levado para a cozinha, a cama desfeita e um quadro de cavalo em uma moldura barata. Procurei minha única saia e uma blusa limpa. Tinha sido tudo enfiado no canto do chão do armário, ao lado de um par de sapatos velhos que minha mãe tinha me dado e que estavam apertados. Eu me vesti e, antes de sair, escrevi um bilhete simples para o meu pai no verso de um envelope.

— Está bom — foi a resposta de Easton à minha pergunta silenciosa.

Eu me juntei a ele no quintal e o acompanhei pela estrada.

— Você não precisa esperar e perguntar para alguém se pode sair? — perguntou, olhando para minha casa em uma expressão de dúvida.

— Não.

Ele não voltou a falar enquanto andávamos pela estrada de terra que levava à casa dos Albrey. O cascalho de asfalto estalava sob nossos pés enquanto seguíamos pelo acostamento.

Aos domingos, o tempo parava.

Não havia um carro sequer na estrada, ninguém trabalhando na rua, porque todo mundo estava na igreja ou em alguma festa de domingo.

Atravessamos um campo vazio na direção de uma casinha marrom que não reconheci.

— Aonde vamos? — perguntei, andando atrás dele.

Ele não se virou para responder.

— Só preciso pegar uma coisa.

As janelas estavam escuras, e demos a volta até a varanda dos fundos. A casa estava vazia, mergulhada em um estranho silêncio. O telhado de metal galvanizado cobria uma varanda de madeira apodrecida, com um freezer branco encostado sob a janela suja. Easton abriu a tampa e começou a remexer lá dentro.

— O que você tá fazendo?

Ele tirou dois picolés embalados em plástico transparente, cobertos pelo gelo do freezer.

— Esse é roxo — disse Easton, me entregando como se fosse uma espada. — Toma.

— Você está roubando picolé?

— Ninguém come esses picolés. São para os netos do sr. Conner, que nunca aparecem. Estamos fazendo um favor para ele.

— Você está pegando coisas sem pedir. É roubo.
— Não é roubo — disse ele, sério.
— Então ele disse que você podia pegar se quisesse? Ele deu de ombros. Era um teste. Eu acreditei em Easton uma vez, fui parar em uma viatura da polícia e tudo acabou em torta. Easton pedia que eu confiasse nele de novo, mas não pude deixar de cogitar quantas outras vezes acabariam em situações piores.

Aceitei o picolé. Nós nos sentamos lado a lado no degrau da varanda, abrindo as embalagens e comendo em silêncio.

Finalmente, Easton falou:
— Você não é ruim de verdade.
Foi minha vez de ficar confusa.
— Como assim?
— Você não quis o picolé porque podia ser roubado, e foi buscar meu gibi, mas só porque eu falei que era meu — disse ele, dando de ombros. — Você é boa.

Eu queria perguntar quem achava que eu era ruim, mas senti vergonha.

Ele se levantou, limpando as mãos nas calças.
— As pessoas acham que eu sou bom, mas não é verdade.

A embalagem de picolé estava no chão, onde ele estivera sentado. Peguei e joguei na pequena lixeira ao lado do freezer.

Voltamos pelo campo e finalmente Easton virou na entrada que levava à casa dele, a construção amarela de dois andares, com detalhes brancos, da outra noite. À luz do dia, vi o lago diante da qual fora construída, que aumentava a impressão de ser uma daquelas fotos que vinham em porta-retratos. Carros estavam estacionados na entrada, debaixo de árvores de galhos frondosos, e o chão do quintal era todo gramado.

Verde e bem-cuidado.

Era difícil acreditar que aquela casa ficava tão perto da minha.

A sra. Albrey estava na varanda, usando um vestido azul-claro estampado com flores brancas, conversando com outra senhora. Tudo nos Albrey parecia saído de uma revista. Quando nos viu, ela tocou o braço da outra mulher e pediu licença.

— Ellis, você veio.

O sorriso dela aqueceu meu corpo, mesmo que eu não entendesse exatamente por que ela me convidara.

— Está com fome? — perguntou. — Quer que eu pegue um prato?

Eu não sabia o que dizer, então acabei dando de ombros e assentindo, sem jeito.

— Posso ir agora? — gemeu Easton, olhando para um grupo de crianças sentadas no píer.

— Você pode ajudar a Ellis — disse a sra. Albrey.

Easton já não me aguentava mais. Dava para notar.

— Não precisa, sra. Albrey.

— Ah, precisa, sim. Mas é bondade sua, meu bem. E pode me chamar de Sandry. Vá, se divirta. Faça-se pertencer.

— Ela falou com um sorriso que me pareceu forçado.

Faça-se pertencer. Que frase estranha. Parecia até que as pessoas se encaixavam nos lugares e nos formatos, que nem um quebra-cabeça. A sra. Albrey apontou para a comida em um gesto tenso.

Easton me olhou irritado e me chamou para acompanhá-lo.

Atravessamos uma enorme porta dupla de vidro, que estava aberta. Lá dentro, no balcão, estavam várias travessas de comida. Ele me entregou um prato e fez um gesto de pressa.

— Você não precisa ficar comigo — falei.

— Minha mãe pode parecer legal, mas ela vai fazer da minha vida um inferno se eu te abandonar.

Servi purê de batata no prato e perguntei:

— Um inferno?

Dixon Albrey apareceu ao lado do irmão, sorrindo. Ele ia pegando comida da mesa, sem prato, e pondo na boca de uma vez.

— É verdade, Elvis — disse, mastigando.

Easton pegou um pãozinho.

— Vai fazer sanduíche de pasta de amendoim com geleia no lanche. Vai esquecer de lavar meu uniforme de futebol...

— Pasta de amendoim com geleia? — interrompi.

— Ele odeia — respondeu Dixon.

Sacudi a cabeça de um lado para o outro.

— Ninguém odeia pasta de amendoim com geleia.

— Eu odeio.

Easton cruzou os braços sobre o peito.

— Parece que você é o problema — falei, enchendo o prato de brócolis.

— Ah, é mesmo — riu Dixon. — Quando ele tinha oito anos, só comia macarrão com queijo. No café, no almoço e no jantar.

— Eca.

Fiz uma careta.

Easton franziu a testa.

— Não vou te dizer onde fica a sobremesa — disse.

Soltei um suspiro dramático.

— Você avisou que os melhores doces já devem ter acabado mesmo...

Dixon riu.

— Você é engraçada, Elvis.

— Não sou idiota — resmungou Easton. — Escondi uns doces antes de sair.

ALGUNS ERROS COMETIDOS 45

— Provavelmente é torta de abóbora — retruquei.
— Por que você acha que é de abóbora? — perguntou ele.
— Porque é o doce mais nojento em que consegui pensar.
— Existe torta nojenta? — refletiu Dixon, sério.
— É de frutas vermelhas — respondeu Easton. — Minha preferida.

Meu sorriso murchou.

— A minha também.

Easton abriu um sorriso enorme. Alguma informação que ele conseguira pegar no ar ardia em seus olhos. Fui pega de surpresa e, por um momento, o ar em meu peito congelou.

— Você não gosta de mim — disse ele.

— Eu...

Não havia palavras para o que eu sentia por Easton Albrey. Era indefinível.

— Todo mundo gosta de mim.

Ele não falou com arrogância, mas como se fosse um quebra-cabeça que precisasse resolver.

— É verdade — acrescentou Dixon, mordendo um pedaço de pão, e nos analisou. — Ele é o preferido de todo mundo.

— Tenho certeza de que você é legal... — comecei.

— Sou razoável — interrompeu Easton, dando de ombros. — Sempre acham que eu sou igual aos meus irmãos.

Eu entendia bem as suposições. Naquela cozinha, Easton parecia diferente do menino que me convencera a invadir a escola, ou que roubara picolés. Por outro lado, ainda era o mesmo.

— Tudo bem. Não precisa gostar de mim.

Mas ele estava errado. Eu gostava de Easton, sim. Levamos a comida lá para fora e nos sentamos no píer, comendo em pratos de papel que, conforme o tempo passava, ficavam úmidos e molengas, e vendo as pessoas espalhadas pelo quintal como manchas de tinta no papel.

— Vocês sempre recebem tanta gente? — perguntei.
— Pois é — respondeu ele, de boca cheia.
Apertei os olhos e tentei imaginar toda aquela gente no meu quintal. Era impossível. Não caberia. Na casa dos Albrey, contudo, a vida parecia não ter limites. Jorrava da casa e se derramava pelo gramado macio que levava ao lago. Música e gargalhadas enchiam o ar, e a brisa da água levava o som a lugares desconhecidos.

Era quase outro planeta. Um mundo que eu nunca conhecera. Tranquilo e empolgante.

Até ouvir os gritos.

Minha mãe estava na lateral da casa, o cabelo amarelado e manchado, com as pontas secas de tanta tinta e laquê. Ela vestia roupas baratas como se fossem de grife. Os bolsos da calça jeans eram cobertos de strass, a blusa preta do tamanho errado, pequena. Por um momento, fiquei admirada. Minha mãe tinha uma beleza diferente das pessoas ao redor.

As pessoas ao redor. Notei as sobrancelhas erguidas em choque, as bocas repuxadas em O. Elas não viam Anna Truman como eu via.

Sandry avançou pelo quintal com um propósito fixo, os passos firmes e pesados.

— Quem é essa? — perguntou Easton para os irmãos.
— Por favor, Anna — ouvi Sandry dizer.

O olhar da minha mãe era duro, e seu rosto estava vermelho, como se a mãe de Easton tivesse feito algo horrível.

— Que atrevimento.
— Anna, é só um almoço da igreja.

A voz de Sandry soava razoável, comedida. Era um erro.

— Ela está se divertindo — insistiu. — Deixe ela ficar.

— Claro, um almoço da igreja — repetiu minha mãe, cuspindo as palavras como se estivessem envenenadas. — Ellis? — chamou, e eu senti como se estivesse encolhendo.

Todo mundo, talvez do universo inteiro, tinha parado o que fazia para ver quem estava gritando com Sandry Albrey. Minha mãe estava armando mais um escândalo.

Sandry tentou conter a situação, que rapidamente saía do controle.

— Tru não...

— Nem começa com essa merda, Sandry. Você não pode falar comigo desse jeito só porque foi amiguinha do Tru.

Eu me levantei. Easton fez o mesmo.

Sandry não parecia magoada, nem furiosa, só exausta.

— Anna, não estou tentando...

— Não quero que você se meta com a Ellis — disse minha mãe, com um som de desdém. — Não quero que sua seita faça lavagem cerebral nela.

Foi a gota d'água para Sandry. Ela se empertigou, apertando a mandíbula.

— Então, da próxima vez que Tru se meter em encrenca, você pode resolver por conta própria — disse ela. — Não quer que eu me meta com a sua filha? Então esteja presente o bastante para cuidar dela.

Avancei um passo e Easton segurou meu braço. O rosto dele se transformou, confuso, e eu odiei a vergonha que senti. Avancei outro passo e Easton não me soltou. Mas já era tarde; minha mãe me vira, e estava marchando na nossa direção.

— Aí está você — falou. — Não me ouviu chamar?

Não consegui dizer nada.

— Achei que a gente já tivesse falado sobre isso.

Meu silêncio fez o olhar da minha mãe arder.

— Vem. Tenny está te esperando na casa da sua avó — disse ela, me puxando pelo punho.

Eu sabia que Tenny não estava me esperando; era uma mentira que ela contava para me fazer obedecer.

O olhar dela se demorou na mão de Easton, e o esperei me soltar e se desculpar. No entanto, ele apertou o maxilar, o olhar afiado, cheio de desaprovação e raiva.

Eu nunca antes vira uma criança olhar assim para um adulto.

No fim, me soltei de Easton e acompanhei minha mãe pelo quintal. Quando ela me mandou nunca mais falar com aquela gente, eu concordei.

Porque, no fim das contas, era melhor para todo mundo.

Eu era encrenca, e a encrenca me seguia para todo lado.

5

Só vem.

Encaro a mensagem, deitada na cama. São as únicas palavras entre mim e Easton. Há muito tempo, apaguei o registro de anos de mensagens, prints e vídeos.

Releguei tudo isso a um passado que não tenho permissão para visitar.

O arrependimento faz surgir um gosto azedo na minha garganta enquanto encaro a tela em branco e me pergunto o que ele vê do outro lado. Será que as mensagens dele ainda estão lá? Será que ele as lê, ou dói nele como dói em mim?

Só vem.

— Ei — diz minha tia, da porta do quarto. — Seu pai ligou.

Eu sei. Ele tentou me ligar antes. Tenho uma sequência de ligações perdidas no celular, chamadas a cobrar do presídio, além de outras mensagens e notificações que me recuso a ler.

— Ele ficou bem chateado de não ter conseguido falar com você.

Ela se recosta no batente e, por um minuto, me sinto culpada por ter ignorado os telefonemas, até lembrar que ele provavelmente só queria dinheiro.

Eu me sento e fecho a mensagem.

— Você acha que vai visitá-lo quando... for para casa? — pergunta ela, tentando soar casual.

Minha tia sabe que está segurando uma bomba, fazendo esse tipo de suposição e falando dos Albrey comigo.

Eu a obrigo a tomar uma decisão na conversa.

— Para casa?

Minha tia escolhe a coragem. Ou a burrice. Parece um limite tênue para os Truman.

— Falei com Tucker — diz. — E Sandry — acrescenta.

A dor da traição rasteja como uma cobra em minha mente, antes de eu decidir esmagá-la com o pé. Sempre esqueço que ela cresceu com Sandry. Esqueço que a tia Courtney foi uma das poucas pessoas a sair da nossa cidade. Talvez ela seja mesmo uma Truman corajosa. Já eu ainda estou decidindo o que sou.

— Eu não vou.

— Ellis.

A voz dela é afiada, mas suavizada pela pena.

— Você visitaria a vovó se voltasse?

Quero que minhas palavras soem acusatórias, mas, na verdade, sai mais como uma pergunta. Fico curiosa para saber o que ela vai dizer.

Ela reflete sobre uma resposta, provavelmente decidindo como falar a verdade e, ao mesmo tempo, me dizer para visitar meu pai.

— Não, mas não por causa da vovó. É porque o resto da família... não é saudável ter contato com eles. Não aguento ser puxada de volta para aquele caos.

Ela parece magoada ao dizer aquilo. Sinto o arrependimento nas palavras. Mesmo que ela não possa falar com os irmãos, ainda *sente* que deveria fazê-lo.

— São só alguns dias — continua. — Talvez você não tenha outra oportunidade quando começarem as aulas.

Minha tia avança dois passos para dentro do quarto e deixa um envelope vermelho na cama. Reconheço a letra imediatamente. Sandry.

Ela sai e fecha a porta, como se me permitisse a privacidade de que preciso. Olho para o teto, conto minha gorjeta e mando algum dinheiro para meu pai, depois abro o Twitter, e, por fim, rasgo o envelope e encontro um cartão.

Letras em purpurina gritam PARABÉNS PELA FORMATURA. Na parte de dentro, o cartão está coberto pela caligrafia cheia de curvas de Sandry, escrita em tinta roxa. É tão familiar que me dói só de olhar. Todo o espaço está preenchido, as palavras espremidas entre o VOCÊ MERECE impresso no meio.

Ellis! Que orgulho. Você conseguiu. Se formou. Queria poder vê-la, mas entendo o porquê de você não nos querer lá. Queria que pelo menos seu pai pudesse estar presente, mas sei que ele está muito orgulhoso. Era algo importante para ele, mesmo que ele nunca tenha dito. Dixon acabou de mudar para o turno diurno na delegacia e arranjou uma namorada nova — vamos ver quanto tempo dura. Tucker me falou que você ainda trabalha no café. Fico te imaginando na beira da praia, servindo drinks ao sol. Parece tão chique. Como um filme.

Você venceu todas as probabilidades e agora pode decidir quem você é. Espero que, independentemente do que faça, seja o que queira fazer. Não o que outra pessoa gostaria que você fizesse. Sei que está com raiva de mim, mas tudo que sempre quis foi que você chegasse à beira de sua vida e soubesse que pode mergulhar no desconhecido. Queria que você fosse confiante e independente. Queria que você mesma se definisse. Estou morta de orgulho de você, minha menina.

Eu te amo.
Sandry

Eu me sento e pego uma caixa de sapato antiga debaixo da cama. O elástico verde que prende a tampa está ficando frouxo e eu o solto com facilidade. Lá dentro estão todas as cartas que Sandry me mandou desde que me mudei. Estão organizadas em ordem cronológica e, mesmo que ela nunca tenha recebido resposta, continua me mandando cartas, toda semana. Guardo o cartão e me jogo no travesseiro, olhando para o teto.

É ridículo ela falar da "beira da vida". Tenho me afastado dessa beira faz tantos anos que nem sei o que é confiança. Chegar à beira da vida é coisa de crianças que têm paraquedas na mochila, de gente que nem os Albrey. O fato de Sandry não notar que foi ela quem tirou de mim a possibilidade de chegar àquela beira sem medo me parece uma grande injustiça.

Qualquer confiança que tenho foi mérito *meu*, não dela. Conquistei sozinha.

Alguma coisa me incomoda, no fundo do pensamento. Sempre me parece proposital que ela não mencione Easton nas cartas. Como se ele fosse uma armadilha que ela tem medo de ativar, que poderia explodir uma bomba.

Abro as redes sociais de Easton, mas vejo as fotos de sempre. Uma praia. Água azul-turquesa. Céu azul.

Quase.

Easton no topo de uma rocha escura, de braços abertos como um jovem rei, o peito nu e os ombros largos, a pele bronzeada. Cabelo castanho e ondulado, molhado, emoldura o rosto erguido. O sorriso está torto. É o sorriso de quando ele está excessivamente certo de alguma coisa.

Onde ele está? Ele não marcou a localização, mas vejo que um perfil conhecido curtiu a foto. @sarasmile7360.

Clico no nome no mesmo segundo que decido não escutar aquela voz na minha mente que diz que vou me arrepender do que verei.

Sara está no México. As três primeiras fotos são na praia, com um filtro iluminado. Em uma foto, está com os braços ao redor da cintura de Easton, ele com o rosto erguido, dando uma gargalhada. Paro de respirar. Ele está no México com a Sara. Está viajando com ela. Continuo a olhar as fotos, como se fossem me contar todos seus segredos. Uma carta de aceite da Universidade de Nova York. Claro. Ela tem o dinheiro e as notas para entrar numa faculdade dessas. Uma foto no Central Park, ao lado de um chafariz gigantesco. E um monte de Easton.

Por um tempo, não sei bem o que fazer. Ligar para Tucker? Ligar para Easton? Acho que minha voz não sairia, de qualquer modo.

Ele está viajando. Com outra pessoa.

Como isso aconteceu? Como ele foi sem mim? Como continuou a sonhar, se eu não consegui?

Acho o número da minha prima. A conversa com Tenny, principalmente GIFs e emojis, aparece. Digito duas palavras simples.

Ellis:
Oi. Saudades?

Tenny:
Acho que a resposta é óbvia. Não.

Sorrio.

Ellis:
Estou pensando em dar um pulo em casa.

A mensagem é entregue, e tenho medo do que pode estar passando pela cabeça dela.

Tenny:
Para o negócio dos Albrey? Aquela festa?

Ellis:
Isso.

Mais silêncio e…

Tenny:
Por quê?

Excelente pergunta. Por quê? Se eu fosse sincera, diria que é porque quero provar a Easton que está errado. Porque sou fraca. Mas isso não é motivo para voltar para casa.

Ellis:
É a última oportunidade antes das aulas começarem.

Tenny:
Você quer ver eles?

Quero.

Ellis:
Eles compraram minha passagem.

ALGUNS ERROS COMETIDOS 55

Tenny:
Você não deve nada a eles, a escolha é sua.
Vem se quiser.

Imagino o rosto dela ao dizer isso. Toda a convicção nos olhos brilhantes. O cabelo indomável como o de um leão. Ela sempre odiou os Albrey. Easton sempre foi demais para ela. Chamativo demais, arrogante demais, rico demais. E quando não era nada disso, era quieto demais, modesto demais, não rico o bastante. Para Tenny, não há diferença entre Easton e sua família. Eles nunca serão o bastante, porque não são como nós. A vida deles não é difícil, e nossa luta nos torna melhores do que eles, mais fortes.

Secretamente, eu esperava que ela só me dissesse para não ir, mas esse não é o estilo de Tenny. Ela quer que eu escolha sozinha.

Não sei como explicar que é minha oportunidade de mostrar como mudei nesse ano, de mostrar que não preciso deles.

Me lembro da conversa que tive com Tucker. Easton ganhou um prêmio. Abro o Google e procuro uma menção ao que ele ganhou, mas não encontro nada.

Volto para as redes sociais do Easton. Nada sobre a faculdade em que ele vai estudar, nem sobre Sara.

Fecho os olhos e me digo, pela milésima vez, que a faculdade será diferente. Finalmente sairei desse mundo intermediário onde espero por Easton, pelos meus pais, por mim mesma.

Estou exausta de esperar ser salva, ou esperar me encontrar, por medo dessa pessoa decepcionar alguém.

Mando uma mensagem para Tucker.

Ellis:
Preciso de carona para o aeroporto.

Tucker:

Te busco às sete. Esteja pronta. Não vou esperar.

A resposta é imediata, como se ele soubesse que minha mensagem estava a caminho. E é seguida de mais uma.

Tucker:
E porque sei que você tá curiosa.

Ele envia o link de uma notícia sobre um adolescente de Indiana que ganhou a competição nacional de poesia do *New York Tribune*, que acaba com a indicação de onde comprar a revista que contém o poema.

Ellis:
O que é isso?

Tucker:
😄 Esses seus joguinhos são tão engraçados.
Falando em joguinhos.
Pronta para ver o Easton?

Ellis:
Planejo dizer para ele que você é meu novo namorado.

Tucker:
Eca. Que nojo. Para de falar essas coisas. Acabei de comer.

Ellis:
Até as sete, Fucker.

Ele responde com um emoji mostrando o dedo do meio, e eu passo o resto da noite deitada na cama. Não durmo. Penso em Sara nas fotos de Easton. É difícil não sentir que eles eram inevitáveis. O relacionamento deles sempre foi cheio de idas e vindas. Ela é tudo que eu nunca serei. Elegante, educada, popular.

Adormeço brevemente, meus pensamentos patéticos como uma canção de ninar. Quando acordo, faço a mala e vou até o carro parado na frente da casa. A fumaça do escapamento polui o ar fresco da manhã.

Minha tia me abraça, com o olhar sonolento.

— Animada para ir para casa? — pergunta.

Minhas palavras não me soam mentirosas.

— Vai ser bom ver todo mundo uma última vez.

É verdade. Vai ser bom provar para mim mesma que não preciso deles. De ninguém. Que posso mudar, crescer, deixar para trás as partes de mim de que não preciso mais.

E não preciso dos Albrey.

Caio no banco do carona e Tucker me olha, franzindo a testa.

— Já tomou café?

Olho pela janela em vez de responder.

No aeroporto, Tucker me faz tirar uma foto com ele e com as malas.

— Preciso pegar o aeroporto no fundo — ordena ele. — Sorria.

Obedeço.

Ele posta na mesma hora, com a legenda *Indo para casa. Mas antes, café.*

— Você parece uma divorciada de quarenta anos descobrindo a internet — digo, enfiando o celular no bolso.

— Mas uma divorciada gostosa, né? Que passa uma vibe de "Não me culpe por seu marido querer me pegar"?
Faço minha cara mais irritada.
— *Meu deus*. Que vergonha de você.
O sorriso dele é um pouco demorado demais. Um pouco suave demais.
— O que foi?
— Obrigada por fazer isso — diz, sério. — Vai ser bom.
Faço que sim com a cabeça. Quero confiar nas palavras dele, mesmo que não confie nas de mais ninguém.
É só quando ele pega minha mão que sinto que talvez isso seja verdade.

6

Treze anos

Dixon estava aprendendo confeitaria.

O balcão no qual normalmente puxávamos um banquinho para fazer o dever de casa estava coberto de farinha e gotas de chocolate. Vários tamanhos de medidores estavam espalhados pela cozinha, e a tigela de uma batedeira vermelha girava ao lado de Dixon, que discutia.

— Já pus três ovos.

Sandry secou a testa com a mão, manchando a têmpora com alguma coisa cor de caramelo.

— Dixy, põe o terceiro ovo, senão esse negócio vai dar errado.

— Já falei, eu pus.

— Querido, olha para mim. Separei três ovos. Só três. Esse na sua mão é o terceiro.

Dixon curvou os ombros e jogou a cabeça para trás, soltando um gemido baixo e resmungão.

— Por que preciso fazer isso?

Easton me entregou um saco de salgadinhos, ainda de olho no irmão e na mãe. Peguei um punhado e continuei a admirar nosso entretenimento da tarde.

— Porque eu falei que não ia fazer isso por você. Foi você que se ofereceu para levar brownies. *Eu* não disse que ia fazê-los. Já estou mais envolvida do que você me prometeu que eu estaria. Então jogue o ovo na massa antes que eu jogue *você* na massa.

— Mãe...

— Aqui, Dixon. Deixa eu ajudar.

Peguei o ovo da mão dele e me debrucei sobre a bancada, olhando para a batedeira.

— Vamos botar mais esse, por garantia — falei. — Mal não vai fazer.

Irritação tomou o rosto de Sandry, que se afastou, mas eu não aguentava mais ouvir Dixon reclamar. Easton estreitou os olhos ao me ver quebrar o ovo e misturá-lo à massa, frustrado por eu ter acabado com a diversão.

— Tem certeza de que não vai ficar ruim? — perguntou Dixon.

Lavei as mãos na pia e peguei um pano de prato para secá-las.

— Não faço ideia se vai ficar ruim, mas, se ficar, não vai ser por causa do ovo.

— Você vai ficar aqui para me ajudar, né? — perguntou ele.

— Temos dever de casa — disse Easton, batendo no meu ombro quando cheguei perto dele. — Vem.

Ele pegou nossas mochilas e as levou à sala de jantar, onde as largou na mesa. Nos sentamos nos lugares onde fazíamos as refeições e espalhamos o material na madeira gasta. O som da televisão na sala de estar e a discussão entre Sandry e Dixon serviam de trilha sonora.

Sempre havia barulho na casa dos Albrey.

Easton pegou o caderno da mochila e abriu. No alto da página havia uma série de palavras que rabiscara.

— O sr. Graves te passou dever?
Assenti.
— Que bom, você pode me dizer as respostas.
Ele pegou um livro didático.
— O que é isso? — perguntei.
Como se tivesse acabado de notar, ele puxou o caderno e tentou virar a página. No entanto, na mesma hora, Tucker chegou, com um copo de vitamina.
— São os poemas dele.
— Poemas? — repeti.
— Easton escreve poemas de menininha.
— Poesia não tem gênero! — gritou Sandry da cozinha. — E pare de implicar com seu irmão.
Tucker franziu os lábios.
— Tem, sim, e ele escreve.
Easton fechou as mãos, cobrindo o papel.
— Cala a boca, Tucker. Você ainda faz xixi na cama.
Tucker ficou pálido.
— Eu estava doente! — exclamou, e me olhou, sério. — Não faço xixi na cama.
Levantei as mãos, em um sinal de rendição. Nunca era seguro entrar no meio das brigas de Tucker e Easton.
— Mãe! — gritou Easton.
Tucker se esticou por cima da mesa e arrancou o caderno das mãos de Easton.
— *"Olhos de fogo e palavras como facas"* — leu Tucker, enunciando cada sílaba.
Easton derrubou a cadeira ao se levantar. Ele se jogou por cima do material da escola e das decorações da mesa, tentando pegar o caderno de volta.
— Tucker, *para!* — gritou Easton, subindo na mesa e puxando o braço de Tucker.

— *"Flores têm cores diferentes, assim como sentimentos"* — continuou Tucker, andando para trás até bater na parede.

Easton finalmente caiu no chão. Eu o via ficar cada vez mais frenético. Os olhos estavam embaçados de lágrimas que ameaçavam escapar.

— Tucker — falei, e me levantei.

Foi então que duas coisas aconteceram ao mesmo tempo. Sandry entrou na sala de jantar, e Easton fechou a mão em punho e socou Tucker bem na boca do estômago.

— Easton! — gritou Sandry, quando Tucker caiu ao chão.

Easton pegou o caderno das mãos do irmão e virou as páginas até fechar.

— Caramba! — continuou ela, se abaixando. — Por que você fez isso, hein?

— Ele estava lendo minhas coisas — respondeu Easton, mal conseguindo conter a raiva.

As coisas dele. Os poemas. Eu não sabia por que era importante, mas notei que ela sabia, pois a raiva desapareceu de seu rosto.

— Mesmo assim, você não pode bater em ninguém — disse Sandry, suspirando, e olhando de Tucker para nós. — Sai daqui. Vai para outra sala, espera eu te buscar.

Em uma hora, a raiva de todo mundo teria se esvaído, mas naquele momento ardia em chamas, enquanto Tucker abraçava a barriga, gemendo.

Fingido.

— Por que *eu* preciso ir? — disse Easton, indignado.

— Porque Tucker está caído no chão. Então pode ir, antes que você se junte a ele.

Na cozinha, Dixon estava derramando massa escura em uma travessa untada.

— Se sua briga tiver estragado meus brownies...

ALGUNS ERROS COMETIDOS

Easton esticou um dedo e o passou pela massa. O rosto de Dixon se transformou, congelado de choque. Parecia uma delícia, então sorri e fiz a mesma coisa, enfiando o dedo na boca.

Estava claro, pela expressão, que ele se sentia traído.

— Vocês vão pegar salmonela e morrer e vou ler todos os seus poemas no enterro — disse ele, gemendo e tentando ajeitar os riscos que nossos dedos tinham deixado em sua criação. — Vai para a casa da Elvis.

— Ellis — corrigi, por hábito.

— Ela não gosta de visitas — disse Easton, olhando para o caderno, as palavras saindo distraidamente. — Vamos para o meu quarto.

Ao subir a escada, os passos dele estavam pesados de frustração. E, a cada passo, eu repetia mentalmente as palavras de Easton. Quando chegamos ao silêncio do quarto, perguntei:

— Por que você acha isso?

— O quê? — perguntou Easton, desatento e enfiando o caderno em uma gaveta.

— De mim.

— Do *quê*?

— Da minha casa. Por que você falou aquilo para o Dixon?

Easton pareceu entender que alguma coisa estava errada. Ele fez uma cara triste de preocupação.

— O que aconteceu?

— Por que você disse que eu não gosto de visitas?

Ele olhou para a porta, provavelmente querendo ajuda da mãe, e voltou a me olhar.

— Porque você não gosta.

O tom dele indicava que era óbvio. Era o modo como falavam com minha mãe quando ela estava sendo grossa e absurda.

Rangi os dentes.

— Eu nunca disse isso.

— Bom, você nunca me convida — disse Easton, imitando meu tom irritado, mas logo relaxou. — Tudo bem você não gostar de visitas.

Mas não era verdade. Ele estava errado.

Apertando as mãos ao lado do corpo, desci a escada, e Easton me acompanhou. Foi minha vez de pisar pesado nos degraus. A sala de jantar estava vazia, então entrei para guardar meus livros na mochila.

— El, não vai embora. Não é... — começou Easton.
— Vamos lá — interrompi, esticando a mão para ele.
— Aonde?
— Para minha casa.

Ele me encarou. Confusão e curiosidade disputavam espaço em seu rosto. Eu me perguntei se ele diria que a mãe não iria deixar. Eu me perguntei se Sandry *deixaria*. Eu me perguntei o que minha mãe diria se visse Easton. Ela aprendera a aceitar nossa amizade, mas não a ponto de querê-lo lá em casa.

Easton mordeu o canto da boca antes de responder.
— Tá bom.

O alívio de vencer a discussão foi imediatamente substituído pelo peso do que estava prestes a acontecer.

Easton iria para minha casa.

Ele pegou a mochila e apontou o caminho, para eu ir na frente. Andamos em silêncio, sem o papo de costume sobre a escola e os amigos. Só o barulho dos sapatos arranhando a terra e as pedras da estrada. Quando minha casa apareceu, notei que a garagem estava fechada, e o carro da minha mãe não estava lá. Não dava para saber se ela voltaria logo; ela tinha saído no dia anterior, e seu retorno era sempre imprevisível.

A varanda tinha uma pilha de blocos de concreto manchados de preto, devido às cinzas de cigarros apagados. Abri a porta, sentindo o cheiro do ar bolorento e de Marlboro velho, me perguntando se ele sentia o mesmo. O sofá laranja tinha ficado amarronzado e puído no lugar onde minha mãe gostava de se sentar para fumar. Tinha garrafas de cerveja pelas mesinhas e, no fogão, uma bandeja de papelão com os restos do jantar da noite anterior, uma refeição congelada.

Olhei para Easton, que olhava pela sala.

— Quer água?

Eu não tinha mais nada a oferecer.

— Não precisa.

Ele não tirou as mãos do bolso, como se tivesse medo de encostar em qualquer coisa na minha casa.

Não bastava sermos pobres, também éramos sujos.

— Cadê sua mãe? — perguntou.

— Saiu.

— Ela vai voltar logo?

Não respondi.

— Ela passa muito tempo fora — acrescentou ele.

Dei de ombros e seguimos para o meu quarto. Os móveis amarelados e desbotados e a cama desfeita me pareceram diferentes naquele momento, mas Easton não estava olhando para nada daquilo. Estava atento às paredes.

Todos os espaços tinham sido cobertos por fotos de lugares ao redor do mundo. Eu as tinha recortado dos guias de viagem empilhados no chão e prendido na parede com tachinhas transparentes e baratas, dando certa textura à parede. Ao lado de cada foto havia duas palavras nas línguas adequadas.

— Hola. Gracias.

Ele passou o dedo pela borda do papel, lendo em voz alta.

— Oi e obrigada — traduzi, pisando nervosa no carpete.

Easton parou no meio do quarto, olhando foto por foto.

Chutei uma pilha de roupas para baixo da cama, na esperança de que ele não notasse as calcinhas. Com as mãos ainda nos bolsos, ele se aproximou de um papel no qual algumas palavras tinham sido destacadas em marca-texto.

— "As praias da Tailândia" — leu Easton. — "Sawadee ka."

— Você diria "sawadee khap", porque é menino — falei, tentando não me encolher enquanto ele observava as paredes. — No que você tá pensando? — perguntei.

— "Guten Tag" — leu, e soltou uma gargalhada leve antes de se abaixar para ver os livros encostados na parede. — Qual é a disso tudo?

Brinquei com o fio solto na barra da minha camiseta.

— Eu gosto de guias de viagem.

— Deu para notar — disse ele, respirando fundo e procurando um lugar para sentar. — Por quê?

— Porque gosto de saber que tem lugares além daqui.

Eu me sentei no chão e abri meu livro didático. Easton me acompanhou e, finalmente, olhou para mim. Peguei meus papéis.

— Gosto de imaginar as pessoas que moram nesses lugares — continuei. — O que elas falam.

— Tipo "oi" e "obrigada"?

— Gosto de palavras — falei, rabiscando na borda do papel. — Além da Tenny, você é a primeira pessoa pra quem mostrei isso tudo.

— Por que mais ninguém vem para cá?

— Acho que pelo mesmo motivo de você nunca ter vindo.

Olhei para meu dever de casa, tentando me concentrar na matemática, e não em Easton Albrey. Eu não queria ser sincera. Estava com vergonha. Da minha casa, dos meus pais, de quem eu era.

Mas a atenção dele gritava para mim, arrancando os números da minha cabeça e me chamando de volta.

— No que você tá pensando? — perguntei de novo.

Ele ainda estava olhando pelo quarto.

— Pensamentos não são de graça.

— Como assim? — perguntei.

— Não dá para dá-los fácil assim, sem nada em troca — disse ele, e pigarreou. — Estou pensando que somos iguais.

— Ah — falei, como se entendesse, mesmo que não fosse o caso.

— Nós dois gostamos de palavras.

A poesia. Eu me perguntei se, para ele, era a mesma coisa. Se as palavras o ajudavam a se sentir livre.

— Você me deixa ler suas coisas?

— Quem sabe um dia.

Apertei as pontas dos dedos no chão até ficarem brancas, para não deixar Easton perceber a importância do que ele dissera.

— Sabia que, na China antiga, se você quisesse trabalhar para o governo, precisava escrever um poema na prova?

— Para conseguir um emprego?

Assenti e olhei para meu dever de casa.

— Poesia é importante.

Ouvimos os sons da caneta arranhando papel, deixando nossos pensamentos se expandirem.

— Gostei do seu quarto — disse Easton, finalmente.

Ele gostou de eu ter mostrado. Ele sabia que aquilo era importante, mesmo que eu fingisse não ser. E isso era o mais assustador em Easton.

Ele sempre sabia o que eu queria dizer.

7

Eu esperava sentir alguma coisa diferente em Indiana. Um ano pode mudar um lugar. Uma pessoa. Uma cidade. Contudo, enquanto passávamos de carro pelas ruas que conheci a vida toda, percebo que está tudo igual. Os mesmos prédios de tijolo na avenida principal. O mesmo pequeno posto de gasolina cuja placa torta diz Quickstop. Os milharais se estendendo a perder de vista.

Tudo me esperou.

O carro percorre a estrada enquanto Tucker manda mensagens sem parar, sentado ao meu lado. Tento ignorar as emoções que me sufocam.

Quando os pneus do Uber encostam na entrada, Tucker ergue a cabeça, e vejo um sorriso se espalhar em seu rosto. Ele está em casa.

A casa dos Albrey não mudou. A luz se esvai ao redor da construção, o sol lutando para jogar os últimos raios na água.

Uma viatura policial estacionada na frente da casa me faz pensar na primeira vez em que estive ali. Dixon está recostado no carro, de uniforme e braços cruzados.

— Dixy.

Tucker sai do carro e se aproxima do irmão, deixando para mim a tarefa de tirar as malas do bagageiro. Tudo bem. Eu preciso mesmo de um momento para me preparar.

Dixon estica a mão, impedindo o irmão de dar-lhe um abraço indesejado.

— Nem começa com essa merda, Fucker.

Tucker não parece incomodado, só dá um tapa no braço do irmão e o abraça de qualquer jeito. Escuto o som oco de tapinhas nas costas.

— Cadê a Elvis?

Fecho o bagageiro com um estrondo e olho para Dixon.

Não nos falamos desde que fui embora. Uma ou outra mensagem rápida, mas nada... nada como antes.

Lá se foram todas as confissões das garotas de quem ele gostava, das mensagens rindo da cara dos irmãos. Ele foi um dano colateral da minha partida — um lembrete doloroso do que eu perdera ao ser mandada para San Diego.

Espero para ver como serei recebida. Será que ele está com raiva? Decepcionado? Será que me distanciei demais? Prendo a respiração, e...

Dixon me abraça, me levanta do chão. Meu alívio é tão forte, tão intenso, que sinto lágrimas arderem nos olhos e no nariz. Afundo o rosto no pescoço dele, a gola e o colete rígidos do uniforme pressionando meu rosto macio, mas não me incomodo.

— Senti saudade — sussurra ele no meu cabelo.

É sincero. Consigo sentir pelo impacto das palavras no meu peito. Sem fingimento. Sem acréscimos. Só a verdade, sem nenhuma ressalva.

Quando ele me solta, mantenho a cabeça baixa e deixo Dixon carregar minha bagagem. Não consigo deixar de notar um pedaço descascado em um dos degraus do alpendre, e me lembro de quando Easton subiu com a bicicleta ali, lascando a madeira.

Não posso passar a semana assim. Lembrando de um milhão de momentos diferentes com Easton. Não posso.

Não vou sobreviver.

Lá dentro, sinto o cheiro do frango assando no forno, e ouço barulhos na cozinha.

— Mãe — chama Tucker. — Chegamos.

Sandry aparece, os olhos arregalados, o cabelo escapando do rabo de cavalo que puxou para o lado. O sorriso dela é forçado, nervoso. Tenho certeza de que combina com o meu próprio de momentos antes. Ela tira o avental e o joga no balcão, puxando Tucker em um abraço.

— Estou tão feliz por você estar aqui — diz ela, um pouco alto demais.

Ben Albrey se levanta e volta os olhos escuros na minha direção. Prendo a respiração quando ele abraça meus ombros e dá um beijo na minha cabeça, como um pai faria. Só que meu pai não pode me abraçar. Detentos não têm permissão de encostar nas visitas.

— Bem-vinda de volta, El — diz ele.

Não respondo, mas retribuo o abraço e ele me segura por mais um longo momento. Um pouco como um escudo.

Ben sempre foi assim, o mediador da família.

Sandry pergunta para Tucker sobre o voo, sobre a volta do aeroporto, e não consigo escutar todas as palavras, porque meus ouvidos estão zumbindo. Porque estou preocupada, porque sou uma covarde, porque estou com raiva. Porque...

Porque quero muito que Sandry me olhe como se ainda me amasse. E odeio precisar disso. Odeio que seja um requisito para eu me sentir bem-vinda.

Ela solta Tucker e finalmente volta a atenção para mim.

— Ellis.

Meu nome soa reverente.

Sem que eu perceba, minha boca se curva em um sorriso. Ela estende os braços como se fosse me abraçar, mas, em vez disso, segura minhas mãos.

— Estou muito feliz por você ter vindo — diz, tensa. — Está com fome?

É uma pergunta tão idiota. Não é nada sobre o que quero conversar.

— Estamos famintos — intervém Tucker. — Preciso comer *agora*.

Já comi aqui tantas vezes que tenho meu próprio lugar. A cadeira ao meu lado está vazia. É onde Easton se sentaria. O jantar todo se passa assim, como se estivesse faltando alguma coisa. Não só as palavras não ditas, não só o fantasma de quem não está aqui.

Evitamos o assunto. Até Tucker, que normalmente não perderia a oportunidade de fazer comentários desconfortáveis entre mordidas de frango assado, batata amanteigada e salada de verduras da horta de Ben, encharcada de azeite.

É um pecado aproximar esses tomates do calor.

Era o primeiro dogma da religião da horta de Ben.

E no meio da mesa fica um pote de pimenta calabresa, ao lado do saleiro e do pimenteiro. Porque Ben acredita que falta pimenta calabresa em todas as refeições, de forma geral.

Por algum motivo idiota, o pote de pimenta faz minha garganta apertar. É a constatação de que estou mesmo aqui, de verdade. Não em *casa*. Mas...

Tucker pergunta sobre o escritório de advocacia de Ben e as pessoas da cidade. Sobre a festa de Sandry e todo o drama de organizar um evento para duzentas pessoas. Falamos do serviço de Dixon na delegacia. Das garotas que ele namorou recentemente. Até que o assunto passa para Tucker.

— Há algum motivo para seu irmão ter a impressão de que vocês dois não estão falando com ele? — pergunta Ben de repente, cruzando os braços.

Sinto minha barriga afundar. Esqueci que os Albrey nunca evitam conversas constrangedoras.

— Vai saber de onde ele tira essas ideias, pai — diz Tucker, com desdém. — Eu vivo conversando com o Easton.

O silêncio na sala é tão pesado que minha respiração fica mais espessa.

Sandry aperta a boca com força. A reprovação das nossas escolhas — de Easton, de Tucker, minhas — está nítida em seu rosto.

— Isso está ficando ridículo, Tucker.

— Eu? Por que está falando comigo, e não com ele? — pergunta Tucker. — Por que eu tenho que fazer Easton se sentir melhor porque ele brigou com a Ellis? — diz ele, e me olha, a injustiça desenhando suas feições. — Não é minha culpa.

— Você é mais velho e maduro — diz Sandry. — Teoricamente.

Tucker passa uma das mãos pelo rosto.

— Odeio essa família.

— Só dê um jeito nessa história com seu irmão — diz ela. — Considere meu presente de aniversário.

Ela se dirige a Tucker, mas sei que a ordem também vale para mim.

— Meu presente é o trabalho manual que farei para sua festa — brinca Tucker. — Ninguém reparou que eu sou a vítima dessa situação?

— Você vai fazer mais do que trabalho manual. Tem cem coisas para resolver e...

— Sandry.

Ben contém a tempestade pousando uma das mãos sobre a dela, e Sandry respira fundo.

Ela se levanta, indicando que o jantar acabou, e eu tiro a mesa, que sempre foi minha função. Voltamos aos padrões antigos como se por memória muscular. Van Morrison soa ao fundo, baixinho. Sandry senta-se à ilha enquanto Ben enche a taça de vinho dela. Tucker e Dixon põem a louça na máquina e limpam os balcões. Guardamos as hortaliças e os temperos que sobraram, esquecidos por Sandry no frenesi da cozinha.

Os garotos se empurram e implicam um com o outro, o que faz alguma coisa em mim crescer. A normalidade de tudo. Exceto pelo enorme buraco na sala, do tamanho de Easton.

Ben senta-se ao lado de Sandry e puxa os pés dela para o colo. Acaricia seu tornozelo com um dedo.

— Quando o Easton vai chegar? — pergunta Tucker. — Só na véspera da festa?

— Isso — responde Ben. — No último minuto.

— É típico do Easton, fugir de todo o trabalho — resmunga Dixon.

— Não é culpa dele. Foi a Sara quem planejou a viagem — diz Sandry, tomando um gole de vinho.

Foi a Sara.

Não sei se sinto a traição de ele ter planejado uma viagem com outra pessoa, ou o alívio de não ter sido ideia dele. E não sei se estou feliz ou decepcionada por ter mais dias sem a presença de Easton.

Parte de mim mal pode esperar para mostrar que não preciso mais dele. E outra parte, a parte mais fraca, só quer vê-lo.

— Ellis, conta para a mamãe sobre o ano que vem — insiste Tucker.

Ele está pronto para se livrar do segredo que lhe pedi para guardar.

Imaginei dar a notícia para Sandry um milhão de vezes. Sempre imaginava uma carta em mãos, lágrimas nos olhos, mas já faz muito tempo desde quando falei com ela, que descobri, que quis contar.

Sandry me olha, curiosa.

As palavras se formam na minha cabeça antes que eu as diga.

— Passei para a UCSD.

— Você... passou para a Universidade da Califórnia em São Diego? — Ela fala devagar. Surpresa. E aí...

Sandry se levanta em um pulo. Ela me abraça, me aperta, soltando um grunhido agudo. Fico imóvel como uma pedra.

— Você passou!

Ela se afasta, a alegria transbordando até a ideia se firmar, congelando a felicidade em seu rosto.

— Estou tão orgulhosa.

— Obrigada — digo, mas me soa falso.

Não quero que ela fique orgulhosa. Não quero que ache que fiz isso por ela.

— Arranjei uns auxílios e bolsas de estudos...

Quero que ela saiba que fiz isso sozinha. Que eu mesma dei um jeito na faculdade.

— Estou tão orgulhosa — repete ela, e, dessa vez, me permito sentir as palavras.

— Você e Tucker na mesma faculdade — diz Ben, sacudindo a cabeça, com uma das mãos no ombro de Sandry. — É um prenúncio do caos — brinca.

— Não acredito que Courtney não me contou — murmura ela. — Você... — começa Sandry, e pigarreia. — Seu pai já sabe?

Respiro fundo, mas não parece restar oxigênio na sala.

— Não. Não falei com ele.

O cérebro dela calcula o tempo da chegada da carta da faculdade, quando teria sido minha última conversa com meu pai.

— Ele vai ficar feliz quando você for visitá-lo. Sei que ele sentiu saudades.

Ficam na ponta da minha língua todas as coisas que gostaria de dizer. Ele não teria sentido saudades se ela não tivesse me mandado para a Califórnia. A faculdade será só mais uma anedota para ele contar às pessoas, para dizer que foi um bom pai. Que fez seu trabalho.

— É — digo, só para impedi-la de perguntar.

Preciso de ar.

As portas duplas de vidro levam ao lago nos fundos da casa, e cada passo na grama esponjosa me ajuda a me firmar. Todas as minhas memórias encharcaram a terra como chuva, e sei que do chão poderiam brotar mil folhas de *mim*. Passei tanto tempo olhando para aquela água que não sei onde ela acaba e onde começo.

Estou sentada no cais, as pernas balançando na beirada, e não ergo o olhar quando ouço passos na madeira. Dixon senta-se ao meu lado, as botas não alcançando a água. Ele me oferece um cantil, mas mantém o olhar para a frente.

— Agente Albrey — brinco. — Os outros policiais sabem como você ignora as leis?

— Ah, qual é. Sei que você e Easton viviam bebendo aqui, então pode considerar um ritual de boas-vindas.

Tomo um golinho e me concentro na ardência na garganta.

— Tucker parece feliz.

— Ele está, sim.

É verdade. Tucker combina com a Califórnia. Ninguém do mundo dele está lá, pedindo para ele se explicar. Tucker pode existir sem rótulos, como prefere. Sandry sempre insistiu em explicar aos filhos que eles podem ser tudo que quiserem. Mesmo se for indefinível.

— Ainda não sei por que Tucker foi o único com quem você não se chateou. Eu... perguntei para ele. Até o acusei de falar merda sobre a gente para você. Sobre o Easton.

Ele parece constrangido por ter chegado àquele ponto.

Sinto a culpa me envolver, por ter colocado Tucker contra a família.

Olho para o cantil ao falar.

— Tucker ficou magoado?

Dixon pigarreia.

— Ficou. Achou uma traição a gente pensar uma coisa dessas. Você e ele sempre tiveram uma amizade estranha.

Levanto o cantil de novo, como se fosse me dar coragem de falar o nome dele em voz alta.

— Não mais estranha do que com o Easton.

— Não — diz ele, sacudindo a cabeça. — Você e Easton sempre foram exatamente o que são. Sempre fez sentido.

Minhas unhas encontram um sulco fundo na madeira, e aperto os dedos ali.

— Até não fazer mais.

— Ah — diz ele, pegando o cantil da minha mão e tomando um gole. — Vai ser esse tipo de viagem.

Tucker nos encontra e se senta do meu outro lado. Pela primeira vez em muito tempo, sinto alguma paz. É pouca, mas está ali. Passo o álcool para Tucker.

Ele toma um gole e faz uma careta.

— De quando é isso?

— Álcool não estraga — diz Dixon, pegando o cantil de volta.

— Acho que isso não é verdade — diz Tucker, se recostando sobre as palmas.

Ficamos sentados em silêncio. Não quero voltar à casa. Não quero subir. Não quero dormir.

Dixon é o primeiro a quebrar o silêncio.

— Dylan Kimble acabou de se candidatar a uma vaga de estágio na delegacia.

Solto um gemido.

— O Dylan Kimble? — pergunta Tucker, rindo. — Ele ainda odeia a gente?

Dixon faz um barulho de desprezo.

— Ele não me odeia. Ele foi pedir minha recomendação, e deixou bem implícito que eu devia um favor. Por causa do incidente.

— "Incidente". — Tucker ri. — Ele recebeu o que merecia.

Eu era caidinha pelo Dylan aos quatorze anos. Era mais pela ideia de namorar, já que mal falava com ele. Mas ele me convidou para uma festa e acabou beijando a Riley Baker, e eu tive que voltar para casa a pé. Sozinha.

Sinto a culpa retorcer minhas entranhas.

— Bom, ele precisou passar o resto das férias pintando a casa.

— Não é nossa culpa ele não ter lavado o ovo — diz Dixon, dando de ombros.

O sorriso de Tucker toma o rosto inteiro.

— Provavelmente ainda tem papel higiênico naquelas árvores.

Dixon comemora batendo na mão do irmão, acima da minha cabeça.

Sorrio, me lembrando daquela noite quente de verão. Easton secando minhas lágrimas e ameaçando matar Dylan. Tucker pegando o saco enorme de ovos e papel higiênico. "Você vai se sentir melhor se puder jogar alguma coisa." Dixon, normalmente a voz da razão, ligando o carro.

Eu tinha me sentido melhor quando cada centímetro do jardim acabara coberto de papel e gema de ovo. Não porque Dylan precisaria limpar tudo, mas porque os garotos tinham me defendido. Mesmo que fosse só contra um idiota qualquer. Eles estavam do meu lado.

E isso era bom.

Tucker boceja e se levanta.

— Pode dizer ao Dylan que você já fez um favor para ele quando impediu Easton de assassiná-lo.

Dixon me ajuda a me levantar, e nós três voltamos para dentro de casa.

Cada passo na escada me parece pesado.

Minha porta fica na frente da de Easton. O quarto dele está fechado. A placa de *Proibido Entrar* que fizemos não está mais lá, e não consigo conter minhas emoções, que dão um pulo. Ele me removeu da vida dele.

No meu quarto, nada mudou. Os mesmos móveis brancos. As mesmas paredes vazias. As mesmas caixas empilhadas no canto e no armário.

Visto o pijama e vou ao banheiro para escovar os dentes. O fantasma de Easton me acompanha, escovando os dentes e sorrindo com a boca cheia de pasta. Sinto o quadril dele quando me empurra para cuspir na pia. Sinto o olhar dele quando me vejo no reflexo no espelho.

"Você é sempre linda."

Coro, pensando no som da voz dele.

Quando termino tudo, paro na porta do meu quarto e olho para a de Easton. Não conscientemente, levo os dedos à maçaneta. É mais fria do que deveria, e digo a mim mesma que o que está do outro lado não importa. O clique da maçaneta faz um barulho em meio ao silêncio, e a porta range.

O quarto de Easton.

Um edredom azul xadrez cobre a cama. Ele odeia. Diz que não tem graça.

No espelho, fotos de amigos, dos irmãos, mas nenhuma minha. Os suvenires da nossa vida juntos se foram. Ingressos de cinema, os colares ridículos que ganhamos em um festival. Vejo a ausência das minhas coisas no espaço dele. Meu hidratante. Meus guias de viagem. Eu.

Tudo se foi, menos o mapa pregado acima da mesa.

As tachinhas coloridas indicando os lugares que planejávamos visitar ainda estão presas ali.

"Bolívia? Tem praia?"

"Não precisa de praia. Tem uma comida chamada..."

Enfio as unhas nas palmas da mão. Ele me esqueceu. Esqueceu nossas promessas.

Lágrimas escorrem dos meus olhos, e, antes que eu possa me conter, subo na cama dele. Entro debaixo do edredom, pressiono o rosto no travesseiro e sinto o perfume do xampu misturado àquele cheiro que é só dele. Terra, sal, cítrico. Um soluço escapa de mim, de tanta saudade.

Pego no sono olhando para um mapa cheio de promessas quebradas.

8

Treze anos

Foi na escola que aprendi que as crianças nem sempre falam o que querem dizer.

O segundo segmento do fundamental era difícil para todo mundo, mas, para uma garota que não vestia as roupas certas, nem tinha as coisas certas, era especialmente brutal.

Eu passava a maior parte das tardes e dos finais de semana na casa dos Albrey. Ninguém me mandava ir para casa, perguntava o que estava fazendo ali ou questionava por que eu estava comendo a comida deles. Mas na escola era outra coisa.

Na escola, Easton tinha amigos diferentes dos meus. Os dele chegavam em carrões e levavam almoço ou dinheiro para comprar comida chique nos restaurantes próximos.

Eu e Tenny íamos de ônibus e comíamos o almoço gratuito do bandejão. Era nosso lugar, Tenny dissera.

Normalmente, eu almoçava com ela no refeitório, mas, um dia na sala de aula, Sara me perguntou por que eu nunca comia com Easton.

Ela morava a três casas dos Albrey, bem no lago. O cabelo dela estava sempre perfeito, as roupas, novas, e a expressão, amigável.

Ela sempre almoçava com os amigos do Easton.
— Vocês são melhores amigos, né? — perguntou ela. — Sempre vejo você na casa dele.

Fiz que sim com a cabeça lentamente. Eu nem sabia se devia contar aquilo para as pessoas.

— Bom — disse ela, sorrindo —, vem almoçar com a gente, então.

Sandry me dissera que ela seria uma amiga perfeita para mim, e tentara marcar de brincarmos juntas. Éramos velhas demais para aquilo, e eu tinha vergonha de admitir ser necessário.

Por isso, que nem uma idiota, aceitei.

Carter Johnson me observou desde a fila do refeitório enquanto eu levava a bandeja para a mesa deles. Ele era o tipo de garoto que só falava com um certo tipo de pessoa. Senti seu olhar quando me sentei ao lado de Sara. O grupo todo se calou, virando-se para me olhar. Para a coisa que não deveria estar ali. Apesar de ser um dia ensolarado de abril, senti o gelo daqueles olhares penetrar minha pele.

— Ellis vai sentar com a gente — disse Sara, alegre. — Ela já é amiga do Easton.

Todo mundo se virou para Easton, sentado do outro lado da mesa. Ele encontrou meu olhar, mas logo desviou o rosto. Aparentemente, já bastava, porque a mesa logo voltou ao que estava fazendo antes de minha chegada.

Sara pegou batatas fritas do prato, rindo de alguma coisa que alguém dissera. O cabelo estava preso em um coque alto, e ela tinha uma quantidade fofa de sardas no nariz, mas que não lhe dava uma aparência infantil. Ela era gentil e cuidadosa. O tipo de pessoa que sempre pensava antes de falar.

Eu a detestava.

Esfreguei as mãos suadas na calça jeans, tentando fingir que sabia o que estava fazendo.

Quando ela me fazia perguntas, cuidava para evitar tudo que pudesse me constranger, de tal forma que expunha tudo ainda mais. Do outro lado da mesa, Easton parecia completamente à vontade. Exceto pelo garfo, fazendo pequenos círculos ao redor da comida no prato.

Easton nunca considerava o fato de eu ser diferente dele. Nenhuma vez. Ele nem imaginava que meus pais às vezes nem voltavam para casa, porque minha mãe escolhia não voltar, e meu pai estava preso. Ele fazia comentários a respeito de tirar notas boas para nossos pais não nos matarem. Minha mãe não sabia nem se eu ia à escola.

E eu sentia que Easton me conhecia bem, exatamente por nunca considerar nada disso. Eu não era a soma de coisas além do meu controle. Com Easton, eu vivia para além daquilo.

— Daqui a poucos meses estaremos no ensino médio — refletiu Sara. — As pessoas são diferentes lá. Têm a mente mais aberta.

Fiz que sim com a cabeça. Eu não sabia quais palavras me fariam soar agradecida, o que eu sabia que ela estava esperando.

— Estou animada para os bailes.

O olhar dela encontrou o meu.

— Eu também. Minha irmã está no segundo ano. Tem um monte de vestidos, jantares e danças. Ela usou uma tiara cafona, mas ainda assim ficou legal.

Pensei em usar um vestido bonito, uma tiara cafona e ser uma princesa por um momento. E depois pensei em um acompanhante. Quem iria comigo? Eu não conhecia nenhum garoto além dos Albrey. Easton provavelmente iria com outra garota, alguém com o cabelo brilhante e uma tiara, que nem a Sara.

— Tenho um monte de vestidos que eram da minha irmã, se você quiser pegar um emprestado.

Franzi a testa, confusa, antes de notar o que ela supusera. Ela achava que minha cara era porque eu estava preocupada com o preço do vestido.

— Ah, obrigada.

— Usamos mais ou menos o mesmo tamanho.

Ela estava me fazendo um favor. Estava sendo generosa. E percebi que ela se sentia bem por ser generosa.

— É muita generosidade sua.

Era mesmo. E também era humilhante.

A voz de Carter percorreu a mesa, mesmo que ele estivesse falando baixo.

— Por que a Ellis Truman está aqui?

Todos os músculos das minhas costas tensionaram.

— Ela veio com a Sara — disse Easton.

Nem consegui olhar para ele. Deixei o silêncio cair nas brechas do ar da tarde e a dor me cobrir. Ele se levantou, e não o vi ir embora.

— Ouvi falar que o pai dela está na cadeia.

Eu não sabia quem estava falando, porque meus ouvidos estavam zunindo.

— Ouvi falar que ela mora na casa do Easton e ajuda com as tarefas domésticas.

— Ela é tipo a empregada deles?

— Provavelmente não — disse Carter. — Mas quem sabe? Parece que ela é um bichinho de estimação.

— A família dela...

— Ela é minha amiga — disse Sara, sua voz se erguendo

acima das outras. — Eu a convidei. Se não quiserem falar com ela, podem ir embora.

— Vocês fofocam que nem um bando de comadres — disse Taylor, que eu mal conhecia.

Sara segurou minha mão.

— Quer sair um pouco?

Sim. Claro que eu queria sair, mas não iria fazer isso. Sacudi a cabeça em recusa. Eu não queria ir a lugar nenhum com ela. Quando me levantei e fui até a lixeira, ninguém me impediu.

Naquela tarde, eu ainda estava com vergonha, mas não queria ir para casa. Andar até a casa dos Albrey não foi tão humilhante quanto eu esperava. Mesmo que eu fosse o bichinho de estimação deles. Dixon e eu nos sentamos em frente à televisão enquanto Sandry trabalhava na cozinha.

Até que a porta se abriu em meio a uma comoção barulhenta. Tucker estava no meio de um grito.

— ... idiota.

— Não pedi sua opinião, Tucker.

Easton estava andando para a cozinha. Quando se virou na minha direção, vi o que tinha acontecido — as marcas vermelhas —, mas ele desviou o rosto na mesma hora. Easton estava com a boca arrebentada e o começo de um hematoma na face.

— Foi *você* quem fez isso — disse Tucker, o seguindo.

A camiseta dele estava rasgada.

— E não pedi sua ajuda.

Easton foi até a pia e abriu a torneira.

— O que aconteceu? — perguntou Sandry. — Vocês brigaram?

Ninguém falou nada até Tucker finalmente olhar para a mãe com uma expressão arrogante.

— Pergunte para o Easton.

Sandry se levantou no segundo seguinte, segurando o queixo de Easton e examinando seu rosto.

— Foi você que fez isso, Tucker?

— É o quê? Não — disse Tucker, aparentemente surpreso pela conversa ter se voltado contra ele com tanta facilidade. — Bom, a boca, não.

Ela virou o rosto de Easton, e ele fez uma careta.

— Explique-se. Agora.

— Eu briguei com o Carter.

— Carter Johnson? — perguntou Sandry.

Esperei Easton me olhar, mas ele não parou de encarar o chão.

Ele soltou um gemido de dor quando Sandry apertou sua boca, então puxou a cabeça, afastando-se dela.

— Por algum motivo específico? — perguntou ela.

Easton parou de mexer as mãos debaixo d'água e deu de ombros.

Tucker sorriu.

— Conta, Easton.

Eu não precisava de uma bola de cristal para saber o que aconteceria a seguir. Easton se virou contra o irmão e agarrou a camiseta dele, mas Sandry foi mais rápida. Antes que Easton batesse em Tucker, ela entrou no meio.

— Easton Albrey, use suas palavras. Cansei de mandar você parar de usar as mãos. Você está parecendo o Dixon.

— Ei! — disse Dixon, parecendo momentaneamente magoado.

Sandry o ignorou.

Então Tucker começou a explicar.

— Easton derrubou Carter no treino.

— Jogando futebol? — perguntou Dixon, rindo.

— Ele estava falando...
Quando Easton me olhou, eu soube na mesma hora o que tinha acontecido. Senti a bile revirar no meu estômago.
— Então você bateu no Carter? — insistiu Sandry.
— Ele estava falando da Ellis — disse Tucker. — Aí Taylor Vane falou que o Easton podia ter pelo menos defendido ela no almoço, se realmente se importasse. Então eu soquei o Easton.
Sandry fechou os olhos e respirou fundo.
— Defendido a Ellis?
Easton mordeu o lábio e olhou para baixo, passando um dedo pelo machucado na mão.
— Carter foi um cuzão no almoço.
— Olha a boca suja — advertiu Sandry. — Ele foi malvado com a Ellis no almoço, então horas depois você o socou.
Easton deu um passo para trás, se afastando da mãe.
— Era para eu ter batido nele no almoço?
— Isso — respondeu Tucker. — Era, sim.
Quando Easton me olhou, vi o pedido de desculpas em sua expressão.
— Vocês todos — começou Sandry — podem ir para o quarto. Está todo mundo de castigo.
— Mãe — resmungou Dixon. — Eu nem estava lá.
— Cale a boca agora mesmo — disse Sandry.
Easton jogou o pano de prato e saiu da cozinha batendo os pés, e Dixon riu ao segui-lo escada acima.
Eu deveria ter ido atrás de Easton, era o que sempre fazia. Mas ainda estava magoada por causa do almoço.
Tucker piscou e fez um gesto com a cabeça, me chamando para acompanhá-lo. Era a deixa de que eu precisava. Andei até a escada atrás dele.
— Ellis.

A voz de Sandry me deteve. Ela estava com rugas de preocupação ao redor dos olhos.

— Está tudo bem? — perguntou ela.

Eu queria dizer que sim, mas as palavras ficaram engasgadas, e acabei só assentindo com a cabeça.

— É, foi o que pensei — disse ela, secando o balcão, e olhou para mim. — Sinto muito por Easton ter sido covarde. Lembro bem como é — continuou, apoiando o pano de prato na beira da pia o dobrando. — Seu pai às vezes também esquecia que a gente era amigo. Nunca era bom.

— Por que meu pai teria vergonha de você?

Ela suspirou.

— É isso que você acha? Que Easton tem vergonha? — perguntou, e sacudiu a cabeça. — Eu e seu pai sempre fomos diferentes, na direção oposta. Na idade de vocês, isso tudo parece muito grave. Às vezes, não importava, mas, outras vezes, sim. Você sabe que eu cresci nesta casa?

Fiz que sim com a cabeça.

— A gente passava muito tempo juntos, que nem você e os meninos. Transformamos a garagem náutica em um clubinho. A gente fazia muita besteira, mas seu pai não tinha o luxo de agir que nem criança. Acho que ele sentia certa vergonha disso. Eu fingia ficar tranquila quando ele me ignorava na frente de outras pessoas, mas não deveria ter feito isso. Ele só parou depois que a gente se formou e eu fui para a faculdade.

Ela me olhou nos olhos, para garantir que eu estava entendendo completamente.

— Não aceite ele agir dessa forma. Nem finja que aceita.

Falei que concordava, mas ainda não tinha certeza. Ela apertou meu braço e depois me soltou. Por hábito, subi a escada até o quarto de Easton, mas acabei indo à porta de Tucker e batendo uma vez antes de girar a maçaneta.

O espaço era muito mais bagunçado que o de Easton. Roupas jogadas para todo lado, livros, pratos sujos de comida, lixo. A fonte de muitas brigas dele com a mãe.

Ele estava deitado na cama, e fez um gesto, me chamando para me jogar ali.

— Não foi só você que teve um dia de merda.

Fiz um ruído.

— Por que o seu dia foi ruim?

— Precisei cair na porrada com meu irmão porque ele foi idiota... e valeu a pena, por sinal. Zerei aquela prova de matemática idiota. E semana passada beijei a Gretchen e ela não para de me perguntar quando vou convidar ela para sair.

— Você gosta da Gretchen?

Ele suspirou, e eu entendi. A pergunta não era importante, mas ao mesmo tempo era, sim.

— Foi mal — resmunguei.

Estava falando sério. Eu queria ser o tipo de pessoa que simplesmente deixava Tucker ser Tucker. Deixar ele descobrir que tipo de pessoa seria. Ele pareceu entender e pegou minha mão, entrelaçando nossos dedos.

— Você sabe que é muito melhor do que os amigos idiotas do Easton, né? — perguntou ele.

Ou simplesmente declarou. Eu não sabia bem.

Deixei a compreensão de que amava Tucker Albrey se acomodar no meu peito.

Não era o tipo de amor que me deixava nervosa nem dava frio na barriga. Eu amava Tucker de um jeito mais profundo. Uma amizade inquebrável.

— Sabia que na Espanha as crianças voltam para casa na hora do almoço? — perguntei.

— É mesmo?

— Não sei, mas parece algo que elas fariam.

Ele apertou minha mão.

— Você anda lendo sobre a Espanha?

Desviei o olhar para o ventilador de teto, observando-o girar devagar, tentando acompanhar o ritmo de uma das pás.

— Vamos ver um filme hoje. Você vai ficar? É a vez do meu pai de escolher, então vai ser *A princesa prometida* — disse Tucker, sentindo minha apreensão. — Você devia ficar.

Mas não podia. Uma sensação de vulnerabilidade estranha se retorcia na minha barriga porque os garotos tinham me defendido. Eu não queria sentir que precisava de alguém, mesmo que fosse bom. Precisava de espaço para lembrar que não precisava deles.

Desci a estrada sob a luz da lua e pensei em todas as coisas que Easton deveria ter dito.

A cada passo que eu dava, me afastando da casa dos Albrey, aquela sensação cheia e quente se esvaía de mim, como se nunca tivesse existido. Meus pés fizeram o caminho curto até a casa da minha avó. Vi as luzes acesas na sala e soube que, se quisesse, poderia entrar e me sentar no sofá. Minha avó não perguntaria o que eu estava fazendo, só suspiraria e me ofereceria comida. Havia certo conforto em não precisa responder perguntas. Tenny estaria lá, mas ela se perguntaria por que eu não estava na casa dos Albrey, e eu não estava com vontade de me defender. Em vez disso, segui até aquele lugar frio e distante. O meu lugar.

Dentro de casa, minha mãe estava no banheiro, segurando o rímel, com música ecoando pelos alto-falantes. Ela cantava junto, abrindo bem a boca pintada e dando os toques finais nos cílios.

— Oi, amor — disse ela, alegre, quando me notou, e continuou a se arrumar no espelho. — Não sabia que você voltaria hoje.

— Amanhã tem aula.
Ela estalou a língua.
— De onde eu tirei uma filha tão responsável?
Eu me empertiguei ao ouvir o elogio, mesmo que não acreditasse.
— Volto mais tarde — disse ela, dando um beijo no ar acima da minha cabeça e pegando o celular. — Me liga se precisar.
Ela bateu a porta ao sair. Não perguntara nada do meu dia. Não perguntara da escola, dos meus amigos, nem de onde eu estivera.
Escovei os dentes, lavei o rosto e vesti o moletom. Eu não podia trancar a porta, porque minha mãe talvez não encontrasse as chaves na volta. Por isso, só apaguei todas as luzes da casa. Sozinha.
Na porta do meu quarto, olhei para a cama, a poucos metros do interruptor. Não era comum eu desejar que minha família estivesse por perto, exceto na hora de apagar a luz.
Ninguém deveria ter que apagar a luz sozinha.

9

Levo um segundo para me dar conta de onde estou.

Mas só um, porque a luz neste cômodo é diferente. É filtrada pelas cortinas brancas, em raios grossos do sol suave da manhã. Eu me espreguiço que nem um gato, sentindo o calor no rosto. O lençol cheira a Easton. Viro o rosto, encostando-o no travesseiro, e respiro fundo, encolhendo o corpo de volta. Tudo parece certo.

No lugar onde o sono ainda enevoa meus pensamentos, posso fingir.

Mas, como qualquer névoa, ela se dissipa.

A casa dos Albrey. Sandry, Ben e Tucker estão aqui. Não quero me levantar, mas só de pensar que alguém pode me encontrar aqui, levanto o cobertor e desço a escada. Explicar por que dormi no quarto de Easton não é o melhor jeito de começar o dia.

Meus pés descalços conhecem todas as reentrâncias da madeira. Evito a tábua no último degrau, que sei que range. Nem mesmo um ano de distância pode arrancar a sensação familiar daquela casa.

Na cozinha, esfrego os olhos, tentando me livrar do sono que ainda me prende.

É por isso que não me dou conta do que vejo até já ser tarde demais.

Easton está em frente à cafeteira. De pijama, o quadril recostado na bancada e os tornozelos cruzados. O cabelo escuro está desgrenhado, como sempre fica quando acorda, e umas mechas caem sobre os olhos.

Ele está exatamente igual.

E completamente diferente.

Não consigo respirar. Os olhos castanhos me encaram e ele não se mexe. Não fala. Estamos congelados.

Mil coisas enchem minha mente enquanto tento me forçar a fazer qualquer coisa, dizer *qualquer coisa*. Um comentário engraçadinho sobre o café. Um comentário furioso sobre não saber que ele tinha chegado. Um cumprimento sequer. Não pode ser tão difícil dizer *oi*.

Mas as palavras que enchem minha boca não são nenhuma dessas.

Senti saudade.

Em vez de dizê-las, fico em silêncio.

Observo o esforço em sua garganta, o pescoço comprido e bronzeado onde eu gostaria de enfiar a cara.

— Seu cabelo. — Ele aponta para mim com a caneca. A voz está rouca, e vejo o pomo-de-adão se mexer quando ele engole em seco.

Meu cabelo.

Talvez esteja mais comprido. Talvez mais claro. Mas nem sei o que responder. São essas as primeiras palavras que ele me diz, depois de um ano?

Seu cabelo.

Fecho as mãos em punho, me obrigando a não ajeitar o cabelo. Nem encostar. Nem reconhecer que aquelas palavras idiotas têm mais importância para mim do que deviam. Porque a verdade é que ele está *falando* comigo. E as palavras não importam. É ele que importa.

E eu me odeio por isso.

A expressão dele muda, de surpresa para algo que se assemelha a preocupação... Mas estou enganada. Easton não se preocupa comigo.

— Ellis.

Um sussurro.

— Não.

Odeio não conseguir disfarçar a dor naquela palavra. Odeio o fato de que seria inútil tentar. Odeio tudo nesse lugar. A luz suave demais parece preencher os espaços entre nós. Vejo a memória de um sorriso no canto da boca dele e quero tanto fazê-lo me mostrar mais. Como estamos sozinhos.

Eu digo a mim mesma que odeio Easton Albrey, mas, na verdade, odeio não odiá-lo.

Um bocejo quebra o silêncio e Dixon entra na cozinha, esfregando a barriga por baixo da blusa.

— Easton? Quando você chegou?

Dou um passo para trás, constrangida por ter sido pega, mas nem sei pelo quê.

— Ontem à noite — responde ele, sem desviar o olhar de mim.

Estamos competindo para vez quem vai piscar primeiro, e me recuso a perder.

— Você soube que Ellis tinha chegado, e encurtou a viagem. Que previsível — provoca Dixon, andando pela cozinha.

Easton dá um passo para trás e olha para cima, tensionando os ombros, as orelhas ficando vermelhas.

— Você não tem uma casa na qual supostamente mora?

Dixon ignora o irmão e pergunta:

— Você é o guardião do café, ou posso tomar um pouco?

Easton se afasta e tensiona os ombros por mais um momento, antes de eu sentir um abraço. Um rosto encosta no meu, dá um beijo na minha bochecha. É áspero, completamente Tucker.

Eu me encolho, me afastando de sua barba por fazer, mas ele esfrega o queixo em mim de qualquer jeito. Faz com que eu desvie o olhar, e, quando viro o rosto de volta, Easton está apertando o maxilar com força.

Tucker acompanha meu olhar e parece ver Easton pela primeira vez.

— Caçulinha!

A expressão de Easton não se altera.

— Fucker.

Tucker vai até ele e dá um mata-leão, derramando o café quente de Easton para todo lado. Easton grita, mas Tucker não liga, e eles começam a brincar de lutinha. Vou até a cafeteira e Dixon me oferece uma caneca que já havia servido.

— Ainda toma cheio de creme cancerígeno?

Eu forço um sorriso.

— Prefiro sempre uma boa dose de cafeína e pré-diabetes.

Será que minha voz soa firme? Não consigo sentir firmeza em nada.

— Bom, cá está — diz ele, tomando um gole do próprio café e apontando para os irmãos. — Vai apartar a briga dos seus namorados?

Quero engolir café só para ter o que fazer, mas meu estômago está embrulhado.

Tucker finalmente solta o irmão, e eu entrego uma xícara a ele.

— Valeu — diz, afastando o cabelo do rosto.

Easton estreita os olhos para a xícara quando Sandry entra na cozinha, abrindo um sorriso para o filho mais novo.

— Ah, que bom. Você chegou.

ALGUNS ERROS COMETIDOS 95

— Você sabia que ele ia vir mais cedo? — pergunta Dixon.

— Sabia — diz ela, servindo o que sobrou do café na caneca. — Mandei mensagem para ele avisando que a Ellis estava a caminho.

— E *eu* — diz Tucker, levando uma das mãos ao peito. — Eu também vim.

Sandry faz uma cara de tédio.

— Acho que não havia dúvida de que *você* pegaria o avião.

— Dormiu bem? — pergunta Dixon.

Eu me concentro no café.

— Dormi — respondo.

— Aquela cama é bem confortável — diz Sandry. — De vez em quando durmo lá, quando o Ben começa a roncar muito alto.

— Ellis não sabe, porque ela dormiu no quarto do Easton — acrescenta Tucker, arregalando os olhos e tomando um gole exagerado de café.

Eu queria que olhares matassem, porque ele estaria morto.

A cafeteira na mão de Sandry só para por um segundo.

— Então onde Easton dormiu?

Eu queria que o chão se abrisse e me deixasse cair até o centro da terra.

— Dormi no sofá — diz.

Meu rosto arde quando penso em Easton voltando para casa e me vendo enroscada na cama dele. Tudo que resta do meu orgulho é destruído. Ele sabe como sou fraca. Ele sabe como sou tonta...

— Você rouba todos os cobertores, El — diz Tucker.

— Não roubo, não.

Será que minha voz está muito esganiçada?

Easton solta um barulho de desdém e Dixon olha de um irmão para o outro.

Tomo um gole de café. É pequeno, mas pelo menos me dá o que fazer.

— Ah, que bom, todo mundo acordou.

Ben entra na cozinha inteiramente arrumado, de terno e cabelo perfeitamente penteado. Ele dá um beijo de bom-dia em Sandry antes de pegar a cafeteira vazia e nos olhar com raiva, como se o tivéssemos traído.

— Vocês beberam o café todo?

Dixon dá de ombros.

— A cafeteira não se enche sozinha.

Ele solta um suspiro pesado e se volta para mim. Ofereço minha xícara.

— Pode tomar o meu — ofereço, principalmente pelo gesto.

— Você sempre foi minha filha preferida — diz ele, fazendo uma careta para a cor leitosa na minha xícara. — Mas bebe café que nem um monstro.

Quando sorrio, ele sorri de volta. São coisas normais. Típicas.

— Que horas você volta para casa? — pergunta Sandry, subindo e descendo o dedo pela lateral da xícara em um gesto nervoso.

— Na hora de sempre.

Ele vê a preocupação da esposa e fala antes que ela possa falar:

— Você tem todas essas pessoas aqui para ajudá-la. Algumas são até competentes. Ellis, você pode ajudar Sandry a fazer uma lista?

Não.

— Claro.

O rosto todo de Sandry se ilumina, e me sinto culpada por estar tão apavorada.

— Eu queria sair para caminhar antes — digo.

ALGUNS ERROS COMETIDOS

— Ah, sim, certo. Claro.

As palavras dela saem rápido demais. Mostram o medo que ela sente de eu voltar atrás, e me impeço de abrir a boca para tranquilizá-la.

— Vou tomar um banho — digo, deixando a xícara na pia.

— Não vai terminar isso? — pergunta Ben. — Trabalho muito para fornecer café para esta família ingrata. O mínimo que você pode fazer é tomar até o fim.

Sorrio. É a primeira vez que falam comigo como se não houvesse um cânion entre nós.

Tucker gargalha.

— O papai parece o Will.

Por um segundo, não lembro quem é Will. Minha vida em San Diego parece muito distante dessa cozinha. Um sorriso vem ao meu rosto devido ao comentário absurdo. Ben e Will não se parecem em nada. Viro a caneca e bebo até a última gota antes de deixá-la na pia e levantar as mãos.

— Assim tá bom? — pergunto.

Ele bagunça meu cabelo.

— Claro.

Quando saio da cozinha, não olho para Easton, mesmo sentindo o olhar dele em mim. No banheiro, encaro meu reflexo por mais tempo do que deveria, em busca de rachaduras e falhas em minha máscara. Meus olhos estão tristes. Odeio que estejam assim.

No banho, tento lavar tudo aquilo do meu rosto e do meu corpo. A água está tão quente que deixa minha pele vermelha.

Fecho o chuveiro e ouço vozes do outro lado da porta.

— ... quem quer que seja.

Escuto metade do que Easton diz.

— Engole essa arrogância e pergunta se quiser saber alguma coisa — responde Tucker.

— Para ficar vendo você e Ellis cheios de sorrisinhos de novo?

Considero ficar no banheiro e me esconder até eles irem embora, mas sei que me ouviram desligar o chuveiro. Então, me visto, e, quando abro a porta, Tucker e Easton estão recostados no batente, um de cada lado. Eles parecem touros prestes a bater os chifres. Easton está com a testa franzida, mas Tucker...

Ele me dá uma piscadela.

— E aí, gatinha. Quer se juntar à gente?

É óbvio o que Tucker está fazendo. Ele não quer ter aquela conversa com Easton. Na verdade, ele não merece ficar preso no meio disso. Olho para ele em súplica, como se pedisse *por favor, não me faça fazer isso.*

A expressão de Tucker se suaviza perante as minhas palavras silenciosas.

— Vamos lá, El.

— Vocês vão agir assim o tempo todo? — pergunta Easton.

Tucker inclina a cabeça de lado.

— Provavelmente — fala, e aperta o maxilar. — Ele quer saber quem é o Will.

— Tuck.

Falo baixo porque, mesmo dizendo seu nome, sei que ele só vai parar quando um de nós ceder e reconhecer o outro.

Easton revira os olhos, mas aperta o maxilar.

— Façam isso quando a gente não tiver que ver.

— Ver o quê, East? — provoca Tucker. — Por que a gente não pode agir assim? Não quer perguntar sobre o Will?

Engulo em seco.

— Tucker, para com isso.

Vou até meu quarto, onde largo o pijama perto da mala e tiro a toalha do cabelo.

— Estou pouco me fodendo para quem é esse Will, mas não quero ficar vendo todas as piadinhas internas de vocês — diz Easton, dando um passo à frente.

— Por quê? Tá com ciúme?

Easton se aproxima do irmão e sinto a raiva estalar no ar, pronta para explodir.

Tucker solta uma gargalhada frustrada.

— Puta que pariu, Easton. *Fala* com ela. — Ele aperta a mandíbula, chegando ainda mais perto do irmão. — Você é a pessoa inteligente mais burra do mundo — diz.

Eu me encosto na parede.

Easton olha para mim e de volta para Tucker.

— Antes dela ser sua namorada...

— Você está se ouvindo? — pergunta Tucker, andando na direção da escada, como se pudesse fugir dessa situação. — Cala a boca e para de tentar projetar sua merda em todo mundo. Ela não é minha *namorada*. Nem brinca com isso.

Easton não me olha, e o silêncio se estende. Sinto uma pontada nas costelas.

Tucker respira fundo, e a fúria se transforma em mágoa.

— Parem de me colocar no meio de vocês. Estou exausto de ser baixa dessa guerra.

Nós o vemos desaparecer escada abaixo, e restamos só eu e Easton no corredor. Finalmente, ergo o olhar para Easton.

Não consigo lê-lo. Não vejo raiva, nem dor, nem um olhar de *"Eu sabia"*. São olhos escuros. Vazios. Nada.

— Só... não estrague tudo para a mamãe — diz Easton.

— Qualquer que seja seu motivo... não.

Não. É a mesma coisa que falei uma hora antes. Passo a língua pelos lábios secos, e ele acompanha o movimento com o olhar.

— Você perdeu o direito de me pedir qualquer coisa quando fui para a Califórnia.

Endireito os ombros, pronta para a briga que sei que me espera, mas Easton assente. Quando ele fecha a porta, acabo sozinha no corredor, segurando uma toalha, meu cabelo ainda molhado pingando na blusa e no carpete.

Fico ali até a água em mim esfriar, e todo mundo, exceto eu, seguir em frente.

10

Quinze anos

A gripe fora a gota d'água para Sandry.
No chão do nosso banheiro sujo, tremendo de febre, tentei me convencer que não tinha que ligar para ninguém. Não precisava de ninguém. Daria tudo certo.

Mas minha mãe tinha ido embora de novo, sem avisar quando voltaria, e meu pai estava preso. Ele já estivera preso antes, mas aquela era a primeira vez em que eu *precisava* mesmo dos meus pais. Eu podia ir à escola sozinha e me alimentar, mas... isso era demais.

Easton tinha ido me procurar depois que eu parara de responder suas mensagens. Ele tinha me levantado do chão de linóleo e me levado para o sofá, com um cobertor e um copo d'água.

— Você está péssima.

Eu não tinha energia para gritar com ele, nem mesmo para sentir vergonha.

Quando voltei a abrir os olhos, Sandry estava na minha frente, a mandíbula tensa, tentando se manter calma. Ela olhou ao redor da casa e apertou o casaco. Talvez eu tivesse me esquecido de ligar o aquecedor.

— Cadê sua mãe?
Estreitei os olhos. Levei um momento para entender a pergunta. Mães deveriam cuidar dos filhos doentes. Eu não via minha mãe havia semanas, e a inconsistência dela me era mais normal do que uma mãe que cuidasse da filha adoentada.

Sandry me embrulhou em uma manta e me levou ao carro, dando tapinhas suaves nas minhas costas. Fiquei no sofá deles enquanto os meninos fingiam estar irritados com minha presença, mas corriam para encher minha água sempre que o copo estava vazio.

Eu pedi para eles pararem, mas Sandry deu de ombros e disse que era isso que as pessoas faziam.

Quando eu era pequena, meu pai me deixava matar aula. Eu saía do quarto e dizia que não estava me sentindo bem. Retorcia a cara no que achava que seria uma expressão de dor e arrastava os pés até ele, sentado à mesa de jantar. O cigarro matinal pendia dos dedos enquanto ele assistia ao jornal baixinho no canto.

— Hum — dizia ele, esticando a mão para sentir minha testa. — Não parece febre. É dor de barriga? Ou de coração?

Eu fingia considerar a pergunta antes de responder:

— Acho que é meu coração.

— Bom — suspirava ele —, você já sabe como é.

O sorriso no meu rosto era inevitável, mesmo que eu tentasse esconder. Sentada no sofá, meu pai me embrulhava em uma manta e colocava desenhos animados na televisão. O café da manhã era trazido em um prato, o pão cortado no formato de um rosto, com olhos de frutas. O almoço era sempre sorvete, a cura para todos os males. Ele me fazia companhia, rindo do que estava passando na televisão, ou dando tapinhas na minha perna nas partes mais emocionantes.

No sofá dos Albrey, reparei que eu não estava doente apenas de corpo, mas também de coração. Eu estava com saudade do meu pai. Sandry me dava comida e remédio, mas, por mais que ficasse agradecida, eu não conseguia deixar de desejar que fosse sorvete.

Na semana seguinte, Sandry me fez subir a escada.

Era só uma cama no quarto praticamente vazio na frente do de Easton.

— Sei que não é muita coisa — disse Sandry, passando as mãos nervosas na manta que trazia no braço, e que já tinha dobrado e desdobrado duas vezes desde que entrara no quarto. — Achei que já era mais do que hora. O sofá é desconfortável.

Era só uma cama.

Novinha em folha. Não de segunda mão, que nem todos os móveis da minha casa. Era limpa, impecável, e até estava com lençóis recém-lavados; dava para ver que também eram novos.

— Sei que você falou que não precisa de um lugar para ficar...

As palavras dela pareciam se dissolver. Faltava a confiança que Sandry normalmente tinha ao falar.

— É só que, se precisar — continuou —, quero que você saiba que é aqui. Bem aqui. É para além de hoje. Nunca mais quero que você fique doente e sozinha.

Assenti com a cabeça, porque era o que ela queria que eu fizesse. Agradeci, porque era o que ela estava esperando. Sorri, porque era o jeito mais fácil de acabar com isso.

Era só uma cama, mas senti que eles tinham me dado algo a mais. Algo que eu precisava alcançar. Que eu devia algo a eles.

E agora, como está seu coração?

Estava agradecido, e eu detestava isso.

— Seu pai tem uma audiência na terça-feira, aí vamos saber melhor o que vai acontecer. Mas — disse ela, pigarreando, e deixou a manta na beirada da cama — esta sempre será sua casa. Quero que você se lembre disso.

Minha casa. Soava tão esquisito.

E mesmo que morar com os Albrey fosse temporário, eu me sentia uma traidora por desejar ficar ali. Como se estivesse escolhendo um lado.

— Não vou mais poder morar na minha casa? — perguntei.

— Não. Não — falou, mais palavras apressadas. — Quero dizer... — disse ela, respirando fundo. — Nós duas sabemos a frequência da sua mãe em casa, e quero que você saiba que este espaço estará sempre aqui. Use-o ou não, mas saiba que está aqui.

Oficialmente, minha mãe morava na minha casa, e ninguém perguntava quem estava cuidando de uma criança a partir de determinada idade. Eu ainda ia à escola e não sofria violência, então o estado não parecia ligar se eu morava com responsáveis ou não.

Mas Sandry ligava.

Quando ela saiu e fechou a porta, me deixando no *meu quarto*, senti todo o ar sair junto.

Era para eu amar aquela cama, aquele espaço, aquela família, mas amá-los era como uma traição a todo o resto da minha vida. Eu não via como fazer as duas coisas.

Após o jantar, após a louça estar lavada e a família adormecer, fiquei esperando permissão do meu coração para deitar na *minha* cama.

No corredor, dava para ver a luz do quarto de Easton. Parei à porta entreaberta. Easton estava sentado na cama, com os cotovelos apoiados nos joelhos, concentrado na televisão. Ele cutucava furiosamente o controle do videogame com os polegares.

— Vai entrar? — perguntou Easton, sem desviar o olhar do jogo.

Empurrei a porta para abri-la, mas continuei ali, parada, ainda sem saber se deveria entrar.

— Há quanto tempo você está tentando sair daí?

Ele sempre sabia o que eu estava pensando sem que eu precisasse falar. Era irritante.

— Pouco tempo.

Duas horas.

— Eu estava me perguntando por que demorou tanto.

Ele continuava olhando para a tela.

— Eu não sabia se você tinha treino de manhã.

Easton deu de ombros, como se o treino de futebol às cinco da manhã não tivesse importância. O olhar dele me acompanhou quando me sentei à cama e me recostei na parede, esticando as pernas.

Ele voltou ao jogo sem falar nada. Como se aquilo fosse normal, e, para ele, era. Só nós dois, sentados no silêncio, e nada mais. Eu li sobre os vulcões da Guatemala enquanto ele atirava em soldados de mentira. Easton sempre entendia que eu não queria falar sobre as coisas difíceis. Os sentimentos que engasgavam minha garganta e pressionavam minha cabeça quando eu tentava pôr em palavras o mar de emoções sob minha pele.

Depois de um tempo, ele parou de jogar e abriu um caderno. Aquela era a versão quieta de Easton. A que não sentia necessidade de sorrir, discutir, dar respostas espertas. Era uma versão de ombros relaxados, gargalhadas baixas. Uma versão rara e especial.

— Você me diz se achar ruim? — perguntou, estendendo o caderno na minha direção.

Outros se aglomeram em espaços prometidos para mim e meu argumento é o som do medo.

Eu não entendia, mas ainda assim achava bonito.
— Gostei.
— Gostou?
Dei de ombros.
— Gostei das palavras.
Não era isso.
— Gostei das suas palavras — completei.
Gostei que ele as tivesse compartilhado comigo. Ele voltou a olhar para o caderno como se segurasse um objeto sagrado, e eu soube que ele fizera mais do que apenas compartilhar palavras comigo.

Ele me perguntou sobre tudo e nada. Sobre meus pais, minha cor preferida, os garotos da escola. Leu trechos de poesia para mim. Algumas eram horríveis, outras, maravilhosas. A madrugada foi chegando. Easton e eu pegamos sorvete na cozinha e comemos do mesmo pote, sentados de pernas cruzadas em sua cama, conversando.

Foi a primeira vez que dormi no quarto de Easton. Era irônico que fosse necessário eu finalmente ter onde dormir para acabar na cama dele. Acordei coberta pela manta, e Easton já tinha ido para o treino. A luz do quarto era nebulosa, mas me dava a sensação de eu ser uma invasora quando afastei a coberta. Esfreguei o sono dos olhos, abri a porta do corredor e fui até a cama do meu quarto.

Easton nunca mencionou esse episódio, e eu nunca falei nada.

Mas aconteceu de novo na noite seguinte, e na outra.

Na sexta noite, me levantei para ir para o meu quarto.

Easton fez cara de confusão.

— Aonde você vai? — perguntou.

Tentei me fazer de casual, como se a pergunta fosse absurda, parada à porta com a mão na maçaneta.

— Para o meu quarto.

— Por quê?

Easton parecia genuinamente perdido, e eu odiava amar tanto aquilo.

— Porque — comecei, procurando uma desculpa, mas ele veria a verdade — você não pode continuar dividindo a cama comigo.

— Por que não? — perguntou ele, enquanto ajustava um travesseiro atrás da cabeça com uma das mãos, flexionando o bíceps. — E o que isso tem a ver com você dormir lá?

Ele dissera "lá". Não "no seu quarto".

— É grande, nós dois cabemos — disse Easton, quase no meio de um bocejo.

— Não posso...

Podia. Eu podia continuar a dormir ao lado de Easton Albrey, e não seria importante. Esse era o problema. Ele fazia tudo ser fácil, até dormir ao seu lado. Mas Easton não sabia a verdade que eu escondia.

Para mim, seria importante.

— Easton, a gente não pode continuar a dormir na mesma cama. É besteira. E se sua mãe entrar aqui?

— Minha mãe sabe que você dorme aqui.

Senti o rosto arder.

— Não sabe, não.

— Sabe, sim — insistiu, repetindo exageradamente as palavras, como se a ridícula fosse eu, não ele. — Além do mais, gosto de te ouvir roncar. É que nem uma máquina de ruído relaxante.

— Eu não ronco.

Ele sorriu daquele jeito que sabia que eu achava difícil recusar.

— Tá bom. — Subi na cama e me encolhi contra a parede, me mantendo o mais longe possível dele.

Easton apagou a luz com um clique alto e, enquanto meus olhos se acostumavam ao escuro, eu o vi tirar a camiseta, o luar reluzindo em sua pele. Quando ele se deitou ao meu lado, o único som no quarto era sua respiração. Era diferente de todas as outras vezes, porque era intencional. Enfiei a mão debaixo do travesseiro enquanto Easton se deitava e olhei para o perfil dele. Será que ele ouvia as batidas do meu coração? Será que falar no assunto tinha estragado tudo?

Easton não dormia assim normalmente — os ombros rígidos na cama, olhando para o teto. Em geral, ele se espalhava todo pelo colchão, ou dormia enroscado de lado, que nem um gato. Não ficava assim... tenso e contido.

— Isso está esquisito? — perguntei, sussurrando.

Ele não abriu os olhos.

— Só vai ser esquisito se você continuar a perguntar.

Eu me concentrei no tronco dele, subindo e descendo, subindo e descendo, subindo e descendo.

— Para de me olhar e fecha os olhos.

Eu não sabia como ele sabia que eu o estava olhando. Que nem ele sabia que eu precisava que ele me mandasse ficar. Ele sempre sabia.

— Obrigada — sussurrei.

Ele parou de respirar. Um. Dois. Três. Quatro.

— Você sempre pode dormir aqui.

Era em momentos como aquele que eu me perguntava o que ele faria se descobrisse meu segredo. Aquele que eu nunca ousara contar para ninguém, de tão alto que era o preço. Eu nunca poderia mencionar a ninguém que estava me apaixonando por Easton Albrey, porque me custaria sua família e um quarto que eu não queria.

Mas, principalmente, me custaria Easton.

ALGUNS ERROS COMETIDOS

E, por mais que eu me esforçasse para me conter, eu não era capaz de impedir o que sentia, porque era ali que eu queria estar.

Ao lado de Easton. Vendo o peito dele subir, e meu coração cair.

Por mais perigoso que fosse.

11

Deitada no chão do quarto, o peso das obrigações me esmaga.

Eu me sinto obrigada a ajudar Sandry a planejar a festa. Eu me sinto obrigada a visitar meu pai.

Eu me sinto obrigada a tentar falar com minha mãe, mesmo sabendo que não vou encontrá-la.

A vontade de ser uma boa filha supera o fato de ela ser uma mãe ruim. E, para ser sincera, sempre tenho a esperança de que, desta vez, ela fique. Seja boa. Queira uma filha.

Aperto o celular apoiado na minha barriga. Os fones estão tocando música no volume mais alto enquanto eu tento me convencer a não mandar a mensagem que sei que devo escrever. Solto um gemido ao abrir os contatos e encontrar o nome que procuro. *Tio Rick.* Ele não é meu tio, mas é tio da minha prima Tenny, e está por perto há tempo o bastante para eu considerá-lo parte da família. Se alguém sabe encontrar minha mãe, é ele.

Ellis:
Oi, tio Rick. Tem visto minha mãe?

A resposta é quase imediata. Imagino os polegares carnudos cutucando a tela e a papada dupla enquanto ele olha para o celular. Por um segundo, sinto saudade dele, do som grave de sua voz.

Tio Rick:
Oi, El Mel. Acho que não vejo ela desde o Dia de Ação de Graças.

Claro. Quem sabe onde ela está, ou sequer se voltará para a cidade. Mas cumpri minha obrigação.

Ellis:
Se falar com ela nos próximos dias, pode avisar que estou na cidade?

Tio Rick:
Claro. Você vai dar um pulo aqui? Sei que sua tia Minnie ia gostar de vê-la.

Tia Minnie, mãe da Tenny. Ela trabalha na cozinha da Tavern desde que sou pequena. Sinto uma culpa imediata por não ter nem pensado nela. Outra pessoa com a qual tenho obrigações.

Ellis:
Vou tentar.

Aperto a borda do celular na testa e suspiro. Tentei. Ninguém pode dizer o contrário. Eu me recuso a sentir culpa pelo alívio que me preenche por ela não estar aqui. Não sairia nada de bom ao vê-la.

Afasto a rejeição misturada ao alívio.

Uma batida alta na porta me faz tirar os fones.

— Oi?

Tucker abre a porta e coloca a cabeça para dentro.

— A mamãe está te esperando. Vou dar um pulo na cidade e...

— E procurar o James Nash?

Dois anos atrás, Tucker declarou que James era a alma gêmea dele. James ainda estava decidindo.

Ele dá uma piscadela.

— Essa cidade sentiu minha falta — diz, e some.

Encontro Sandry no lugar em que esperava vê-la. Ela está sentada em um banquinho da bancada central da cozinha, com um bloco de papel na mão e o rosto franzido.

Todas as decisões na casa dos Albrey são tomadas na bancada central da cozinha. Das maiores às menores.

Foi ali onde Dixon se inscreveu para a academia de xerife. Onde Tucker contou para os pais que queria estudar na Califórnia. Onde Easton admitiu que não queria ser advogado. Onde os médicos telefonaram para falar da mãe de Ben e dos passos seguintes. Onde Sandry planejou todas as festas de quatro de julho.

Em um dia bom, penso na primeira vez que vi os Albrey. No dia em que comi torta direto da travessa. Gosto de pensar que eu também fui uma decisão. Importante.

Nos dias ruins, lembro que estava aqui quando eles me mandaram para a Califórnia.

A maioria das lembranças envolve encontrar um brinco abandonado no balcão, como um tesouro, enquanto Sandry apertava o celular à orelha. Porque Sandry é assim, completamente imersa em tudo que estiver fazendo. Brincos abandonados, refeições esquecidas, conversas interrompidas no meio de um pensamento.

Eu me sento no banquinho ao lado dela.

Sandry massageia as têmporas, debruçada sobre a bancada.

— Não sei se estou cobrindo tudo.

Ela pega um envelope fechado e uma caneta roxa. Uma caneta que reconheço. Ela lista itens em voz baixa enquanto os anota.

— Flores, bufê, mesas, luzes, gerador, pista de dança... Ah, meu deus. Eu já encomendei o bolo?

Espero ela procurar na memória.

— Merda. Já. Eu... eu acho que sim — diz, rabiscando no papel. — Conferir com a confeitaria.

— Pratos, guardanapos, copos? — pergunto, tentando pensar em tudo que ela ainda não anotou.

Quanto mais rápido essa lista for feita, mais rápido vou poder ir embora.

— O bufê vai trazer. Mas não para a sobremesa. *Droga*.

Ela anota *pratos* e desenha uma estrelinha do lado.

— Música — digo.

Ela me olha como se eu tivesse acabado de falar a coisa mais apavorante do mundo.

— Música?

Easton entra na cozinha e dá um beijo na bochecha da mãe. Sinto meu estômago revirar e não deixo de reparar que Sandry se retesa um pouco. Estamos todos nos lembrando da última vez em que estivemos juntos em volta daquela bancada.

Não vou ficar com vergonha.

— Posso fazer uma playlist — diz ele, sem me olhar.

Vejo os dedos manchados de tinta pegarem uma banana e descascá-la.

Ele provavelmente estava escrevendo.

Ela sorri para o filho, agradecida, com aquela expressão exclusiva das mães orgulhosas.

— Mas nada daquele lixo que o Tucker escuta, por favor.

— Ele não ouve mais new wave, então acho que não corremos esse risco — comento, e só então noto o que falei.

Encontro o olhar de Easton. Espero que ele diga alguma coisa a respeito da conversa que tivemos mais cedo. No entanto, ele só respira fundo e se dirige à mãe:

— É, agora ele só ouve rap dos anos noventa. Não para de me mandar músicas. Não se preocupa, não vou botar nada disso na lista.

— Bom — considera Sandry. — Talvez um pouco de Dr. Dre caia bem.

Ele abre a geladeira e ri. A gargalhada corre pelos meus sentimentos já tão fragilizados, e quero agarrá-la.

— Música... Easton — diz Sandry, escrevendo, e considera a lista. — Você ainda quer usar o terno da formatura?

Ele faz um barulho que soa como concordância. O pai faz a mesma coisa. É um hábito que Ben diz ter aprendido com a mãe. Tento apagar aquela informação da minha cabeça.

Sandry me pergunta:

— Você tem roupa para a festa?

Faço que sim com a cabeça.

— Meu vestido azul.

Sandry engole em seco, e eu não olho para Easton. É o vestido que usei na cerimônia do prêmio de melhor poesia jovem que ele ganhou, no meu aniversário e em mais algumas ocasiões especiais.

— Ainda cabe — digo, tentando quebrar a tensão.

Ela parece um pouco decepcionada.

— E sapato? Joias?

Penso na única joia que não é parte de alguma fantasia nem feita de plástico. Um colar que Sandry me deu de presente quando completei dezesseis anos. Não me lembro da última vez em que o usei, mas sei que não o levei para a Califórnia.

— Também tenho.

Ela solta um murmúrio de compreensão.

— Dixon vai fazer um discurso. Você pode ajudar ele?

— Quem é bom com palavras é o Easton — digo, evasiva.

— Eles iam acabar brigando, e você pode garantir que ele não conte nenhuma história constrangedora.

Não quero fazer outro favor para ela. Conto até três, então finalmente digo:

— Claro.

— Preciso comprar uma camisa nova para o Ben, e queria também um par de brincos novos. Quer ir comigo ao shopping? A gente pode comprar um vestido para você.

A ideia de ir a qualquer lugar com Sandry ainda é demais. Então eu minto.

— Já tenho compromisso hoje.

— Ah — diz ela, sorrindo demais. — Tudo bem! — continua, com uma alegria falsa. — Quer que eu compre alguma coisa para você? Talvez algo para você usar na festa? Sapatos?

Ela está se esforçando tanto. A parte covarde de mim quer deixar tudo para lá e perdoá-la. Mas lembro que Sandry me mandou embora e que não haveria nada a perdoar se ela fosse mesmo sincera.

Quando ela vai embora, ficamos só eu e Easton.

— Compromisso?

— Falei para o tio Rick que ia dar um pulo lá, e preciso encontrar a Tenny.

Eu me pergunto se ele ainda sabe quando estou mentindo ou se isso também mudou.

O maxilar dele se tensiona, e espero o inevitável.

— Tio Rick — repete, devagar. — Você vai à casa dele?

Por um segundo, quero dizer que sim. Ele sabe que Rick às vezes vende comprimidos, às vezes até mais do que isso. Balanço a cabeça negativamente.

— Provavelmente vou ao restaurante. A Tenny trabalha lá agora.

— Já falou com ela? — pergunta ele.

— Claro. Ela é minha prima.

Ele me encara e vejo um milhão de lembranças e brigas chegando. Sei o que vem a seguir, então decido falar primeiro.

— Como foi a viagem? O México?

O olhar dele está fixo no meu, atento. Olho de volta para o tom quente de marrom das íris dele e me lembro de quando ali era um espaço conhecido. Quando eu conseguia ler todos os pensamentos dele. Mas agora ele parece magoado, e não faz sentido. Easton não pode estar magoado.

— Como foi a formatura? — retruca ele. — Eu vi... fotos.

O problema de conhecê-lo tão bem é que sei quando ele está me provocando. Suspiro pesadamente e arqueio as sobrancelhas em desafio. É mais bravata do que de fato parece.

Ele parece exausto.

— Por que você veio? — pergunta.

O aperto no meu peito fica mais forte. *Porque eu queria te ver uma última vez. Porque não consigo ficar longe. Porque tinha esperança de você ainda me amar. Porque tinha esperança de não te amar mais.*

— Tucker pediu.

— Então você veio por ele?

O celular se Easton apita na bancada antes que eu possa responder, e baixo o olhar. É uma mania ruim. Vejo o nome de Sara piscar na tela. Ele guarda o celular no bolso sem nem olhar. Estou prestes a fazer um comentário implicante, mas Easton é mais rápido.

— Por favor — diz, as palavras firmes. — Por favor, finja que veio pela minha mãe. Pelo menos na frente dela. Esta semana é muito importante para ela. E eu sei que... — diz ele, sacudindo a cabeça. — Sei que você é muito importante para ela. Então, por ela. Ou pelo motivo que fizer você se sentir melhor. Pode fazer isso?

Estou tão cansada. Cansada de fingir que quero estar aqui. Cansada de pensar em como ainda vou ter que fingir. Cansada da raiva.

Assinto, porque não tenho energia para fazer nada além disso, e deixo uma só palavra escapar da minha boca.

— Tá bom — digo.

Ele deveria estar se sentindo vitorioso. Afinal, ele ganhou. Em vez disso, parece tão derrotado quanto eu.

Subo para o quarto e decido não ficar olhando para o teto. Procuro o colar que Sandry me deu. Debaixo da cama, nas caixas empilhadas no fundo do armário, na cômoda. A gaveta em cima da mesa de cabeceira está vazia, exceto por uma caixa de lenço de papel e um caderno. Entre as duas coisas está uma folha de papel dobrada, e na mesma hora sei o que é.

Com as mãos trêmulas, a desdobro e leio as palavras que já decorei.

O sorriso dela é diferente dos outros.
Nos cantos dá para ver a dor que nunca vai embora.
Na costura dá para ver tudo que ela não diz.
No arco dá para ver um coração que nunca esquece.
O sorriso dela é diferente dos outros porque ela é diferente dos outros.
Recantos profundos no coração do qual não conseguimos sair nem nos arrastando.

Pulmões cheios de céu.
Pés que não pertencem ao chão.
Mãos que buscam coisas que queremos dar. Muito

As palavras se perdem na página; o poema está inacabado porque ele o abandonou na mesa da cozinha e eu roubei. Ele disse que não ia inscrever o poema no concurso, de qualquer forma. Achava clichê. Fiquei feliz. Até hoje, acho o poema bom. Não só por ser sobre mim. Lembro que li as palavras e me perguntei como ele podia me ver assim.

Agora, leio as palavras e me pergunto se algum dia cheguei a ser a garota desse poema.

12

Quinze anos (e meio)

Eu ia aprender a dirigir, querendo ou não.

Quatro meses antes, tinham me dado um quarto. Depois, tinham começado a me dar aulas de direção. Eu me perguntei quando ia parar de ganhar coisas pelas quais não pedira.

A luz da tarde refletia no capô prateado, atravessando o para-brisa do carro de Sandry. Eu já estivera ali tantas vezes que tinha perdido a conta. No banco de trás, no banco do carona, naquela vez em que Tucker me trancara na mala sem querer por três minutos completos e apavorantes.

Mas eu nunca tinha me sentado no banco do motorista.

Apertei as mãos no volante e respirei fundo, mantendo os pés firmes no tapete.

— Tem certeza? — perguntei a Dixon pela milionésima vez.

Ele passou a mão na testa e apontou pela janela para o campo de terra vazio.

— Elvis, está vendo outro carro por aqui? Ou um prédio? Ou literalmente qualquer outra coisa na qual você poderia bater?

Eu me virei para o banco do carona, onde ele estava sentado.

— Não sei, porque não sei o que pode pular do nada e me matar enquanto eu *dirijo*!

— Meu deus do céu — resmungou Tucker, do banco de trás. — Easton dirige. Se esse idiota sabe operar um veículo motorizado...

Um segundo depois, Tucker estava tentando se esquivar de Easton atrás de mim enquanto desferia socos.

O carro tremeu, o peso mudando no banco de trás.

— Ei. *Ei!* — gritou Dixon, se virando para eles e sacudindo os braços, tentando alcançar os irmãos.

Abaixei a cabeça para evitar um pé ou um cotovelo acidentais.

— Parem! — gritei, e, como se tivesse apertado um botão de pausa, todos congelaram e se viraram para mim. — A gente vai bater!

Dixon se ajeitou no banco e me olhou, paciente.

— Você sabe que o carro não anda desligado, né?

Eu não tinha notado que estava desligado, mas nem falei nada. Em vez disso, só procurei a trava do cinto de segurança.

— Não vou fazer isso — falei, com a mão desajeitada sobre o botão. — É idiotice, de qualquer jeito.

O cinto se soltou, e agarrei a maçaneta da porta.

— Ellis. — Dixon tinha usado meu nome de verdade. Ele nunca fazia aquilo. — Não saia desse carro — insistiu. — Você vai aprender a dirigir. Hoje.

Aos vinte anos, ele se achava muito inteligente. Soltei um ruído de frustração.

— Eu *nunca* vou tirar carteira. Não tenho como pagar pela autoescola, então não importa que eu saiba dirigir...

— Claro que importa — corrigiu ele. — É uma habilidade básica.

— Não é, não. Muita gente não dirige.

— Muita gente não é minha irmã — disse Dixon.

Ele sempre falava assim. Completamente confiante.

Ignorei o fato de que aquela simples declaração fazia eu me sentir especial. Como se eu pertencesse a alguém além do meu sobrenome. Como se eu pertencesse a ele.

— Não sou sua irmã de verdade.

Ele empurrou minha cabeça.

— Para de besteira.

Tucker se inclinou para a frente e apoiou os braços no encosto do banco de Dixon.

— Vocês podem deixar esse momento de novela para depois? Tenho coisa pra fazer hoje e preciso que você aprenda a dirigir para o Dixon...

Dixon se virou para bater no irmão.

— Você é o...

Liguei o motor.

Puta que pariu.

— Puta que pariu mesmo — riu Tucker.

Eu tinha falado em voz alta?

Minhas mãos estavam suando no plástico escuro do volante, mas eu já tinha começado a aula. Não dava mais para voltar. Eu ia aprender a operar um trilhão de toneladas de aço e vidro. Não que quisesse.

— Confere o retrovisor — instruiu Dixon.

Olhei para os laterais e depois para o interno. O reflexo de Easton apareceu, e nossos olhares se cruzaram. Ele abriu um sorriso largo, e acabei fazendo o mesmo. Eu não sabia se meu coração estava batendo mais forte por causa dele ou por causa do carro.

A expressão de Easton se transformou em um olhar de desafio.

— Vamos ver se você é melhor do que eu.

— Eu sou melhor em tudo — falei, com um sorriso arrogante.

Não era verdade. Easton era bom em qualquer coisa, mesmo quando não era. Eu precisava estudar para tirar nota oito, e ele tirava dez sem nem pensar na prova.

— Você vai bater — falou ele, quase sem som, o sorriso ainda aberto.

Revirei os olhos, mas, estranhamente, a implicância dele fez eu me sentir melhor. Mais relaxada.

Dixon começou a dar instruções.

— Pé no freio?

Fiz que sim.

— Segura a marcha, tira do neutro e passa para o D, de dirigir.

— Segura a marcha com vontade — acrescentou Tucker, de bobeira.

Um segundo depois, ouvi o barulho de um soco.

— Agora pisa no acelerador — continuou Dixon.

Levantei o pé e pisei no acelerador.

O carro avançou com um solavanco e eu pisei no freio.

Dixon se apoiou com as mãos no painel, Tucker soltou um grito surpreso e Easton caiu na gargalhada. Só que o carro continuou a avançar; solavanco, para, solavanco, para.

— Ellis, freia. Freia. Pisa no freio!

— Pisei! — gritei, olhando para o volante.

Tinha alguma coisa que eu não estava entendendo.

— A gente vai morrer! — disse Easton, enquanto gargalhava.

Eu não sabia o que estava fazendo de errado, mas sabia que o carro não estava mais sob meu controle. Estava possuído.

— Ellis! Pisa na porra do freio, sua doida! — disse Tucker, se inclinando para o banco da frente e apontando para o meu pé.

— Eu pisei!

ALGUNS ERROS COMETIDOS 123

Tinha lágrimas escorrendo pelo meu rosto.

— Dirige com um pé! — repetiu Tucker, e não entendi.

— Volta para trás, babaca! — gritou Dixon para o irmão. Lá de trás, Easton se curvou para a frente.

— Cala a boca, está piorando! — gritou.

Mas Tucker não parou.

— Ela está dirigindo...

Dixon encostou a mão na cabeça de Tucker e o empurrou para trás.

— Me escuta! — disse Tucker, apontando para os pedais enquanto o carro continuava a se sacudir. — Os dois pés!

Dixon hesitou.

— Quê?

— Ela está dirigindo com os dois pés, imbecil! — anunciou Tucker.

Dixon olhou para os meus pés e voltou a olhar para o meu rosto.

— Elvis, tira o pé do acelerador.

Tirei, e o carro parou de repente.

Um alívio delicioso me inundou, até eu notar que Easton estava com as mãos na barriga, às gargalhadas. Dixon esfregou o rosto com as duas mãos e olhou para o teto.

— Quando for dirigir... — falou, expirando fundo pelo nariz. — Quando for dirigir, você só usa o pé direito. Nunca os dois pés.

Apertei a boca com força e fiz que sim com a cabeça. Um suspiro trêmulo escapou, e sequei as lágrimas.

— Você está chorando? — perguntou Dixon, com calma.

— Não — respondi, obviamente fungando.

Easton se inclinou para a frente e soltou um muxoxo irritado.

— Eu já falei, você não pode chorar. Sua cara fica esquisita quando você chora.

— Não estou chorando!

Soltei um barulho molhado. Chorando. Encontrei o reflexo dele no retrovisor de novo.

— Está tudo bem, El — disse Easton, com a voz gentil, gentil até demais. — Prometo te dar carona até termos oitenta anos e recolherem minha carteira.

Estreitei os olhos e meu queixo caiu de raiva e choque. Fechei a boca e rangi os dentes. Com *um* pé, apertei o acelerador.

— Epa! — disse Dixon, animado. — Você conseguiu!

Consegui mesmo. Dirigi pelo campo todo até ter certeza de que *sabia* dirigir.

Eu e Dixon trocamos de lugar para voltar para casa e, quando vi o rosto de Easton, notei o sorrisinho satisfeito.

Eu tinha aprendido a dirigir, e estava orgulhosa.

A sensação se foi quando chegamos na casa dos Albrey.

O carro do meu pai estava estacionado no chão de cascalho. A tinta desbotada ao lado do carro importado preto e brilhante de Ben. Só fazia cinco meses que ele tinha sido preso, deveria levar mais três para cumprir a pena. Ele estava no alpendre, com um sorriso um pouco animado demais, e o cabelo recém-cortado deixava a pele do pescoço rosada. Roupas baratas, ainda marcadas com os vincos da embalagem. Meu pai estava em casa.

Levei o dobro do tempo para puxar a maçaneta e sair do carro. Quando consegui, meu pai estava parado diante de mim.

— El! — disse ele, me abraçando. — Que saudade.

Eu o abracei por reflexo, mas não consegui falar. Todas as palavras ficaram entaladas na minha garganta, porque só conseguia pensar nele me levando embora.

Ele ia me tirar das manhãs ocupadas fazendo nada e do silêncio mais barulhento, cheio de pensamentos e gente. Das tardes em que as pessoas gritavam umas com as outras de tanto amor.

Se ele tinha saído da cadeia, eu precisaria voltar para casa com ele.

— O que você estava fazendo? — perguntou meu pai.

Antes que eu pudesse dar uma resposta evasiva, Dixon falou:

— A gente estava ensinando ela a dirigir.

Meu pai franziu o cenho.

— A dirigir? — perguntou, e respirou fundo. — Você devia aprender no carro manual. Foi assim que aprendi. Não se preocupa, vou te ensinar.

Eu não sabia o que dizer. Havia centenas de coisas que queria aprender com ele. Mas...

— Ah, nossa — disse Sandry, com um gemido. — Você levou três meses e duas marchas para aprender a dirigir no carro manual, Tru. Poupe a menina dessa dor e deixe os meninos a ensinarem no automático.

Ele sorriu para Sandry, mas ela não sorriu de volta.

— Você vai jantar aqui? — perguntou Ben.

Por cima do ombro do meu pai, vi Easton mudar o peso de um pé para o outro, cruzando os braços no peito.

— Pode ser — disse meu pai. — Não sei bem o que tem lá em casa.

Lá dentro, começamos a rotina de pôr a mesa. Ben abriu o vinho para os adultos, Tucker arrumou os pratos, Easton distribuiu os talheres, Dixon encheu a jarra de água gelada. Eu pus os copos. Fizemos tudo sem instrução, porque eram nossas tarefas. Aquelas que significavam que éramos daquela família. Que aquele era nosso lugar.

Eu não achei estranho até ver meu pai notar. Ele estava com os ombros voltados para trás, o maxilar duro em uma linha reta.

— Sabe, na verdade — falou meu pai —, acho que é melhor eu e Ellis irmos logo. Temos muito a fazer.

Uma pedra afundou na minha barriga.

Easton abriu a boca, mas Sandry levou a mão ao ombro dele.

— Tem certeza, Tru? Tem comida para você.

Ela não falou de mim, porque isso já era certo.

O olhar do meu pai foi decidido quando ele respondeu.

— Tenho certeza, sim. Ellis, pega suas coisas. Vou esperar lá fora.

Não olhei para Sandry. Eu sabia que expressão ela fazia e podia ouvir as palavras em minha cabeça sem que ela precisasse dizê-las. Aquela não era uma batalha que ela poderia lutar por mim. Meus pés pesavam como chumbo enquanto eu subia a escada até o quarto de Easton e pegava minhas poucas coisas. Guardei tudo na mochila e tentei não pensar em qual seria a próxima vez que eu estaria ali.

— Você não pode ir — disse Easton, enquanto eu pegava minha escova de dentes no banheiro.

Para ele, era muito simples.

— Ele é meu pai, East. Tenho que ir para casa.

— Por quê? Ele só vai acabar preso de novo.

— Não acontece sempre. Só foram duas vezes.

— Quatro — corrigiu ele. — Foram quatro vezes.

— As outras duas foram por infração da liberdade condicional.

Aquilo já era difícil sem o julgamento de Easton. Talvez fosse ingenuidade esperar que fosse a última vez, mas que opção eu tinha?

— Não quero ouvir sua opinião sobre o meu pai — falei.

Passei por ele, mas Easton me segurou pelo braço.

— Posso falar para meu pai não te deixar ir embora. Ou minha mãe.

Sua voz era suave. Ele lutaria aquela batalha por mim, se eu deixasse.

— Não sou sua irmã de verdade, Easton.

Ele não franziu a testa, não pareceu magoado nem confuso. Ele estava furioso.

— Eu *nunca* falei que você era.

Eu me soltei dele e desci a escada.

Lá embaixo, Sandry estava perto da porta, retorcendo as mãos, conversando amenidades com meu pai.

— Então, você vai voltar pro trabalho?

Ele estava prestes a responder quando me viu.

— Pronta? — perguntou, com um sorriso aberto.

Fiz que sim com a cabeça.

Sandry me deu um beijo na bochecha.

— Até logo — cochichou no meu ouvido, me soltando.

Tentei ignorar o pânico que pareciam garras em meu peito.

A porta se abriu e meu pai seguiu na direção do carro.

— Acho que a gente devia passar no mercado e comprar sorvete. Podemos botar um filme e comemorar…

Era como se cada passo arrancasse ar dos meus pulmões.

— Pai?

— O que você quer fazer amanhã? Talvez ir até o rio?

— Pai?

Engoli em seco, fazendo meu pavor descer, e parei na frente do carro, os pés firmes no chão.

— Hein? — perguntou ele. — O que foi, docinho?

O rosto dele estava aberto. Otimista. Eu sabia que, assim que falasse, aquela expressão sumiria.

— Eu não vou para casa.

Levou um momento para entender as palavras. Ele não disse nada, só me esperou continuar.

— Eu… — repeti. — Não vou. Eu… não quero.

Meu pai sacudiu a cabeça, pesado, como se isso fosse me fazer mudar de ideia.

— Essa não é sua casa, Ellis. Não é aqui.

Ele falava como Tenny. Como minha avó.

Como minha mãe.

Era como se me lembrasse de que as pessoas atrás daquelas paredes não tinham nenhuma lealdade de verdade em relação a mim. Que eu só estava lá porque tinham decidido deixar, e que, assim que decidissem que eu não era mais bem-vinda, me mandariam embora.

Ele apontou para o carro, furioso.

— Você é *minha* filha. Entra.

Não consegui. Eu não podia entrar no carro só porque o orgulho dele estava ferido.

— Não é justo me pedir para ir para casa, sendo que nem você nem a mamãe moram lá. Não de verdade.

— Como assim, Ellis? *Eu* moro lá.

— Às vezes, sim. Mas outras vezes, não. Às vezes, você está na cadeia, ou, se não estiver, está trabalhando — falei, engolindo em seco. — Não quero ir. Quero ficar aqui, com os Albrey.

Ele abriu e fechou a boca e sacudiu a cabeça como se pudesse se livrar da dor.

— Você é uma Truman.

Nosso sobrenome era uma palavra que meus tios e primos fingiam dizer com orgulho. Era para sentirmos que nos pertencia, mas, na verdade, só servia para nos gerar a culpa da obrigação. A verdade era que a família com meu nome não me deixara ficar. A casa da minha avó estava cheia, e Tenny não tinha espaço no quarto para dividir o pouco que tinha. Viviam me dizendo que os Albrey não iriam me querer para sempre, mas os Albrey eram os únicos que nunca tinham me rejeitado.

— Pai.

Meu pai soltou um suspiro profundo, apertando o maxilar.

— Desculpa por não poder te dar o que eles podem.

Não soava como um pedido de desculpas. Ele soava amargurado.

— Não quero dormir sozinha — falei, sincera.

Ele fez que sim com a cabeça.

— Tá bom. *Tá bom.*

Ele entrou no carro. Abaixando a janela, me olhou.

— Quando você cansar de fingir — falou —, sempre pode voltar para o seu lugar.

13

A gargalhada é o que desvia minha atenção do celular, enquanto passo por perfis de viagem no Instagram.

Levanto o olhar e vejo Easton e Dixon se empurrando no píer enquanto Tucker espera na água a poucos metros dali. Reconheço a brincadeira de tentarem se desequilibrar. Easton empurra Dixon com as mãos espalmadas e Dixon tropeça para trás, as mãos ao ar. Easton levanta os braços em um gesto de vitória. A cena é ao mesmo tempo familiar e estranha. Tenho cem lembranças iguaizinhas. Vejo o furo no calção de Easton de quando ele caiu do barco nas férias de dois anos atrás, mas mal reconheço o corpo musculoso que veste a roupa. O cabelo está molhado, espetado para todo lado, mas também nunca o vi tão comprido.

Easton cruza os braços sobre o peito e joga a cabeça para trás, rindo do irmão.

Emoções se debatem em meu peito antes que meu cérebro as contenha. Por um segundo, finjo que ele é *apenas* um garoto. Um que não me mandou ir embora. Um que não odeio.

Agora estou irritada. Não tem nada de especial em Easton Albrey. Nada.

A porta dos fundos se abre e vejo Dixon parado ali, chamando minha atenção.

— Elvis — chama, e eu me xingo por dar um pulo de susto. — Me vê uma cerveja?

— Vou te dar um refri — falo, descendo do banquinho e abrindo a geladeira. — Você precisa de ajuda profissional.

Quando entrego a lata, ele pisca.

— Por causa de uma cervejinha? Mal tem álcool. Larga de ficar emburrada, vem nadar.

Os rostos sorrindo e nadando lá fora sempre me deram vontade de me juntar a eles.

— Estou bem aqui — falo.

— Tá bom. Se prefere ser covarde porque está com medo de um garoto qualquer, fica aí.

Ele sai pela trilha curta até o píer. Dixon empurra Easton com o corpo todo, e os dois caem na água.

Easton emerge e sacode o cabelo molhado, a luz refletida nas gotas. Dixon avança na água enquanto abre a cerveja e toma um gole, como o rato de lago que é.

... Easton não é um garoto qualquer.

Estou sendo covarde.

Subo e visto o biquíni que comprei para entrar no mar. É preto, de cós baixo, totalmente diferente do maiô de gola fechada que eu usava aqui. Comprei exatamente por isso. Fazia eu me sentir bonita e forte, mas agora estou em dúvida. Talvez eu devesse achar o maiô e...

— *Qual é o seu problema?* — sussurro, me olhando no espelho.

Endireito os ombros e me obrigo a sentir orgulho das partes de mim que quero esconder. Pego uma toalha do armário, desço até a porta de vidro e, antes que possa mudar de ideia, a abro.

A trilha de cascalho sob meus pés, o sol de verão na pele, o cheiro do lago no ar. São todas as boas memória que tenho. É minha infância.

Dixon é o primeiro a me ver de pé no píer.

— O que aconteceu com você? — pergunta ele, surpreso.

Não encolho os ombros, mesmo querendo. Não mergulho para me esconder, mesmo querendo. Não corro de volta para dentro, mesmo...

— Ela está muito gata — diz Tucker. — Para de inveja só porque você não é tão bonito.

Ele pisca para mim.

Eu me recuso a olhar para Easton, mesmo sentindo o olhar dele em mim.

— É só implicância — diz Dixon, sorrindo. — Só quis dizer que você está bonita.

— Tá dando em cima de mim, é? — brinco para quebrar a tensão, mas salvo Dixon de responder e pulo na água.

Está congelando, mas fico debaixo d'água por um momento a mais do que deveria, deixando o ar queimar meus pulmões e o silêncio do mergulho cantarolar para a dor no meu peito.

Quando emerjo, Easton está me olhando, atento.

— O que foi? — pergunto, afastando o cabelo do rosto.

— Você prende a respiração quando está chateada.

Ele fala como se fosse um fato. Como o céu ser azul e a grama, verde, como a vida sempre chega ao fim.

A parte que mais me irrita é que é verdade.

— É.

—Ah, olha só, Dixon! — diz Tucker, rindo, e todos acompanhamos o olhar dele até o píer a três casas dali.

Katie O'Donnell era uma figura famosa na casa dos Albrey. Cabelo escuro, pele bronzeada de sol, sempre de biquíni e óculos escuros, fingindo ignorar os garotos no lago. Muitas férias foram passadas com os garotos a olhando enquanto ela pegava um bronze no gramado. Ela é só cinco anos mais velha do que Dixon, mas, aos dezesseis anos, é uma diferença enorme.

— Sempre previsível — falo para Dixon, e ele cora.

— Eu nem sabia que ela tinha voltado — resmunga Dixon, e abaixa mais a cabeça na água.

— Voltado? — pergunta Tucker. — Aonde ela foi?

— Ela se mudou.

Ele só falou isso, mas... alguma coisa estava estranha.

— Vocês... — começo, ainda organizando meus pensamentos.

Só aquela palavra já bastou para Dixon entrar em pânico.

— Ah, você e a Katie O'Donnell? — pergunto.

— Fala baixo — sibila ele.

Eu rio, e Tucker começa a implicar com ele, implacável.

— Você pegou a Katie Gostosa?

Quando ergo o rosto, Easton ainda está me olhando e, imediatamente, a tensão volta ao meu corpo.

Gotas d'água escorrem pelo rosto dele, e ele expira soprando. Já o vi assim tantas vezes antes, mas, por algum motivo, esta parece a primeira vez. Vejo os ombros dele se mexerem enquanto avança na água.

— Quer apostar corrida? — pergunta.

Não quero. Nem um pouco. Apostar corrida é normal. É o que a gente fazia quase todo dia de todo verão. Em dias bons, em dias ruins, às terças-feiras. Era constante, assim como Easton era constante.

Quero ficar aqui e zoar Dixon.

— Pode ser.

Ele sorri, como se tivesse ganhado alguma coisa.

— Um, dois, e já!

Dou impulso na água e meu corpo toma o controle, a memória muscular me dirigindo ao poste de madeira no lago. Entra e sai, entra e sai, entra e sai. Vou me impulsionando, cada vez mais longe.

Easton rasga o lago com os braços, e o noto me olhando de relance. O sorriso ilumina seu rosto todo, e me sinto retribuindo o gesto.

Levanto o rosto, respiro. Simples.

Até que minha mão alcança o poste. Os dedos tocam a madeira macia, farpada. "El & East" está entalhado no alto, e passo a mão pelos sulcos do meu nome.

Easton percorre a água suavemente e vê onde minha mão está, mas não comenta. Nós dois nos seguramos ao poste, recuperando o fôlego.

— Você ganhou — diz.

Não ganho de Easton desde os treze anos. Nem na corrida nem em nada.

— Você deixou — digo, e meu tom tranquilo me surpreende.

— Talvez.

Ele sorri. Aquela boca perfeita se curva para cima, os cantos dos olhos enrugados.

Faz o tempo parar.

— Você deixou — repito, baixo e suave.

— Eu... — Ele para e passa a mão no rosto, tentando secar a água. Não estamos mais falando da corrida. — Não sei o que você quer que eu diga — completa.

A atitude e o tom dele me lembram de que estou com raiva.

— Você pode repetir tudo que me disse no último ano — digo, sorrindo. — Nada.

— Ellis.

O jeito como ele fala meu nome. Leve e gentil. Faz minha raiva arder com ainda mais força.

Abro a boca para dizer o que sei que não devo. Só de pensar já dói. *Por quê.* Sinto as palavras cortarem minha garganta com as pontas afiadas. Fecho a boca.

Deixamos o silêncio cair no ar da tarde.

Easton olha para a casa.

— Você disse para eu não ligar. — Ele não me olha, e me dá certa satisfação notar que isso também é difícil para ele. — E eu não liguei — continua. — Tive que saber de você pelo *Tucker*.

— O que você queria de mim? Queria que eu falasse como San Diego era sensacional? Ou, tipo, como a praia era *muito* maneira?

Ele volta o olhar para mim, e eu desejo que não o tivesse feito.

— Eu queria ouvir sua voz.

As palavras afundam em mim como uma faca. Até o punho. Quero arrancá-las de mim, mas sei que me fariam sangrar bem ali.

— Queria saber se você estava bem, mas só consegui que o *Tucker* me dissesse que você não estava pronta para conversar.

— Eu estava ocupada, Easton. — A mentira é fácil. Visto a armadura e deixo as palavras me protegerem. — Estava em uma escola nova, fazendo amigos novos — digo. — Você ficou no passado. — Moldo as últimas palavras em uma bala na qual gravo o nome de Easton antes de disparála. Digo a mim mesma que ele merece.

— Está tudo bem — falo. — Vamos deixar isso para lá.

— Deixar para lá?

Aperto o poste com os dedos.

— É mais fácil.

— Ellis.

— Já foi. Segui em frente. Você devia fazer o mesmo.

Pego impulso no poste de madeira e nado de volta ao píer, saindo da água.

Deixo os pés balançando na água e me apoio nas mãos. Tucker se pendura no píer, os braços grandes cruzados na madeira para ancorá-lo.

Não vejo Easton sair da água e se levantar. Inclino a cabeça para o sol, de olhos fechados.

— Aonde você vai? — pergunta Dixon.

— Vou entrar — diz ele, olhando para trás, arrastando os pés até a casa.

Espero meu corpo estar banhado em calor e luz antes de voltar. Eu me embrulho na toalha e subo a escada. O rosto de Easton pisca na minha mente enquanto me ouço dizer "*já foi*". Que mentirosa eu virei.

Minha porta está entreaberta e, quando entro no quarto, eu vejo. Um vestido preto pendurado no varão da cortina. Seu contorno brilha ao sol da tarde, e sinto minha garganta apertar.

O tecido é macio e simples, e o corte, clássico. É lindo. Maduro. Não lembra em nada meu vestido azul, que agora parece infantil. Tem um bilhete na mesa de cabeceira.

Vai ficar lindo com o colar.

É tão simples. Tão Sandry. Ela nem pensa sobre a generosidade, porque, no fim, não custa nada.

Mas só consigo olhar para o vestido que minha mãe nunca teria comprado para mim, mesmo se pudesse.

É por isso que as lágrimas escorrem pelo meu rosto. Não pela bondade de Sandry, mas por causa de todas as pessoas que deveriam ser bondosas, mas não são.

14

Dezesseis anos

Nada mudou.

Eu ainda tinha as mesmas bochechas cheias. As mesmas sardas salpicando o nariz e a testa. Exatamente igual ao dia anterior. Mas, naquele dia, eu tinha dezesseis anos.

Era um marco.

— Você vai passar a noite se olhando?

Easton se recostou no batente da porta do banheiro, cruzando os braços acima da cabeça, a boca repuxada por um sorriso. Fazia três meses e meio que ele tinha dezesseis anos. Ele dirigia. Xingava mais. Até já tinha tomado uma cerveja com Dixon.

— Eu tava só...

— Tentando ver se tinha virado mulher hoje? — perguntou, sério.

Dei um tapa no braço dele, mas ele segurou minha mão antes que eu me afastasse.

— Você ainda está igual, El.

Franzi a testa. Queria que aquele dia fosse uma mudança. Queria que fosse importante.

Mas eu tinha passado a manhã comendo rolinhos de canela enlatados com meu pai, e Tenny tinha me levado flores. Era bom, mas igual a todo aniversário. Nada especial para os dezesseis anos.

— Não quero estar igual.

Afastei a mão e saí do banheiro.

— Qual é o problema de como você está? — perguntou Easton, me acompanhando.

Fiquei ressentida por Easton não conseguir ler minha mente naquele momento. Por ele querer que eu *falasse*.

— Você não ia entender.

— Tá bom, El.

Saímos para o pátio escuro e empurrei as portas duplas. O cordão de luzes suaves se acendeu, revelando uma mesa coberta por flores e comida. Uma faixa pendurada dizia "Feliz Aniversário" em letras brancas e douradas, e Sandry e Ben apareceram, trazendo um bolo de chocolate coberto de morangos e dezesseis velas acesas.

Sandry começou a cantar, desafinada, e, quando os garotos entraram no coro, eu sorri.

— Faça um pedido — disse ela, me oferecendo o bolo.

A luz suave dava um brilho rosado ao rosto dela e fazia as íris cintilarem.

Fechei os olhos e fiz biquinho, pronta para meu pedido.

Mas, quando soprei as velas, não consegui pensar em nada mais que quisesse.

Eu tinha tudo bem ali.

— Acho que a sobremesa vem depois do jantar — falei.

Sandry piscou.

— Você sabe que, em aniversários, a sobremesa vem antes.

Era uma tradição boba que Sandry sempre fazia valer, desde que eu começara a comemorar aniversários com os Albrey.

Nós nos sentamos e comemos bolo antes de Ben revelar uma bandeja de sanduíches de carne. Ele normalmente só fazia aqueles sanduíches no último dia de verão, mas tinha aberto uma exceção porque era o meu prato preferido.

Dixon passou o jantar mexendo no celular, até Sandry jogar um morango nele.

— Que foi?

Ele pegou o morango grudado na camisa e o jogou na boca.

— O que tem aí no seu celular, filho? — perguntou ela.

Ele corou até as orelhas.

— Estou mandando uma mensagem.

— Pra uma garota? — perguntou Tucker, com um sorrisão.

— Não é da sua conta.

— Bom, já que você encerrou essa parte da noite, por que não é o primeiro a dar seu presente?

Dixon fez uma careta para a mãe e me entregou um embrulho pequeno.

— É um livro.

— Ela só lê quando tem homens sem camisa na capa — brincou Easton.

Bati nele com o embrulho.

Dixon piscou para mim.

— Acho que você vai gostar. Fala de um pastor que viaja pelo mundo todo.

— Agora diz as três coisas — instruiu Sandry.

Dixon gemeu.

— A gente ainda tem que fazer isso?

Sandry sorriu.

— Quem ela foi. Quem ela é. Quem ela será.

— Tá bom. Ano passado, você se recusava a tampar a pasta de dente no banheiro depois de usar. Agora, você aperta o tubo pelo meio. No futuro, espero que não faça nenhuma dessas duas coisas.

— Dixy!

— Que foi, mãe? Eu dei o presente e escrevi uma dedicatória bonita.

Passei a mão no embrulho e sorri.

— Obrigada, Dixon.

— De nada, Elvis.

— Minha vez — disse Tucker. — Comprei ingresso para aquele filme de presente. E, ano passado, você estava obcecada por aprender a boiar no lago, se preparando para boiar no Mar Morto. Agora, você não é tão boa nem em boiar nem em nadar. Acho que são os peitos. Espero que no próximo ano você continue a crescer...

— Tá bom! — interrompeu Sandry.

Joguei um morango nele, mas ele o pegou com a boca e deu uma piscadela.

— Easton?

— Meu presente está lá em cima.

Sorri e me perguntei o que ele poderia ter escondido no quarto.

— E?

— Antes você usava aquelas botas feias de salto. Agora você usa essas sandálias esquisitas, até de meia. Espero que este ano você compre sapatos de verdade.

Sandry apertou a boca em uma linha reta, mas não insistiu.

— Então é minha vez.

Ela empurrou uma caixinha na minha direção e, quando eu a abri, vi o pingente brilhante mais lindo, em uma corrente de prata. No meio, uma pedra opala redonda que refletia a luz baixa, como se um arco-íris tivesse sido capturado na superfície branca. As bordas de filigrana de prata davam a impressão de ser antigo e caro.

Era lindo.

— Eu ganhei esse colar no meu aniversário de dezesseis anos. Minha mãe ganhou no dela, e a mãe dela... Minha bisavó disse que ganhou de um homem bonito com quem se recusou a casar. Quero que fique com você.

— Sandry.

Era demais.

— Eu estava guardando para minha filha, mas acabei só tendo esses daqui.

Ela apontou para os garotos, que não pareceram nem um pouco incomodados pelo comentário.

— Não posso aceitar. E... uma nora ou...

— Os garotos vão escolher minhas noras, se é que terei alguma. Mas eu te escolhi. Você é a pessoa mais próxima que tenho de uma filha.

— Dixon é quase uma filha também — corrigiu Tucker.

— Acho essas categorias de gênero idiotas, de qualquer forma — disse Dixon, dando de ombros.

Sandry pigarreou antes de dizer as três coisas.

— Você era uma desconhecida. Agora, você é da família. E, no futuro, espero que sempre sinta que aqui é seu lugar.

Peguei o colar e o coloquei. Era pesado no meu peito, o que me pareceu adequado. Eu queria ser digna daquele peso.

Finalmente, Easton apontou com a cabeça para a escada, e eu o acompanhei até o quarto. Ele abriu uma gaveta da mesa de cabeceira e me entregou uma caixinha de alfinetes coloridos: azuis, vermelhos e verdes.

— Alfinetes?

O sorriso dele só aumentou.

— Isso.

Easton enfiou a mão debaixo da cama e puxou um tubo de cartolina. Tirou a tampa e desenrolou um cartaz, a imagem ficando mais nítida.

Um mapa-múndi.

— O que...

— Você vive falando de todos os lugares aos quais quer ir.

— Ele deu de ombros, como se fosse a mais fácil das coisas. Sonhar com lugares. —Achei que, com isso, a gente pudesse realmente começar a planejar — falou.

Para ele, era simples. Ele queria ir. Não havia cem mil coisas o prendendo no lugar. Ele não tinha medo.

Só era assim.

— Easton.

Eu não consegui conter a emoção na voz.

Ele olhou para minha boca quando falei seu nome, e o vi engolir em seco. Ágil, ele se virou e prendeu o cartaz na parede do quarto.

— Não é para tanto, El. É só um mapa.

Decidi livrá-lo do momento e fazer piada.

— E se eu não quiser ir com você?

— Claro que você quer ir comigo — disse ele, de costas para mim. — Quem mais te lembraria que você odeia altura e não suporta tomate?

Ele remexeu na mesa de cabeceira por um momento antes de pegar um caderninho estampado com flores.

— Você pode usar esse caderno para escrever sobre todos os lugares aos quais quer ir e tudo que quer fazer — falou.

Passei a mão pela capa e folheei as páginas em branco.

— Provavelmente é besteira — disse ele. — Você não...

— É incrível.

Beijei a bochecha dele. Rápido, leve, sem conseguir me conter.

Easton deu um passo para trás e se sentou na beirada da cama, olhando para a parede. Eu me sentei ao lado dele, tão perto que nossas pernas se encostavam. Fiquei mexendo na caixinha de papelão de alfinetes, olhando para o mundo.

— No que você tá pensando? — perguntei.

— Pensamentos não são de graça — respondeu ele, automaticamente.

— É meu aniversário.

Ele suspirou, mas cedeu.

— Não parece tão grande — falou. — O mundo.

Encarei o mundo "não tão grande". Parecia enorme, infinito e...

Parecia que eu podia tocar todos os lugares que meu coração queria ver. Eu queria enfiar os pés em terras das quais só ouvira falar. Eu me perguntei como seria estar nelas. Seria *eu* a mesma naqueles lugares, ou poderia ser diferente?

Poderia ser uma pessoa nova?

— Leste ou oeste? — perguntou Easton, se recostando.

Eu me levantei. Passei a mão pela Europa. Tantos lugares e coisas que queria ver. Passei para a África, para a América do Sul, para a Ásia.

Botei um alfinete vermelho em Tóquio.

E um em Berlim.

E um na Cidade do Cabo.

E um no Rio de Janeiro.

E um em Atenas.

E um em Nova Deli.

Quando me virei, Easton estava me olhando. Ele tinha franzido a testa, e passava a língua no lábio inferior.

— Antes, você só sonhava em ir para esses lugares — falou, olhando para o chão e de volta para mim. — Agora, está fazendo planos.

Ele abriu um sorriso suave que senti no corpo todo. Easton estava dizendo minhas três coisas. Não as besteiras que tinha dito à mesa, mas as que eram só nossas. As que eram importantes.

— Depois, você vai pisar nesses lugares.

Olhei para o cartaz e Easton me observou pregar os alfinetes.

— Quem sabe quando poderei mesmo ir.

Ele suspirou.

— Vamos depois da formatura.

Revirei os olhos.

— Ah, tá.

Easton se endireitou.

— Estou falando sério.

— Não tenho dinheiro. Não tenho passaporte. Não...

— A gente pode economizar. E ficar em albergues e comer comida barata e ligar para minha mãe e implorar por dinheiro para croissants cheios de chocolate na França.

O jeito que ele falava me fazia acreditar. Eu me esforcei para apagar a esperança.

— Easton.

— Estou falando sério, El. Vamos antes da faculdade.

— Não é tão fácil assim. E sua mãe ia surtar se a gente não fosse direto para a faculdade.

— A gente ainda iria, só que depois. Os velhos vivem dizendo que queriam ter viajado na juventude. Vamos sair em uma aventura. Vamos ver o mundo, conhecer gente interessante, comer comida estranha e viver uma vida maior que esta casa, que o lago, que os seus e os meus pais.

Easton queria ver o mundo e se apaixonar por ele. E eu queria ver o mundo e saber que minha vida não era pequena. Eu queria sentir que não precisava ficar onde estava. Não precisava cuidar do meu pai e esperar minha mãe. E queria ir com Easton, mas temia que ele percebesse que, enquanto se apaixonava pelo mundo, eu me apaixonava por ele.

— Mas...

O rosto dele se transformou, ficando triste, e me devastou não saber o que o causara.

— Só... só me deixa acreditar que você fará isso comigo. Que você vai e que a gente...

— E Tucker, ou outra pessoa?

— Não tem mais ninguém. Não quero ver nada sem você.

— Easton.

— Você quer ir?

Fechei os olhos e falei a única coisa que sabia que não deveria dizer. A única coisa que me daria esperança.

— Quero — sussurrei.

Quando abri os olhos, ele estava sorrindo.

— Então nós vamos, e voltaremos totalmente diferentes. Eu prometo.

Easton sempre cumpria suas promessas.

15

Os sons conhecidos da noite de verão na casa dos Albrey flutuam no ar quando nos sentamos ao redor da fogueira perto da beira do lago. Luzes suaves cercam o píer, e o céu acima de nós está cheio de nuvens. As cadeiras de madeira são lisas de tão gastas pelo tempo ao sol. Puxo os pés para cima do assento e os cubro com a manta.

Isso eu sei fazer. Ouço Ben e Sandry puxarem assunto enquanto bebem vinho. Os garotos contarem histórias. A água lamber a margem tranquilamente. Meu papel aqui é definido e, já que não exige nada de mim, deixo minha raiva constante escorrer e se dissolver no sentimento alegre que flutua pelo ar.

Tucker conta a história de quando aprendeu a surfar. Easton está de olho em mim, e eu preciso me lembrar de agir normalmente.

Mas o que é normal para mim e Easton?

— É muito mais difícil do que vocês imaginariam — diz Tucker.

Eu rio.

— Ele é péssimo aluno.

Sandry bebe um gole de vinho e eu a vejo olhar para Easton.

— Eu estava distraído pelo cara que nos ensinou — continua Tucker. — Ele tinha abaixado a roupa de mergulho...

— Não culpe o professor — interrompe Dixon. — Você nunca foi atlético. Nem a Ellis. Não é um problema.

— Hum, que caô. Eu entrei no time de basquete quando a gente era criança — diz Tucker para os irmãos.

— Porque o Matt Brody quebrou o tornozelo — acrescenta Sandry.

Tucker balança a cabeça.

— Ganhar é ganhar, mãe. A Ellis agora também surfa.

Todos se viram para me olhar.

— Ela é boa — acrescenta Tucker. — Melhor do que eu, na real. A tia deu uma prancha para ela e tudo.

— Ser melhor do que você não é grande coisa — diz Dixon.

— Era apenas a prancha velha dela, e acho que usei só umas duas vezes — explico. — Dá muito trabalho para uns dez segundos de resultado.

Easton está quieto, e quero saber no que ele está pensando. Meu autocontrole é hercúleo.

— Não é essa a questão — argumenta Tucker. — A parada é a paz de contar o ritmo e se conectar com a água.

— Ou ser devorado por um tubarão — digo, tomando um gole de chá.

Tucker revira os olhos.

— Assistiu a um documentário de tubarão e agora se recusa a mergulhar no mar.

Finalmente encontro o olhar de Easton. Os olhos dele me queimam, então desvio o rosto.

— Eu entro no mar, só não quero ficar quicando na superfície que nem uma isca.

— Não sabia que sua tia surfava — diz Sandry, distraída. — Ainda imagino Courtney como aquela menininha que corria atrás do seu pai.

— Eu sempre quis surfar — diz Dixon.

— Quando você vier à Califórnia, eu te ensino — falo.

— Provavelmente já sei surfar, de tanto filme que vi — diz Dixon, sério. — Se o Tucker consegue, eu também consigo.

— Ah — digo, tomando um gole. — Tá bom.

Dixon bebe um gole de cerveja.

— Você vai ver quando eu chegar — murmura no gargalo da garrafa.

— Ah, a confiança indevida dos Albrey. Deve ser genético — diz Tucker, com um tapinha na perna de Dixon. — Pelo menos seu caso não é tão grave quanto o do Easton.

— Como assim? — pergunta Easton.

Tucker sorri.

— Lembram no sexto ano quando o Easton escreveu uma carta para o conselho escolar, pedindo para remover a nota de ciências do boletim?

Easton geme.

— A sra. Crosby.

— Ah, meu deus do céu. Achei que aquilo não fosse acabar nunca — diz Sandry.

— Ela que não dava aula de ciências direito — protesta Easton.

— Você escreveu uma carta para o distrito escolar — diz Dixon, rindo tanto que as palavras mal saem. — Disseram que, se você tivesse entregado a carta em vez do trabalho de ciências, teria tirado nota dez.

Easton parece prestes a discutir, mas Sandry o interrompe.

— Não aguento mais falar disso.

Deixamos nossas gargalhadas saírem flutuando que nem as brasas da fogueira, céu acima.

— Que outros segredos você tem, Ellis?

A pergunta vem de Easton, e olho para o fogo em vez de para ele.

Quero contar do trabalho e dos mochileiros que viajam pelo mundo que conheci. Da vez em que um garoto me ensinou a encontrar caranguejinhos na praia. De quando achei que podia começar a *correr* e vomitei a oitocentos metros de casa.

Easton não merece nada disso. Então digo o que as redes sociais já disseram.

— Eu trabalho num café.

Tucker me olha, um pouco decepcionado, e sinto o calor subir ao rosto.

Ignoro.

— Você fez amizade? Com alguém além do Tucker? — pergunta Dixon.

— Claro.

— Tem um cara no café que acha que a nossa Ellis é a alma gêmea dele. Já chamou ela para sair umas cem vezes.

Tucker gargalha, e Dixon o olha, irritado.

Sandry e Ben se ajeitam no assento, desconfortáveis.

Tucker se empertiga.

— Mas a Ellis não namora ninguém.

Ainda não é a declaração certa, e procuro um jeito de parecer menos patética.

— Claro — diz Easton, e ouço a raiva em sua voz. — Por que ela namoraria outra pessoa, se tem você?

Tucker puxa o lábio inferior e o morde. Ele sabe que uma briga vem aí.

— Bom, provavelmente porque não sou namorado dela, como já disse cem vezes.

Easton não se detém.

— Aquela foto de vocês. No Natal.

A foto do visgo. A festa de Natal do café, nós dois fazendo biquinho de beijo, ele me abraçando. Era fofa, e eu sabia que seria a gota d'água para Easton, sabia que ele pensaria no pior, então deixei Tucker postar.

Ben aperta a mão de Sandry enquanto eles olham para nós.

— E a foto depois dessa era com a garota que eu estava namorando — tenta justificar Tucker.

A postura de Easton muda. Com os ombros tensos, ele se levanta. Tudo em mim me diz para segui-lo, mas não posso correr atrás de um garoto que não me quer.

Não sou essa garota.

Em vez disso, é Tucker quem se levanta e vai atrás do irmão.

Quando eles se afastam, Dixon me olha.

— Desculpa. Não achei…

— Tudo bem. É problema dele e do Tucker. Não tem a ver comigo, na real.

Dixon ri.

— Tudo no Easton tem a ver com você, Ellis.

O fogo vai se apagando, e o grupo também. Primeiro Dixon, que fica com fome. Depois, Sandry e Ben.

Finalmente, quando o último pedaço de lenha vai de vermelho a cinza, eu me levanto. Dentro de casa, Tucker está na cozinha, segurando um copo no filtro de água, os ombros pesados de cansaço.

— Oi — cumprimento. — Tudo certo?

Ele me vê e assente.

— Foi só… uma conversa difícil.

— Com o East?

— É.

— Desculpa…

— Não é sua culpa. A gente tem nossas próprias merdas para lidar. Ele não quis me dar um soco, o que já é um bom sinal — diz ele, dando um gole demorado. — Mas eu quis socar ele, o que é um mau sinal.

Eu me aproximo e o abraço por trás, encostando o rosto em suas costas. Ele dá um tapinha na minha mão e eu o sinto relaxar no abraço. Espero que ajude.

— Vai dormir, El. A gente conversa de manhã.

Eu o solto e subo a escada em silêncio até a porta do banheiro. A maçaneta não gira quando tento abrir, mas, no segundo seguinte, a porta se abre e Easton aparece na minha frente.

Ele olha para o meu quarto.

— Está se arrumando para dormir?

Obviamente é o que estou fazendo, então não respondo e tento passar por ele, mas Easton não se mexe. Acabo parada na porta junto a ele, nós dois de costas grudadas no batente.

Daqui, ele está igual. Tem o mesmo cheiro. É o mesmo Easton. O peito dele se mexe devagar enquanto respira, e conheço a sensação macia dos braços dele ao meu redor.

— Você finalmente vai dormir no seu quarto?

Mordo meu constrangimento e o transformo em raiva.

— O que quer que você esteja pensando, está errado. Você sabe que não gosto de dormir naquele quarto. Nunca...

— Porque gostava de dormir comigo — diz Easton, como um desafio.

— Eu *gostava* do seu *quarto* — falo, com desdém. — Aquele quarto cheira a papelão. Ninguém fica lá. É... esquisito.

— Se quiser dormir no meu quarto, é só pedir.

Ele arqueia uma sobrancelha, me fazendo lembrar de todas as vezes em que Easton falou comigo assim e eu senti o sol nascer dentro de mim.

— Não quero dormir perto de você, Easton. É isso que você queria, né? Não é por isso que fui para a Califórnia? Então vamos continuar assim, tá?

— Não foi por isso que você foi para a Califórnia.

— Quem se importa...

— Eu — interrompe. — Eu me importo.

Ele olha para mim, e quero ficar aqui para sempre.

— No que você está pensando? — pergunta.

Arqueio as sobrancelhas e repito o que ele sempre me disse.

— Pensamentos não são de graça.

Ele não responde, só olha meu rosto, como se pudesse ler os pensamentos ali mesmo.

— Dane-se — falo, e me afasto da porta.

Não quero mais ficar aqui. Ele estica a mão e roça meu braço. Não consigo. Vou embora e, em vez de ir para o quarto, desço até a porta da casa.

O ar de verão me envolve e eu percorro estradas escuras sem calçadas e de terra plana que desafia as estrelas, tudo se estende à minha frente. Quando eu era pequena, andava e tentava pisar no ritmo do meu coração. Parece que não superei o hábito. O céu aqui é igual ao da Califórnia, mas sinto que todas as estrelas me conhecem. Elas me viram crescer, até ficar alta o bastante para tentar alcançá-las. Viram cada mágoa minha sangrar nessa terra.

E então...

Paro na frente da minha casa. O luar a faz parecer um túmulo. Nenhuma luz acesa, porque ninguém vive aqui. Nem mesmo a árvore seca no quintal, apesar de ser verão. Até a grama amarelou e morreu. Nada.

Eu posso entrar. Sei que meu pai deixou uma chave para minha mãe debaixo do capacho.

Só para o caso de ela decidir voltar para casa.

— Está esperando alguma coisa?

Nem me surpreendo ao ouvir Easton atrás de mim. Por um breve segundo, acho que posso tê-lo imaginado. Que meu inconsciente na verdade tem a voz dele.

— Não.

Ele para ao meu lado. Com as mãos nos bolsos, olha para a carcaça da casa.

— Você vai visitar ele?

Ele. Nem aqui Easton quer dizer o nome do meu pai.

Meu olhar vai para a garagem, onde ele passava a maior parte do tempo. Tinha tanta coisa errada com meu pai, mas... o amor dele por mim não era errado. É difícil separar isso. Não sentir culpa por querer o amor de alguém com as piores imperfeições. Era o que eu sentia pela minha mãe, também, até ela passar tanto tempo longe que a emoção apodreceu e tornou-se ódio.

E não é porque estou com saudades que quero vê-lo. A dor não é apagada com uma visita à prisão.

— Você deveria — diz ele.

Da segunda vez que meu pai foi preso, eu tinha treze anos e, sempre que ia visitá-lo, ficava gripada. Era Easton quem me arrastava àquelas visitas, mesmo que eu chorasse o caminho todo. Ele segurava minha mão do começo ao fim e, quando eu saía da sala de visitas, ele estava lá, sorrindo, com dois picolés nas mãos, fingindo que estava tudo normal.

— Você está certo.

É mentira. Não tenho intenção nenhuma de ver meu pai.

— Vou pedir para a Tenny ir comigo — acrescento.

Ele demonstra mágoa por um segundo, mas o rosto logo volta à expressão passiva.

— Eu posso ir com você, El. — Ele fala como se não desse a mínima, mas sei que é mentira.

— Não quero mais isso, Easton.

Eu dou as costas para ele e entro na casa que mais parece uma sepultura.

E deixo morrer tudo que eu e Easton precisamos falar.

16

Dezesseis anos

Algumas semanas após meu aniversário de dezesseis anos, Tenny declarou que eu já tinha passado muito tempo na casa dos Albrey e pouco tempo no Tavern do tio Rick.

Como a maior parte do que ela dizia, as palavras eram afiadas, mas suavizadas pelo amor.

Quando eu era mais nova, passava a maior parte do tempo nas cabines grudentas e nos chãos imundos do pub, brincando com Tenny e Wyatt, filho do tio Rick. Minha mãe me deixava lá e o tio Rick reclamava, dizendo que não era dono de creche, mas sempre me deixava ficar. Ficávamos sempre à vista, mas fora do caminho.

Homens velhos sentavam-se debruçados nos banquinhos, bebendo cerveja choca e virando doses entre os chopes. Comida gordurosa era preparada em condições suspeitas. Luz difusa entrava pelas janelas embaçadas.

A mãe de Tenny tinha instalado uma televisão no canto, na qual passava desenho animado que mal escutávamos em meio ao som da *jukebox*, que tocava Dolly Parton e Hank Williams Jr. no volume máximo. Conforme crescíamos, mudamos os desenhos para programas destinados a um público mais velho, até, finalmente, tirarmos a televisão dali.

Aos dezesseis anos, eu nem lembrava a última vez em que estivera no bar. No entanto, assim que atravessei a porta de madeira pesada, todas as lembranças de infância me voltaram, como fantasmas.

— Ora, ora, ora — disse o tio Rick, de trás do bar. — Parece que a encrenca finalmente voltou.

Eu me retesei frente às palavras, mesmo sabendo que não era sério. Para ele, eram carinhosas. Havia uma expectativa de quem eu seria ali.

Filha de Anna e Tru. Sobrinha de Minnie. Prima de Tenny. Uma Truman.

Eu nunca era só Ellis.

Eles tinham orgulho da garota que conheciam — de quem eu era *de verdade* —, e eu não encontrava as palavras para expressar que a ideia de ser conhecida daquele jeito não era nada confortável. Era sufocante. No entanto, Tenny decidira que um aniversário não seria celebrado direito se não fosse no Tavern.

— Bateu fome, menina? — perguntou ele.

Sacudi a cabeça.

— Não, é…

— Eu sei o que é — disse ele, sério. — É sábado.

Sorri, sabendo que era implicância.

— Não…

— Não é domingo.

— É…

— É seu aniversário. Um aniversário importante — interrompeu. — Achou que a gente ia esquecer?

Eu achava, mas sacudi a cabeça, negando.

A questão de ser conhecida assim era a seguinte: às vezes, era bom. Era a sensação de ser vista. Naquele momento, fiquei feliz de ter ido ao Tavern para o tio Rick me dizer que se lembrava do meu aniversário. O "importante".

Wyatt entrou na cabine ao lado de Tenny e largou uma cesta de batata frita com uma vela encaixada no meio. Era uma tradição iniciada quando Wyatt fizera nove anos e dissera que odiava bolo.

— Feliz aniversário — disseram eles, em uníssono.

Soprei a vela, mas decidi guardar o pedido.

Eu, Tenny e Wyatt ficamos ali sentados, juntos, comendo batata e contando histórias, esperando o clima do Tavern mudar.

Finalmente, as luzes diminuíram e placas de néon pintaram tudo em um arco-íris de cores artificiais. A música foi ficando mais alta conforme as pessoas que entravam e saíam iam usando maquiagem mais pesada e olhares mais sombrios. A mãe de Tenny veio dos fundos para me contar histórias sobre mim e Tenny que eu já ouvira centenas de vezes, e para me lembrar que estava com saudade de ver minha cara. Wyatt levou copos para os fundos, limpou bebida derramada do chão sujo, secou todas as superfícies imagináveis, exceto pela cabine no fundo onde eu e Tenny ríamos, lembrando de todas as besteiras que tínhamos feito entre aquelas paredes.

— Lembra quando aquele motoqueiro estava prestes a socar um cara e você gritou que ele estava fazendo barulho demais? — perguntei, rindo.

— E estava mesmo — disse ela, dando de ombros, mas o canto da boca subiu. — Eu precisava fazer dever de casa.

Sacudi a cabeça.

— Nossa vida não é normal.

Alguma coisa no rosto dela endureceu, e eu quis retirar o que dissera. Eu não sabia quando tinha perdido o direito de brincar com aquilo, mas tinha.

— *Nossa* vida está ótima — falou ela, tomando um gole.
— Melhor do que essa merda de "normal".

Um milhão de palavras fervilharam na minha garganta. *Não foi isso que quis dizer. Acho ótimo. Ainda sou uma de vocês. Desculpa.*

Em vez disso, mudei de assunto e perguntei do carro velho que a mãe dela tinha comprado e que ela ia consertar.

— Não é chique que nem o dos Albrey, nem nada, mas eu gostei. Estou animada.

Aqueles pequenos comentários eram os que mais me magoavam. Cada um era uma pá cavando a terra entre nós, criando um cânion. Autopreservação. Eu sabia que era o que ela fazia, mas ainda assim me magoava.

Foi logo depois das nove que minha mãe chegou.

Ela estava de cabelo arrumado, com tanto spray que nem se mexia, roupas justas e escuras, a blusa decotada. A maquiagem, pesada.

— Quero ir embora — falei para Tenny e Wyatt.

— Ir aonde? — perguntou ela, deixando transparecer a irritação. — Eu e Wyatt temos que ficar até fechar, para a limpeza.

Pigarreei.

— Minha mãe tá aqui.

A expressão de Tenny passou de confusão a curiosidade enquanto ela olhava ao redor do bar, e, quando finalmente encontrou minha mãe, reconheci a pena em seus olhos. Até de onde eu estava, dava para ver que minha mãe estava um desastre.

— Preciso ir embora.

— A gente não pode ir — disse Tenny, mas a frustração se fora.

— Fica aqui e ignora ela.

Wyatt passou um braço pelo meu ombro. Naquele momento exato, minha mãe gritou do outro lado do bar e deu um beijo na bochecha de alguém.

— Ignorar ela? — perguntei.

Como se fosse possível. Senti o momento em que ela me notou. A confusão misturada à empolgação antes de vir correndo até nossa cabine. Tinha batom fúcsia grudado no dente quando ela sorriu e me abraçou.

— Meu amor! O que está fazendo aqui?

O abraço foi carinhoso, minha primeira pista. A segunda era o arrastar das palavras.

Ela já estava bêbada. Mais de perto, percebi que o delineador tinha começado a escorrer, e senti o cheiro azedo do hálito.

— Cadê o papai? — perguntei, me levantando e acompanhando-a até o bar.

Fazê-la sentar na nossa cabine era sacrilégio.

Por um momento, ela pareceu incerta, como se a pergunta se referisse a um desconhecido.

— Seu pai? Deve estar em casa, acho.

Ela achava. Eu não a via fazia três meses. Ela perdera meu aniversário. Não que tivesse estado presente em muitos outros, mas aquele doeu. Ela nem perguntou como eu estava, só fez carinho no meu braço e tentou pedir uma bebida do tio Rick. Eu odiava o toque dela.

— Você tem dinheiro para pagar por essa vodca com soda, Anna? — perguntou o tio Rick.

— Não — falou, exagerando as vogais. — Mas darei um jeito de te recompensar.

Ele revirou os olhos e preparou a bebida enquanto eu tentava conter o nojo. Eu me afastei dela, me virando para Tenny.

— Aonde você vai? — perguntou minha mãe, debruçada no bar.

— Para lá — falei, apontando para Wyatt e Tenny.

A bebida foi servida diante dela com um baque.

Ela se virou para agradecer ao tio Rick e eu aproveitei a distração para voltar até meus amigos.

Senti um nó na garganta, pegando o celular por reflexo.

— O que você tá fazendo? — perguntou Tenny, os ombros tensos, porque sabia a resposta.

Respondi mesmo assim.

— Mandando mensagem pro East.

— Sério?

Ela não conseguia conter a frustração da voz.

Não falei nada, tentando acalmar meu pânico.

— Ellis, essa parada aqui é só nossa.

— Eu não convidei ele para sair com a gente.

Meu celular vibrou no segundo seguinte.

Easton:
Tô indo.

O olhar de Tenny estava venenoso quando minha mãe se sentou junto a nós na cabine. Dois copinhos de dose reluziam nas mãos dela.

— Aqui, amor.

Cruzei os braços.

— O que é isso?

— Uma dose — respondeu ela, com um sorriso enorme. — De aniversário!

Franzi a testa.

— Não é mais meu aniversário. Já faz semanas. E só tenho dezesseis anos.

— Eu sei...

Ela não sabia. Vi a informação voltando a ela.

— É só umazinha — insistiu.

Wyatt esticou a mão e pegou a dose da minha frente, a virou e piscou para minha mãe, deixando o copo vazio na mesa.

Ela abriu um sorriso que lembrava o de uma pantera.

— Viu? Wyatt não tem medo de beber.

Wyatt deu de ombros.

Cada segundo com ela era uma eternidade, e eu não desviei o olhar da porta. À espera.

Quando Easton entrou, senti que finalmente podia respirar. Ele procurou pelo bar, e finalmente me encontrou.

— E aí.

Ele se aproximou com as chaves na mão, girando sem parar. A outra mão estava apertada em punho.

— Easton Albrey — disse Wyatt, com um sorriso travesso. — Como vai seu irmão?

Antes que ele pudesse responder, minha mãe se virou na cabine.

— *Easton?*

Ele parecia estar considerando dizer a minha mãe exatamente o que achava dela.

— Como você cresceu!

Ela se levantou e se aproximou, como se fosse medir-se ao lado dele.

Ele deu um passo decidido para trás, mas ela puxou o bíceps dele mesmo assim. O rosto de Easton se transformou em uma careta de nojo, mas minha mãe não pareceu reparar.

— Mãe.

Eu soava suplicante. Outra coisa a acrescentar à lista de motivos para odiá-la.

Ela arregalou os olhos.

— Ainda me lembro de quando você era só joelho e dente. Mudou, né?

Ele franziu as sobrancelhas, mas não deixei de notar que tinha corado até as orelhas.

— Melhor tirar ele daqui — disse Tenny, resignada.

— Vou só avisar tia Minnie que estou indo — falei. — Já volto.

Entrei na cozinha e vi tia Minnie preparando sanduíches e os servindo em cestas de plástico vermelho.

— Já vai? — perguntou.

— É. Eu...

— Vi sua mãe lá fora — disse ela, secando as mãos no avental, e deu um beijo suave na minha bochecha. — Te amo. Feliz aniversário. Liga pra sua avó.

A mãe de Tenny era o que eu esperava de uma mãe. Não exatamente como Sandry, que tinha vida fácil, mas uma mãe que passava por dificuldades e ainda assim cuidava da filha. Fazia com que eu me ressentisse ainda mais da minha.

Fiz que sim com a cabeça e voltei à cabine.

Minha mãe estava tão perto de Easton que chegava a ser desconfortável, a mão no peito dele. De tão chocada, nem me mexi quando ela cochichou no ouvido dele. Easton corou, a segurou pelo punho e afastou a mão dela. Minha mãe riu, jogando a cabeça para trás e expondo o pescoço, se jogando contra ele com vontade.

Ele olhou para a boca dela, por onde ela passava os lábios.

— Cacete — falei, e me mexi sem pensar, me colocando entre minha mãe e Easton. — Vamos embora.

— Já? — choramingou minha mãe. — Vamos pedir a saideira antes.

A sugestão era para Easton, não para mim.

— Você não precisa beber mais nada — falei. — E ele tem dezesseis anos. Que nem eu.

Esperei que ela sentisse vergonha, mas só passou a língua pelo lábio inferior e sorriu.

— Ele não parece ter só dezesseis.

E olhou para a calça dele.

Por que eu tinha esperado algo diferente? Olhei para Wyatt e Tenny.

— Valeu pela ajuda.

Tenny sacudiu a cabeça.

— Foi você quem convidou ele.

E era isso.

Easton merecia aquilo, porque eu o tinha convidado, e eles achavam que ele não deveria estar ali. O pior era que eles estavam certos. Eu não sentia necessidade de proteger *Wyatt* da minha mãe.

Mas...

Easton era meu. A única coisa que era só *minha*.

Lá fora, respirei fundo o ar fresco da noite e abri a porta do jipe de Easton. Sentei lá dentro em silêncio, a música abafada do Tavern flutuando até nós. Sob as luzes néon, na noite sem estrelas. Eu sempre adorara luzes néon. As cores fortes pintavam tudo que tocavam. Azuis, amarelos, cor-de-rosa e verdes. Tentei me lembrar do rosto da minha mãe sem elas, mas não consegui.

Rosa na face, inclinando a cabeça para trás numa gargalhada.

Azul, levando um copo à boca.

Amarelo, o brilho da noite se esvaindo.

Verde nas ruas escuras, andando de volta para casa.

Preto debaixo dos olhos.

Eu conseguia pintar minha mãe nas cores do Tavern, mas não me lembrar dela à luz do dia.

— Você pode chorar — disse Easton, finalmente.

Eu não queria chorar. Queria gritar.

— Não — respondi baixinho.

— Sua mãe não fez de propósito.

Eu me virei para ele.

— Que parte? Esquecer meu aniversário? E minha idade? Tentar te agarrar?

— Não ligo para o que sua mãe faz, Ellis. Ela é uma pessoa horrível que só passa vergonha.

E me fazia passar vergonha também. Porque, por mais que eu fugisse e tentasse me distanciar dela, sempre seria sua filha. Nada mudaria isso. Era uma verdade humilhante.

— Eu só… Vamos embora?

Easton ligou a caminhonete e pisou no acelerador, e eu vi as luzes do Tavern se afastarem.

E soube que às vezes… às vezes pais tentavam pegar o que não lhes pertencia.

17

Um farfalhar me acorda.

Antes de abrir os olhos, penso no que farei se um animal tiver se apossado da casa enquanto eu não estava. Faria sentido que um bicho morasse ali.

Até que ouço o bicho xingar.

— Merda.

O colchão afunda sob o peso de alguém.

Abro os olhos com esforço e vejo Tenny sentada na ponta da cama.

O cabelo dela está solto e volumoso na altura dos ombros, que nem a juba de um leão, e ela me olha com o nariz torcido de nojo.

— Não tem nem eletricidade aqui — diz, em vez de me cumprimentar.

Eu me sento e esfrego os olhos.

O quarto é ainda pior à luz do dia. Minha cômoda está coberta por uma camada de poeira; tem lixo e vidro quebrado pelo chão. Fotos de paisagens arrancadas de livros e revistas pregadas à parede com tachinhas, amareladas pelo tempo, e todos meus guias de viagem ainda empilhados e enfileirados, acumulando pó.

Ainda assim prefiro estar aqui a estar na casa dos Albrey. Com Easton.

A briga dele com Tucker. Sua expressão quando falei que não precisava da companhia dele na visita ao meu pai. Minha raiva ajuda a justificar estar nesta casa.

Tenny solta um suspiro demorado.

— Você está com uma cara horrível. Ainda tem água quente aqui, por acaso?

— Sei lá. Só faz trinta segundos que acordei.

— E daí?

Esfrego minha cara.

— E daí que não conferi a água, Ten.

Ela olha ao redor do quarto, franzindo a testa.

— Por que você está aqui e não com os *Albrey*? — Tenny cospe o nome. Sei que ela quer que eu me sinta culpada por ficar hospedada lá. — Quando você chegou na cidade? — pergunta.

— Não faz muito tempo.

Não dou uma resposta exata porque sei que ela já está chateada por eu não ter telefonado.

— E aí, com qual Albrey você brigou? A mãe ou o filho?

Tenny sabe o nome deles, mas ela gosta da arrogância. Eu deixo ela seguir assim.

— Como você soube que eu estava aqui? — pergunto.

Ela me joga meu celular.

— Sentiu falta disso?

Pego o aparelho e, por reflexo, confiro as notificações.

— Easton te falou — suponho.

A arrogância não bastou para ela deixar de falar com ele.

— Falou — diz ela, se levantando e esfregando as mãos na calça jeans. — Vamos nessa. Aqui está uma nojeira, e você precisa de um banho.

ALGUNS ERROS COMETIDOS 167

Não estou pronta para voltar à casa dos Albrey. Pensar em entrar lá depois de ter saído emburrada que nem uma criança faz com que eu me sinta boba.

— Vamos aonde?

— Para a casa da vovó. Tenho ficado lá porque minha mãe está trabalhando no centro. Te empresto umas roupas — diz Tenny, e faz uma careta para a cama quando me levanto, o que eu ignoro. — Seria bom conferir se você não tá com piolho.

— Você tem ficado na casa da vovó?

Olho para os sapatos enquanto me calço. A rejeição dói. Nunca teve espaço para mim na casa da vovó. Não a longo prazo. Ela pode até se preocupar com o filho preso, mas não com a filha dele, que ficou sem os pais.

— É, com todo mundo — diz ela, como se fosse inconveniente.

Eu me levanto e respiro fundo, colocando o ressentimento tão fundo que não o alcanço.

Passamos o trajeto até a casa da nossa avó em silêncio no carro, e sinto a sujeira da noite anterior grudada à pele. Mal posso esperar para tomar um banho. A casa dela continua igual a todos os dias da minha vida. Azul desbotado, as janelas venezianas brancas quebradas. O gramado tem partes secas e a jardineira na frente do quintal tem um arbusto mal-podado de alecrim. Vários carros velhos estão estacionados na entrada, e meu primo Jesse está sentado em uma cadeira de plástico no meio do quintal, só de calção de banho. Tem um cigarro pendurado na boca e uma lata de cerveja no chão, perto da perna da cadeira. Não preciso nem me aproximar para saber que já está aberta. Ele está debruçado no celular, digitando furiosamente. Tem quase sete anos a mais do que eu, mas sempre morou na casa da nossa avó.

Saio do carro e vou até ele.

— Oi, Jess — digo.

Ele me olha devagar e solta uma baforada de cigarro pelo canto da boca.

— Olha só, Califórnia. Quando você voltou?

— Ela não voltou — diz Tenny, a caminho da casa. — Só está de visita.

— Melhor assim — diz ele, pegando a cerveja. — Você tá com uma cara horrível.

Aponto para a lata.

— Café da manhã?

Ele abre um sorriso torto.

— Tenho que me manter hidratado. Quer um gole?

— Agora não.

— Virou a noite na farra com os riquinhos? Um jogo louquíssimo de badminton?

Arqueio a sobrancelha.

— Você por acaso sabe o que é badminton?

— Ellis!

A voz da minha avó chega a mim no quintal, e a vejo na varanda. Cabelo grisalho, prateado, caindo pela frente do ombro, o rosto coberto de rugas da idade e de uma vida dura que nunca lhe fez favor algum. O quadril largo e os ombros estreitos estão cobertos por um conjunto de calça e camiseta rosa-claro.

— Eu estava me perguntando quando você ia aparecer. Arrasta essa bunda pra cá e toma um banho para eu ver sua carinha linda.

Sorrio. É assim que ela fala com todos os netos. Uma mistura de irritação e amor. Foi aí que a Tenny aprendeu. Abraço minha avó e sinto o cheiro de talco e lavanda presente em toda lembrança que tenho dela.

— Tá bom, tá bom — diz ela, com um tapinha nas minhas costas. — Me dá outro abraço depois do banho.

Lá dentro está tudo igual. Minha avó tem cinco filhos. Quatro homens, e minha tia Courtney. As conquistas e vidas deles são registradas em tranqueiras cobrindo todas as superfícies e cantos ocupáveis. Os móveis são de carvalho, cor de mel, e mantas de tricô coloridas e puídas cobrem os sofás velhos. Tudo cheira um pouco à panela de ferro no fogão e à fumaça de cigarro. A única regra da casa é *Não faça bagunça na cozinha*.

Meu primo Eric sai da sala de jantar com um sanduíche na mão.

— El Mel? O que aconteceu? — pergunta, olhando para minhas roupas amarrotadas. — Deve ter sido grave, para você vir parar aqui.

É brincadeira, mas ainda dói.

— É bom você ter deixado a cozinha limpa — diz minha avó para ele.

Ele acena para ela.

— Por que você voltou?

— Vim tomar banho.

Ele assente, porque, na casa da nossa avó, é uma explicação perfeitamente aceitável. Essa casa é um porto de escala, um abrigo. A porta está sempre aberta. Ninguém bate, ninguém pede para pegar comida da geladeira, espera-se que todo mundo trate o lugar como a própria casa.

Menos eu. Quando perguntei se podia morar aqui no meu último ano de escola, depois que tudo aconteceu, minha avó disse que não tinha espaço. O que significava, na verdade, que ela não queria que eu ficasse aqui, porque eu tinha outras opções. Podia sempre ir à casa dos Albrey, a San Diego. Ela precisava priorizar as camas, e eu não era prioridade.

Ali parada, me sinto *outra*. Não exatamente uma deles, mas também não outra coisa. É como me sinto em todo lugar.

O corredor do banheiro é coberto por fotos emolduradas. Fotos velhas, dela e do vovô, que morreu muitos anos antes de eu nascer. Fotos em tons de sépia da época em que meus tios estavam na escola e de festas ficam espalhadas entre fotos de bebê e de formatura dos treze netos.

No banheiro, vejo uma dúzia de frascos de xampu e condicionador baratos enfileirados no parapeito da janela. Tem uma toalha puída rosa-chá e umas roupas que sei que Tenny deixou ali enquanto eu falava com Eric. Tomo banho o mais rápido possível, me visto e vou com Tenny até o quintal dos fundos, coberto de móveis enferrujados e quebrados.

Tenny se senta na cadeira de palha gasta que sempre gostou e eu me sento no banco ao lado.

— Tá com fome? Tem comida na cozinha — diz.

Ouço a voz da nossa avó gritando com Jesse e sacudo a cabeça.

— Daqui a pouco pego.

Tenny põe um cigarro na boca e acende o isqueiro. Ela nunca gostou de cigarro eletrônico. Diz que a sensação é diferente. Certamente não tem nada a ver com o fato de que ela pode sempre roubar os cigarros da nossa avó.

— Vai visitar seu pai?

Massageio a tensão do meu pescoço. Pareço estar sempre fugindo dessa pergunta.

— Vou, sim.

Ela traga uma vez, a ponta do cigarro acesa, ardendo vermelha.

— É assim que me sinto em relação ao meu.

Fumaça cinzenta escapa da boca dela ao expirar. O pai dela não está preso; até onde sabemos, ele está no Alaska, trabalhando em um pesqueiro. Deixou a mãe dela com um bebê e sem família.

Nossa avó cuida delas. Ela paga pelos erros dos filhos. Porque é isso o que família faz.

— Você chegou a falar com ele? — pergunta.

É estranho, porque nunca falamos muito do meu pai.

— Um pouquinho. Ele perguntou da escola e da Califórnia — digo, passando a língua pela boca. — Nem pediu desculpas.

— Desculpas? Por quê?

Certo. Eu ter sido presa não foi culpa dele. Aqui, não. É responsabilidade da polícia. Como puderam prender uma criança? Por que estavam remexendo nas coisas do meu pai? Se o tivessem deixado em paz...

O que fiz não foi bondade, burrice nem impulso. Foi esperado. Porque família é assim.

A gente paga por coisas que não são nossa culpa.

Sacudo a cabeça e olho para a terra coberta de guimbas de cigarro.

— Eu não quero ir.

— Quanto tempo você tem até precisar voltar para os Albrey?

Eu deveria estar lá agora mesmo. Ajudando Sandry a cortar itens da lista.

— Talvez eu não volte.

Tenny me olha, impaciente.

— Vai voltar, sim.

Ela fala como se fosse esperado, e com um pouco de decepção. Odeio isso. A expectativa de que eu sempre escolherei os Albrey, mesmo que eles tenham me mandado embora.

Passamos o resto do dia vendo meus primos beberem e fumarem demais e reclamarem que ninguém paga um salário decente. Reclamam de gente rica e do governo. Da faculdade. De universitários. Planejam esquemas para ganhar grana fácil e sonham com o que farão com todo aquele dinheiro. Bebem, implicam uns com os outros e contam histórias constrangedoras, e minha avó fala de todas as semelhanças que temos com nossos pais.

Penso no meu pai e em como ele estaria ali. Ele riria um pouco mais alto do que deveria, com uma lata de cerveja na mão, um cigarro na outra. Eu o vejo em todos os rostos ao meu redor. Penso na tia Courtney e noto que nem minha avó, nem ninguém perguntou por ela. Vejo todos os aspectos em que ela não se encaixaria mais aqui.

Eu me pergunto se comigo será assim. Me pergunto se já me encaixei aqui, para começo de conversa.

À tarde, quando meu celular apita e todo mundo cansou de passar o dia bebendo, dou uma olhada. A mensagem de Dixon é simples.

Dixon:
Jantar?

Ellis:
Tô na minha avó. Vem me buscar?

Dixon:
Me encontra na porta.

Enfio o celular no bolso e Tenny sacode a cabeça antes mesmo que eu diga o que vou fazer. Mais decepção.

O que não espero é que Dixon apareça na viatura. Não espero que todos os meus primos me olhem como se eu os tivesse traído. A aceitação resignada da minha avó.

— Vai — diz Tenny. — Você iria de qualquer jeito.

— Ten...

Mas. Mas não tenho mais nada a acrescentar. Ela está certa.

Ela sorri, com ironia.

— Te vejo por aí da próxima vez que alguma coisa der errado.

E é justo.

18

Dezesseis anos

O celular de Easton apitou ao meu lado da mesinha de cabeceira. Ele estava com o braço jogado na minha cintura, como era típico quando o despertador tocava aos sábados, indicando a hora de ele ir nadar. Eu o cutuquei, tentando me agarrar ao sono que já se esvaía.

Ele apoiou o cotovelo no colchão ao lado da minha cabeça para se levantar e se esticar por cima de mim, pegando o celular. Senti o peito dele roçar meu rosto e tentei disfarçar que me aproximara dele por hábito.

Deveria ser simples. Ele apertaria o botão e voltaria a dormir. No entanto, ele passou tanto tempo olhando para o celular que eu soube que alguma coisa estava errada.

— Merda — disse ele, se sentando. — Merda, merda, merda.

No segundo seguinte, ele já estava de pé, pegando a sunga. Eu o vi ir até o banheiro, sem nem fechar totalmente a porta.

Ele saiu passando a mão no cabelo e olhou pela janela.

— Você precisa levantar e ir pro seu quarto.

— É o quê? — perguntei.

Ele nunca me mandava ir para o meu quarto.

— A Sara tá aqui.

Eu me sentei.

— Aqui? Em casa?

— Na porta, esperando eu abrir.

Eu me joguei de volta no travesseiro.

— E daí?

Ele parou de se mexer e me olhou, atento.

— Ellis, você não pode estar na minha *cama* quando a Sara subir.

A discussão estava na ponta da língua. Todo mundo sabia que eu e Easton éramos próximos. Mas aquele jeito que ele me olhava... Era diferente, e o problema não era eu.

Era para eu impedi-lo? Dizer para ele não ir encontrar a Sara? Minha pele queimava de vergonha, mas sorri ao me sentar.

— Tudo bem, mas você faz café antes de ir nadar?

Ele soltou um suspiro frustrado e desceu para abrir a porta. Eu fui ao meu quarto e, pela janela, vi os dois de mãos dadas no píer e a vi beijá-lo na bochecha antes de mergulharem na água gelada. Tentei não odiar o fato de que Sara nadava com ele. Easton tinha me convidado umas cem vezes para nadar pela manhã, e eu recusara todas.

Talvez Easton quisesse aquilo. Uma garota que nadasse com ele.

A porta do meu quarto foi aberta com um empurrão leve e Tucker entrou.

— Você está aqui?

Assenti e voltei a me concentrar no que acontecia lá fora.

Tucker acompanhou meu olhar e veio até perto de mim.

— Eu estava me perguntando por que ninguém tinha feito café.

As palavras dele me irritaram mais do que deveriam. Era besteira, mas Easton esquecera a única coisa que eu tinha pedido. Tucker suspirou profundamente, vendo Easton sorrir em resposta a alguma coisa que Sara dissera. Ela deu um tapa leve no ombro dele, e eles andaram juntinhos até a casa. Que nem um casal.

— Ela é bonitinha. — Soltei um gemido resmungado.

Tucker deveria ter rido, feito piada, mas, em vez disso, apenas me olhou.

— Não faz isso.

— O quê?

— Isso. Não deixar ele ser feliz. Deixa ele curtir isso. Você sabe que não vai durar, deixa ele se divertir.

E se durasse? E se não fosse só diversão? E se ele continuasse a esquecer meu café? A me esquecer?

— Ellis, você sempre faz isso. Sempre que acha que East pode prestar atenção a alguém além de você, você o puxa de volta. Não faça isso dessa vez.

Tucker saiu do quarto.

Esperei por Easton, mas senti o cheiro do bacon de Sandry e ouvi a gargalhada de Sara. Eu me deitei e cobri os olhos com a mão, sentindo a rejeição me sufocando. Se Easton me quisesse, ele iria me procurar. Se Sandry estivesse preocupada com minha comida, me chamaria. *Se. Se. Se.*

Mas a fome me venceu e eu fui até a cozinha. Sandry estava servindo biscoitos em um prato para Sara, sentada à bancada. Tucker e Dixon estavam rindo, e Easton discutia com eles.

— Não dê ouvidos a eles, Sara. Eles só mentem — disse Sandry, com uma piscadela.

Eu respirei fundo.

— Oi, El! — cumprimentou Sandry. — Estava mesmo me perguntando quando você ia levantar.

— Não senti cheiro de café — resmunguei, me sentando entre Dixon e Tucker.

— Oi. — Sara abriu um sorriso alegre e acolhedor, e quase senti culpa por não retribuir. Quase.

Sandry pôs uma caneca na minha frente e eu comecei a colocar açúcar.

— Vai ficar muito doce — disse Sara, arregalando os olhos.

Olhei para ela e pus mais uma colher.

— Sara toma café preto — disse Easton, pondo a mão nas costas da cadeira dela e se recostando na dele.

Botei mais uma colher só para irritá-los.

Depois disso eles subiram até o quarto de Easton, e música abafada começou a escapar da porta fechada. Fiquei enjoada.

Eu queria ir embora, ir para casa, ir para qualquer lugar, mas, por algum motivo nojento, não consegui.

Dixon puxou meu rabo de cavalo quando sobramos nós dois na cozinha. Sozinhos.

— Se você pudesse ter um superpoder, qual seria? — perguntou.

— Voar.

Ele fez um barulhinho estranho.

— Eu escolheria imortalidade. Deveria ser a resposta de todo mundo.

— Se eu voasse, poderia viajar para qualquer lugar.

— Se fosse imortal, poderia realmente ver todos os lugares que quer visitar.

Ficamos quietos, ouvindo os sons ao nosso redor.

— A Sara é simpática — comentou ele, sem motivo.

— É.

— Não confio em gente simpática — acrescentou.

Esperei que ele não visse meu sorriso.

No jantar, Sara e Easton desceram de mãos dadas. O segredo do que acontecera lá em cima estava bem na cara deles.

Eu nunca mais entraria naquele quarto.

— Não vai jantar aqui? — perguntou Sandry para Sara, obviamente decepcionada.

Fui para a sala e me sentei no chão com meu prato. Não queria vê-los se despedirem. Tucker e Dixon já estavam encarando a televisão, começando uma série que Tucker mal podia esperar para maratonar.

Ele tinha esticado as pernas na mesinha de centro, e Dixon sentou-se com o prato de comida no colo.

A porta se fechou atrás de Easton.

— Dá play — falei para Tucker.

— Pelo menos espera ele se despedir — respondeu ele.

— Queria que ela tivesse ficado. Ela é simpática — disse Sandry, sentando-se ao lado de Dixon.

Tucker olhou para mim antes de falar.

— Eu gostei dela.

Antes que eu tivesse que responder, Easton voltou, o que era melhor. Não achei que fosse capaz de tirar a mentira da minha boca. Tucker deu play e, dez minutos depois, Easton pegou no sono na ponta do sofá. Entre episódios, Sandry se levantou e me perguntou se eu queria um copo d'água. Recusei com a cabeça.

— Perdeu a voz?

— Não.

Não era a voz que eu tinha perdido.

Eu me levantei e andei até Easton, me sentando em cima dos pés, grudada nele. A respiração dele estava regular, e eu não parava de ouvir as palavras de Tucker na minha cabeça. Easton estava sem camisa, o calção de banho caído no quadril. Meu olhar se demorou na pele bronzeada do tronco dele. Estávamos acabando o terceiro episódio da série histórica coreana com zumbis quando o senti se mexer.

Ele se endireitou e se espreguiçou, esticando os braços para cima. Suspirando, abaixou as mãos. Então me olhou, e senti o olhar passar pelo meu corpo.

Easton fazia uma expressão específica quando estava prestes a começar uma conversa difícil. Parte cautela, parte confiança desmedida. Eu sabia o que vinha por aí. Ele não queria mais minha presença quando a Sara estivesse lá. Vi as palavras encontrarem o caminho da boca.

— Esqueci que preciso dar um pulo no mercado — interrompi.

— A gente tá no meio da série, El — resmungou Tucker.

— Me conta o que perdi quando eu voltar.

Easton piscou, e piscou de novo.

— Eu vou junto.

— Não precisa — falei, me levantando e indo ao banheiro.

Quando fechei a porta, me encostei nela e respirei fundo. Estava tudo bem. Eu não tinha estragado tudo de vez. Ia ficar tudo bem. Eu só precisava fugir.

Abri a porta e Easton estava lá, tendo trocado o calção por uma camiseta e uma bermuda.

— Minha mãe me deu uma lista — disse ele, mostrando uma folha de papel como prova.

Apertei o maxilar antes de abrir um sorriso alegre. Eu não queria ir ao mercado, só queria...

— Vamos.

Eu não tinha escapado. Tinha me prendido a ele.

O ar ainda carregava o frescor da primavera que não fora embora por causa do sol, e a vista me fez perder o fôlego por um momento. Azul, preto, verde e dourado. O pôr do sol no lago.

Quando entramos no carro, Easton conectou o celular no rádio.

Eu saberia o humor dele pela música que escolhesse. Uma música baixa e triste ressoou, e me preparei pelo que viria a seguir. Ele se concentrou na rua, flexionando o antebraço ao virar o volante, apertando o maxilar, a boca...

Será que ele tinha beijado a Sara com doçura, ou foi bruto? A culpa cresceu na minha barriga como erva daninha. Não era da minha conta como ele beijava Sara.

Silêncio preenchia os espaços entre as notas da música.

Andamos juntos pelos corredores do mercado, pegando itens e colocando na cestinha de plástico vermelha que ele carregava. Açúcar mascavo, leite, o pão preferido de Dixon.

— O que você precisava comprar?

Não respondi.

Ele não mencionou o que realmente queria dizer até chegarmos ao corredor de doces.

— A gente não vai mesmo falar disso? — perguntou.

Olhei para ele, que estava concentrado em uma embalagem que alegava ser a barra de chocolate original.

— Falar do quê?

— Ellis... — Ele ainda não me olhava.

A dor no meu peito só piorou.

— Foi mal, tá bom. Estou ouvindo.

— Ouvindo — repetiu, como se tentasse entender o sentido da palavra, testando a cadência na língua.

— Na real, eu não quero conversar.

Ele sacudiu a cabeça de leve.

— Sei que você está chateada comigo.

— É o quê? — perguntei, sem conseguir conter a confusão do rosto.

ALGUNS ERROS COMETIDOS 181

— Você passou o dia todo emburrada. Mal falou com a Sara.

Tentei engolir a frustração.

— O que você queria que eu dissesse? Ei, abre um espacinho para eu sentar aqui do lado enquanto vocês se pegam?

— Não, mas você podia ter sido legal com ela, que nem todo mundo foi. Sei que você pode estar com ciúme...

— Ciúme? — interrompi. — Você acha que estou com ciúme?

Estava mesmo. Ele nem tinha negado que passaram o dia se beijando.

A raiva fluiu dele em ondas.

— Se não for ciúme, fala comigo. Me diz o que está pensando.

— Não é nada, Easton — menti.

Porque achei que ele precisava daquilo.

Porque achei que fosse fazê-lo feliz.

Porque achei que morreria se falasse a verdade.

— Você gosta da Sara? — perguntou ele.

— Você gosta? — retruquei. — Quando estou perto dela, eu não... não sei o que devo fazer. Me sinto esquisita de estar lá.

— Você não devia se sentir esquisita de estar em casa.

— Mas é isso, né? É esse o problema.

Ele finalmente me olhou. E quis que não olhasse. O rosto dele estava irritado, frustrado e confuso. E se fosse só isso, tudo bem. Mas, ali no meio, eu vi a mágoa.

— O que você quer que eu faça, Ellis? Que eu nunca namore ninguém porque tenho você?

— Não. — Engoli em seco. Cercada por embalagens coloridas e desenhos sorridentes de doces. — Só queria não sentir que você está tirando alguma coisa de mim para dar para ela — falei.

Easton sacudiu a cabeça.

— Se você não consegue enxergar que o seu lugar não se parece em nada com o dela, não sei o que fazer para mudar isso. Não é a mesma coisa, Ellis.

O problema era aquele. Eu já sabia que éramos diferentes. Mas não o bastante para eu não ser substituível.

Porque eu ainda era a mesma garota que pensava em roubar no corredor de doces.

19

Da janela do quarto, vejo entregadores tirarem mesas redondas de caminhões brancos. Eles se mexem que nem relógios, contando os segundos até a festa.

Um cenário muito diferente da casa da minha avó ontem. Quatro dias. Só quatro dias, e ainda não lembro onde deixei o colar de Sandry. Esfrego as têmporas e tento pensar no lugar onde o guardei antes de me mudar para San Diego. Mas a memória é escorregadia.

Em vez de procurar, vou até a cozinha. Olho pelas portas abertas para o quintal, tentando me livrar da sensação que me atinge. Tudo parece muito cru. O sol. O céu azul-claro. Nuvens brancas e pitorescas dançando. É lindo e, por algum motivo, dói. A grama verde, as pessoas bonitas espalhadas por ela, a música suave enchendo o ar que só complementa as ondas calmas da água.

Pego um copo e o encosto na geladeira para encher. Um suspiro demorado me escapa, e, quando me viro, Easton está parado junto à bancada, me olhando.

— O que foi? — Jogo a acusação, mas ele nem reage. Como se estivesse esperando.

Em resposta, só dá de ombros.

— O que foi? — repito, mas dessa vez é uma pergunta.
— Não estou tentando brigar com você, Ellis.
Um barulho agudo e áspero interrompe nossa conversa, vindo dos alto-falantes instalados do outro lado das portas. Olhamos para Dixon, que levanta a mão, segurando cabos.
— Foi mal!
Esvazio o copo em três goles grandes e o deixo na pia com um baque alto.
— Então não briga. É mais fácil a gente não se falar.
— Tá bom, Ellis — diz ele, soando cansado. — Como quiser.
Saio pela porta dos fundos assim que Prince começa a soar dos alto-falantes. Os primeiros acordes da música tocam e todo mundo parece notar ao mesmo tempo o que está acontecendo.
"Kiss."
— Aaaaaaah.
Tucker se levanta da mesa onde estava sentado, dobrando guardanapos. Ele mexe os quadris como se por instinto, abre um sorriso diabólico e aponta um dedo para mim, me chamando. Eu o ignoro e não me mexo. Se o fizer, ele irá atrás de mim.
Tucker canta o começo da música para mim, e continuo de cara fechada.
— *You don't have to be beautiful to turn me on.*
Ele esganiça a voz e faz uma cara que acredita ser sexy. Sacudindo a cabeça de um lado para o outro, no ritmo, ele vem dançando até mim.
— *I just need your body, baby...*
Tucker pega meu quadril e me obriga a balançar com ele. Como Prince é mais contagiante que uma gripe, começo a dançar. Dixon aumenta o volume e vem até nós, segurando um vaso de vidro que usa de microfone. Sandry dança en-

quanto monta arranjos de flores, e Ben a pega pela mão, a puxando para onde estamos dançando.

Continuo de cara fechada. Mas danço. Finjo que não está me afetando. Não estou me divertindo.

Até o refrão, quando me junto a todo mundo, dando beijinhos no ar no ritmo da música. Já estou sorrindo. Não dá para dançar Prince sem rebolar. Acho que a música dele serve para isso. Eu me lembro de uns cem dias em que Prince foi a trilha sonora da nossa vida.

Ben roubando beijos de Sandry, Dixon cantando no tom mais agudo possível e tentando se sacudir. Tucker tocando uma guitarra imaginária. Easton tentando abrir espacate.

Olho para Easton, que está pertinho. Sandry dá um tapinha no rosto dele.

E eu desvio o olhar.

Começa a tocar outra música do Prince, mas o encanto se quebra. Todo mundo volta a organizar a festa, e fico de olho nas costas largas de Easton, que vai atrás de Dixon.

Tucker passa um braço pelo meu ombro e me sento ao lado dele à mesa redonda, diante de uma pilha enorme de guardanapos brancos de pano. Ele dobra guardanapos, sentado, transformando os quadrados lisos em cisnes brancos e ofuscantes à luz do sol.

Pego um guardanapo e o dobro.

— Isso não é um cisne — diz Tucker, ao meu lado.

— É praticamente um cisne — falo, observando o que minhas mãos criaram.

Não é praticamente um cisne. É praticamente uma bagunça.

— Isso aí é um pato, você sabe muito bem — diz ele, franzindo a testa. — Que cara é essa?

As mãos de Tucker são ágeis mexendo o pano.

— Não tô fazendo cara nenhuma.

— Você dormiu na casa da sua avó ontem? — pergunta.
— Não. Dixon me buscou para jantar e dormi aqui. Por quê?

Um barulho reflexivo sai da garganta dele, e ele acrescenta o cisne pronto à pilha.

— Você fica mal-humorada quando volta da casa da sua avó.
— Não fico, não.

Talvez fique, mas não quero que ele fale disso. Não quero que ninguém fale disso.

— A Tenny estava lá?

Faço um barulho de afirmação e vejo Dixon carregar um alto-falante até a pista.

— E sua avó? — continua Tucker.

Ele está dando indiretas, o que me irrita.

— Se minha avó estava na própria casa? — repito, para ele ver como é ridículo. — O que você quer perguntar?

Tucker olha para mim e de volta para o guardanapo.

— Vocês falaram do seu pai?

Mordo minha bochecha com tanta força que sinto gosto de sangue.

— Falamos.
— Você vai...
— Deixa ela em paz, Tuck — interrompe Easton, antes que ele termine a frase.

Ele está pegando lajotas de uma pilha ao lado da nossa mesa. Juntas, as lajotas vão formar a pista de dança. Sandry anda implorando para Ben instalá-las permanentemente, mas Ben não concorda, alegando alguma coisa ligada a valor de revenda e investimento imobiliário.

Fico irritada por Easton tentar brigar com Tucker *por* mim. Não preciso disso. Dou um nó no guardanapo em minhas mãos em vez de dobrá-lo na forma de um cisne.

— Não estou implicando com ela — tenta explicar Tucker. — Ela só anda...

— Só deixa para lá — diz Easton, levando as lajotas para o outro lado do gramado. — Se ela quiser visitar o pai, vai visitar.

Como se ele me defender não fosse nada de mais.

— Falando em coisas que você quer deixar para lá, quais são seus planos para depois das férias?

Olho de Tucker para Easton, confusa.

Easton se vira para Tucker com um olhar furioso.

— Cala a boca — diz ele, a voz tensa. — E deixa a Ellis em paz.

Engulo as palavras que enchem minha boca e só a abro quando tenho certeza de que minha voz vai sair firme.

— Não preciso que você me defenda. Tenho boca.

— Eu... — diz Easton, parando o que está fazendo, o rosto se transformando em surpresa. — Eu não... Eu só...

A verdade é que Easton sabe que não quero falar do meu pai. Claro que sabe. Ele também estava lá. Sente tanta raiva quanto eu. Mas ainda é *meu* pai, e a raiva que vem de falar dele é minha.

Forço minha voz a soar frustrada e definitiva.

— Então, *só* não. Não somos amigos. Não nos falamos. Então *só* pare.

Easton abre e fecha a boca. E abre. E...

— Ellis — chama Ben, segurando um poste de madeira alto. — Vem me ajudar?

É aí que vejo todos os olhares atentos a nós. Os amigos dos Albrey que vieram ajudar na arrumação voltam ao trabalho e Tucker sacode a cabeça, se debruçando sobre os guardanapos.

Que idiotice.

— Segura isso em pé? — pede Ben, me entregando o poste escuro.

Ele o encaixa no buraco enquanto o mantenho firme, e se afasta para admirar o resultado.

— Bom trabalho — diz para mim, espanando as mãos e apontando a próxima viga com a cabeça.

Eu a seguro e, quando Ben pigarreia, sei que virá algo além de *bom trabalho*.

— Você tem sido bem dura com o East.

Não sei o que dizer. Não posso falar tudo o que pesou no meu peito, endurecendo meu coração, formando muros tão altos que talvez eu nunca consiga enxergar o outro lado. Mas, como costuma acontecer com o pai de Easton, ele não perde tempo fingindo não saber o que estou pensando.

— Ele te magoou muito, eu sei — diz, encaixando o poste. — Mas você também magoou ele.

Ele me magoou mais, quero dizer, mas até eu noto como soará petulante.

— Muita coisa aconteceu.

— Pois é — diz ele, pegando outro poste. — Sei de tudo que aconteceu com a polícia. Sou advogado do seu pai, afinal — fala, com uma piscadela, tentando manter a conversa leve.

— E sei que você não queria ir a San Diego. Mas ninguém queria menos do que Easton.

Seguimos para a próxima viga, perto do muro de suporte, e quero dizer que é mentira, mas não encontro as palavras. Sei que Easton queria que eu fosse embora.

— Quando você foi embora, Easton ficou bem mal. Não quero dizer que ele estava certo, nem que você também não sofreu. Mas acho que você devia lembrar que não foi só você quem ficou magoada.

— Eu sei disso.

— Claro, El, acho que você sabe disso. Mas acho que você só se *importa* com a *sua* dor.

Fecho os olhos quando encaixamos a última viga no lugar. É aí que escuto.

— Oi, East.

Conheço aquela voz. Viro o rosto e a vejo. Cabelo brilhante. Sorriso enorme.

Sara.

20

Dezesseis anos

— **Quanto tempo isso vai levar?** — gemeu Tucker do outro lado da porta do banheiro, batendo o pé igual uma criança que recebeu a ordem de ir para o quarto.

Passei glitter na pálpebra e me afastei um passo, analisando a maquiagem.

— Quase acabando.

Ele bateu a cabeça na parede.

— Você disse isso há vinte minutos.

Ignorando-o, ajeitei o batom pela centésima vez. A cor escura estava borrada nos cantos.

— A gente tem que ir. O que importa no Halloween são as gostosuras — anunciou Tucker, com um sorriso idiota. — As crianças ganham doces, e a gente ganha...

Ele fez uma cara sugestiva quando eu o empurrei para trás.

— Você acha que vai encontrar uma *gostosura* hoje?

Tucker suspirou e se endireitou, exibindo o peito largo sob a toga romana.

— Ellis, querida. A gostosura sou *eu*.

Dixon esticou a cabeça ao lado de Tucker e franziu a testa, olhando para minha maquiagem.

— Isso aí são lagartas?

— Cílios — falei, colocando uma tira.

Dixon virou a cabeça de lado.

— Qual é o problema dos que você já tem?

— Dixy — chamou Sandry lá de baixo. — Deixa ela em paz. Estamos saindo. Não se esqueça de deixar o pote de doces na entrada para as crianças.

— Cadê o Easton? — gritou Ben.

— Foi buscar Sara — veio a voz de Dixon do quarto.

Uma sensação incômoda tomou meu peito, e não deixei de notar a atenção no olhar de Tucker.

Com mais três pinceladas, declarei a maquiagem terminada, abaixando o pincel com mais força do que queria. Tucker me olhou de um jeito significativo.

— O que foi? — perguntei, em desafio.

Ele deu de ombros.

— Só estou esperando você parar de teimosia e falar o que está te fazendo quebrar coisas por aí.

— Não tem teimosia nenhuma.

Eu o empurrei, abrindo caminho para o quarto, onde peguei os sapatos pretos de salto do armário e os calcei. Tucker me viu cambalear por alguns momentos antes de parar do meu lado. Estiquei as mãos para segurar o braço dele e bati o pé com força, o salto agarrando no carpete.

Tucker arqueou as sobrancelhas, como se notasse um exemplo do que acabara de dizer.

— Suas vítimas discordam de sua alegação de não violência.

Resmunguei.

— Só não sei por que ele vai com a Sara em vez de irmos todos juntos.

— Sara é a namorada dele.

— Só faz, tipo, três meses. Essa é *nossa* parada.

— El. — Ele falava meu nome como se quisesse que eu entendesse algo um pouco além do meu alcance. A suavidade fez a palavra soar como um soco.

— Não estou com ciúme. Eu gosto da Sara.

Era verdade. Quase. Sara era esperta e gentil. Ela não era arrogante, mesmo que o pai fosse prefeito e a mãe, pelo que diziam, tivesse dinheiro por causa de um investimento inicial na Apple. Todo Halloween eles faziam uma festa beneficente gigantesca para financiar o banco de alimentos da cidade. E Sara falava com o mesmo tom respeitoso com todo mundo. Ela lia livros com uma perna encolhida contra o corpo, o cabelo preso atrás da orelha. Ela jogava softball e treinava um time infantil de graça.

Sandry a amava.

Era esse o problema da Sara. Ela não tinha defeitos. Eu tinha passado quatro anos procurando.

— Não estou com ciúme — repeti. — Ela é minha amiga.

Quando ela me perguntara a respeito de Easton, meses antes, eu *tinha*, de fato, dito que tudo bem ela sair com ele. Eu *tinha* dito para ele que a achava legal e bonita, quando ele perguntara.

Eu *tinha*… cometido um erro absurdo de cálculo sobre o quanto odiaria ver Easton com outra pessoa.

— Ouve só o que você está dizendo.

Eu o empurrei.

— Não consigo, porque você não cala a boca.

Ele me ofereceu uma das mãos, com a expressão gentil.

— Quer ser meu par?

— Para quê? Só para você me largar e ir se agarrar com Kalley Farrow?

Tucker levou a mão ao peito como se eu o tivesse ferido.

— Eu já peguei ela, mas se Jordan Mitchell estiver por aí...

— Você corrompe todas as coisas boas.

— É meu maior dom e meu maior fardo. Imagine como *eu* fico exausto.

Passei o braço pelo dele e sorri, quase chegando à sua altura.

— Suas pernas ficam incríveis com esses sapatos.

Dixon tossiu da porta.

— Você precisa de um vestido mais comprido. Todo mundo vai dar em cima de você.

— Você precisa de uma focinheira — retruquei.

— Ah — disse Tucker, se esticando para pegar meu chapéu da cama. — Não esqueça, bruxinha. Sem o chapéu, você está só vestida de gostosa.

— Divirtam-se — disse Dixon, abrindo a porta.

A varanda estava repleta de princesas da Disney, super-heróis e zumbis. Dixon, vestido de médico, ficou parado no meio do enxame de crianças.

— Uma de cada vez! Eu vou...

Não escutei o resto da frase, porque ele foi sufocado por gritos e berros enquanto eu e Tucker íamos embora de carro.

Todas as crianças da cidade iam pedir doces, todas as pessoas importantes iam à festa beneficente, e todos os adolescentes iam para o lado norte do lago.

A enseada só era acessível descendo a praia até uma área mais escondida. Já tinha uma fogueira enorme acesa. A luz se refletia nas paredes altas de rocha, dando a impressão de estarmos em nosso próprio pequeno reino. Enfermeiras sensuais e políticos exagerados andavam entre vampiros e garotas com enormes asas de fada.

Um barril de cerveja prateado ficava em um canto, ao lado de um pacote enorme de copos vermelhos de plástico.

Imediatamente tirei os sapatos e deixei a areia passar entre meus dedos.

— Esses sapatos foram má ideia. — Tucker piscou.

Um grupo de garotos da idade de Tucker nos chamaram para o barril, nos oferecendo copos de plástico. Tomei um gole da cerveja choca e quente e tentei não fazer careta. Alguém riu e, quando ergui o olhar, vi Aaron Nam sorrindo para mim. Eu já o vira pela escola, mas nunca tínhamos nos falado.

— Aqui — disse ele, me oferecendo sidra. — Isso é melhor.

Tomei um gole. Tinha gás e sabor de pera. Gostei imediatamente. Aaron inclinou a cabeça, me convidando a sentar ao lado dele em um tronco comprido perto da fogueira.

— Sem sapato? — perguntou Aaron.

— Eu tinha me esquecido da areia, então acabei tirando.

— Bom, agora você pode botar os pés na água.

Quando sorriu, parecia mais do que um sorriso. Era direto, e não tinha nada a ver com Tucker nem com nenhum dos Albrey.

Aaron me perguntou da escola, da minha fantasia, do anime no qual eu tinha me viciado recentemente. Era bom ouvir alguém perguntar a meu respeito. Era bom não ser conhecida.

Eu notei o instante em que Easton e Sara chegaram. O cabelo loiro dela estava solto em cachos, e ela usava um vestido branco com asas abertas.

E Easton.

Chifres vermelhos, terno preto justo e um sorriso que parecia apropriado até demais.

— Fantasia de casal — disse Tucker, vindo sentar-se ao meu lado com um copo de bebida. — Tão nojento que é quase fofo.

Era bonitinho para cacete.

— Foda-se.

Eles foram até um grupo de amigos de Sara. Easton estava com a mão nas costas dela, na lombar, bem onde as garotas dizem que é romântico. Ele sorriu quando ela falou alguma coisa.

E meu peito doeu.

— Ellis — disse Aaron, sorrindo para mim, deixando as covinhas à mostra. — Está brigada com o Easton?

Abri a boca para dizer que não estávamos brigados. Em vez disso, sorri.

— Ele parece ocupado.

Aaron olhou para o grupo na outra ponta da enseada.

— Ah. Sempre achei que vocês estivessem juntos.

— É o quê? — falei, rindo.

— Tenny disse que vocês eram próximos.

Franzi o cenho, surpresa.

— Você é amigo da Ten?

Ele assentiu com a cabeça.

— Wyatt era do meu time de beisebol quando a gente era pequeno.

Eu sempre supus que Aaron era que nem os Albrey. Classe média, contas pagas em dia, dois pais que falavam de férias e de sair para jantar em restaurantes.

Aaron fez pergunta atrás de pergunta. O que eu achava de alguma coisa aleatória, por que eu achava aquilo, como poderia ser diferente. Foi no meio de uma conversa sobre Nutella na sobremesa e no café da manhã que Tenny apareceu e Tucker saiu em busca de uma gostosura.

Aaron me deu uma sidra, e depois outra, até acabar. Ele estava sentado tão perto de mim que dava para sentir o calor do corpo dele na minha perna.

Por hábito, ou talvez por mais que isso, levantei o olhar, procurando por Easton.

Ele já estava me olhando, franzindo a testa. Naquele mesmo momento, Aaron se aproximou e cochichou alguma coisa.

Eu gargalhei, mesmo que não tivesse graça. Ou talvez tivesse; eu não tinha ouvido. Sorri mais do que deveria. E, quando encontrei o olhar de Easton de novo, torci para ele sentir-se tão castigado quanto eu queria.

— Easton está de olho na gente — disse Aaron, como se eu já não tivesse notado. — Está parecendo puto. Ele não vai vir me bater, né?

— Não. — Provavelmente. Eu nunca sabia o que podia tirar Easton do sério.

Pedi para Aaron pegar outra bebida. Ele voltou com uma cerveja barata e uma garrafinha de Jäger.

— Isso tem gosto de alcaçuz — disse Aaron.

O gosto era de remédio, mas tomei um gole da cerveja horrível para disfarçar o gosto, e senti a tensão em mim relaxar um pouco.

Enquanto eu servia minha segunda dose, Tucker apareceu atrás de mim e pegou a garrafa.

— De jeito nenhum.

Estreitei os olhos para ele. Tucker estava com o cantil antigo do pai, era totalmente hipócrita.

— Você pode beber e eu não?

— Você pode beber à vontade, mas não deveria fazer isso com um cara que acabou de conhecer — falou, olhando para Aaron. — Sem ofensa.

Aaron deu de ombros.

— Assim, a prima dela está bem aqui, e tenho mais medo da Ten do que teria de você — disse ele, sorrindo. — Sem ofensa.

Tenny sorriu, estreitando os olhos.

— Eu sou apavorante.

Ela piscou para Tucker.

Ele olhou demoradamente para Aaron antes de se voltar para mim.

— Se quiser encher a cara, faça isso com amigos.

— Eu estou com amigos — argumentei.

Era um pouco difícil encontrar palavras.

— Relaxa, Albrey — disse Tenny para Tucker, o desprezo óbvio na voz. — Acho que dou conta da situação.

Não fui atrás de Tucker, mas também não bebi mais. Em vez disso, eu e Tenny dançamos com pessoas cujos nomes eu não lembrava. Garotas, garotos. Fechei os olhos e fingi que Easton não estava do outro lado da festa, abraçado em Sara, beijando o pescoço dela.

Alguém parou atrás de mim e eu me aproximei. Encostei meu corpo no da pessoa, sem nem me importar com quem era. Eu queria ir atrás dos sentimentos que me faziam esquecer a dor no peito.

— Ellis. — Era a voz Easton.

Até minha cabeça estava criando cenários. Continuei dançando de olhos fechados.

— Ellis.

O corpo atrás de mim sumiu de repente e, sem o apoio, eu tropecei. Abri os olhos e Easton estava na minha frente.

Ele tensionou o maxilar, abrindo e fechando as mãos em punho.

— É hora de ir.

Sara estava poucos metros atrás dele, de olhos arregalados como se sentisse a tempestade no ar.

— Não — falei, puxando a barra do meu vestido para baixo. — Vou encontrar o Tucker...

— Entra no jipe — rosnou Easton.

A ideia de entrar no carro com ele e Sara fez o álcool se contorcer na minha barriga.

— Easton — disse Sara.

Eu odiei o tom da voz dela. Suave, preocupada.

Recuei, me afastando deles.

— Vou pegar uma carona com a Ten. Se ela não puder me levar, encontro o Tucker. Pode levar Sara.

Ela segurou a mão dele.

— Posso arranjar uma carona, East. Não é problema nenhum. Você deveria levar a Ellis.

Ela era tão... gentil.

— Que ideia ótima — falei, irritada. — Só que não quero ir com seu *namorado*.

Assim que falei, vi a compreensão passar por seu rosto. Ela sabia. Ela sabia o verdadeiro motivo de eu detestá-la.

— Ellis — falou, devagar, e meu medo cresceu. — Vou arranjar outra carona. Vai com o Easton.

O ar ao redor de Sara era pesado, carregado da minha vergonha, e eu não aguentava mais um momento sequer ali.

— Vou avisar a Tenny.

Só levei alguns passos para achar Tenny. Ela estava passando um baseado em um grupo de pessoas. Tucker estava sentado ao lado de Aaron, e o vi levar o baseado à boca de Tucker.

Claro. Ele não me queria. Só queria o que estava do meu lado.

Nem tive o trabalho de procurar meu sapato, só andei arrastando o pé até o jipe. Se me virasse, talvez eu visse Easton se despedir de Sara com um beijo, ou agradecê-la pela compreensão, ou...

— Aonde você vai?

Um peito surgiu na minha frente. Quando ergui o olhar, reconheci um cara da escola... Lucas, Louis, Larry?

— Já tá indo? — insistiu ele.

Antes que eu pudesse responder, Easton estava entre nós, o garoto caído na areia. Easton o empurrara.

— Que porra é essa, Albrey? — perguntou ele, se sacudindo para secar a cerveja barata que derramara.

— Eu já te avisei uma vez hoje, Liam. Não me faça bater em você.

Easton estava pronto para brigar.

Um segundo depois, Tucker apareceu ao lado do irmão.

— Dá o fora daqui, agora. Liam tem o dobro do seu tamanho e, se pedir ajuda de uns amigos, nós dois vamos acabar de olho roxo.

A noite tomara outro rumo e estava saindo do controle, e eu estava pronta para ir para casa. Chegando no carro, puxei a maçaneta. De novo e de novo e de novo. As mãos de Easton cobriram a minha, e eu o empurrei.

— O que você tá fazendo?

— Me deixa entrar no carro.

Ele andou até o outro lado, apertou o botão e entrou no banco do motorista. Cruzei os braços no banco do carona, virando meu corpo todo para a janela.

Ele brincou com a chave na mão.

— Porra, qual é seu problema?

Eu me recusei a responder à pergunta.

— Liga o carro.

— Não.

Eu me virei para ele.

— Easton.

— Me diz por que você de repente resolveu se jogar no Aaron e...

— Está com ciúme?
Ele levou um segundo longo demais para responder.
— Não. Estou preocupado porque você bebeu demais e estava dançando...
Meu rosto ardeu.
— Não sei por que você se preocupa.
— Porque você é minha amiga.
— Sua *amiga* — repeti, devagar.
— Ellis, só diz o que quer dizer.
Deus do céu. Como eu estava sendo petulante.
— Estou só me sentindo idiota. Ou... sei lá. Nunca sou a primeira opção de ninguém.
O rosto dele mostrava confusão.
— Nem sei o que isso quer dizer. Você tá puta porque fui a uma festa idiota com minha namorada, em vez de vir com você e o Tucker?
— Não é só isso, você sabe muito bem.
— Eu nem teria namorada se fosse com você pra todo canto.
— Tá bom — falei, levantando as mãos. — Não tenha uma namorada.
— Eu quero uma namorada.
Ele não falou "Sara".
Encontrei o olhar dele.
— Arranja outra.
Eu me recostei no silêncio do jipe. O couro escuro absorvia toda a luz, dando a impressão de estarmos em uma bolha do nosso próprio universo.
— Ellis.
Deixei as palavras pairarem como saíram. Esperei por ele. Estaria sempre esperando por ele.
— Você quer mesmo que eu termine com a Sara?

Quero. Mas não podia dizer isso. Olhei para Easton e fiz uma pergunta que eu sabia que ele não responderia:

— Você quer outra namorada?

Eu sabia o que viria depois. Ele me diria palavras doces, me tranquilizaria. Mas...

Ele soltou uma gargalhada furiosa.

— Você é tão covarde! Não consegue nem dizer, né?

— Um músculo tremeu na mandíbula dele, e ele se virou para mim. — Quer que eu passe todo meu tempo com você, e não com uma namorada? — continuou. — Você não pode continuar me tratando como namorado porque não quer arranjar um. Eu *quero* uma namorada, Ellis. Eu quero.

Eu não bastava. Ele precisava de outra pessoa. Eu não bastava. Ele iria embora. Uma lágrima escorreu pelo meu rosto sem minha permissão.

— Você não me quer?

Ele entreabriu a boca de leve, e um suspiro escapou. Eu o vi olhar para minha boca. Com a ponta do polegar, ele secou a lágrima em meu rosto.

— Ellis.

A mão dele pousou na lateral do meu pescoço, como fizera cem vezes antes, mas, naquela vez, me perguntei se ele sentia meu coração batendo forte.

— Não quero ter essa conversa. Assim, não.

— Por favor — sussurrei. — No que você está pensando?

Os olhos dele mostravam dor.

— Me diz a verdade e eu te digo a verdade.

Só que eu não podia. Eu não podia, porque tinha medo. Estava preocupada. Estava me sentindo umas cem coisas, e nenhuma delas era corajosa.

Porque Easton era a coisa mais importante do mundo todo. Ele ficava no centro do meu universo, me segurando enquanto tudo girava ao nosso redor.

E se alguma coisa acontecesse com ele...

Eu não podia ser corajosa. Coragem era para pessoas que não tinham nada a perder, e eu não podia perder Easton.

Quando ele encaixou a chave na ignição, contudo, eu soube que já tinha perdido mais do que gostaria de admitir.

21

Sara. Sara está aqui.

O nome dela se repete na minha mente, mais alto que a música na *jukebox* do Tavern.

Não estou fugindo.

Apesar da mensagem de Tucker no meu bolso, não sou covarde. Só não quero ver Sara. Nem Easton. Eu nem sabia que ela estava na cidade.

A placa de néon acima do meu assento no Tavern é azul. Uma cor melancólica, apesar de iluminada, me fazendo levar o copo vermelho à boca, de novo e de novo. Na lateral, ele diz *Coca-Cola* em letras brancas desbotadas no plástico deformado, mas não tem refrigerante nenhum nessa bebida.

Ninguém nem me avisou que Sara tinha voltado. Ela só apareceu no quintal dos Albrey. Eu sorri, a deixei me abraçar...

Tomo um gole demorado do copo, sentindo o álcool arder na garganta.

Ela disse que era bom me ver e que eu estava *linda*.

Tomo outro gole.

Ela me chamou para tomar um café. Bater um papo. Queria saber da Califórnia.

Odeio que a Sara seja simpática. Odeio que ela não tenha feito nada para merecer minha raiva. Odeio meu ódio.

O álcool queima minha garganta.

— Sossega o facho, senão vou ter que te arrancar do chão, e, acredite em mim, esse lugar é um nojo.

Tenny está encostada na mesa alta à qual estou sentada. Ela traz um pano de prato em uma das mãos, a bebida dela na outra.

— Estou bem.

Ela sacode a cabeça.

— "Bem" é a última coisa que você está — diz, fazendo uma pausa carregada de julgamento. — Por que você está aqui?

Sandry vai ficar chateada por eu não ter voltado, mas... Não posso.

— Vim visitar.

Tenny solta um barulho irritado.

— Meu turno só acaba daqui a quatro horas, então é melhor maneirar se quiser conseguir chegar ao carro.

Ela parece querer dizer mais, mas um casal se levanta de uma mesa e ela vai recolher os copos.

Continuo, até esvaziar o copo de vodca e gelo. O Tavern está praticamente vazio, e é por isso que Tenny conseguiu me servir álcool. As luzes néon se mexem pela madeira falsa da pista de dança. Elas giram, mudam e se deslocam.

Luzes nunca são iguais.

Luzes nunca ficam paradas.

Escorrego da cadeira e me deito no chão frio, bem no meio, de olhos fechados. A luz se mexe atrás das minhas pálpebras, me deixando tonta e desorientada. Ou talvez seja o álcool.

— Ellis, levanta — diz Tenny, agarrando meu braço, mas eu faço corpo mole. — Levanta, cacete.

— Estou bem aqui — digo, de olhos fechados.

Ela joga meu braço de volta, caindo na minha barriga.

— Você é inacreditável. O tio Rick vai me demitir.

— Quem liga? — murmuro.

Ela liga. Sei que sim, mas, se eu me levantar, perderei este momento. Perderei as luzes.

— Ten — diz tio Rick, num tom de aviso. — Tira ela do meu chão.

Tenny solta um palavrão, tentando me levantar de novo e soltando meu braço.

— Você vai para casa.

— Não quero ir para casa. Não...

Não tenho casa, mas não digo isso. Porque não tenho que me explicar para ela. Ela sabe.

Fico ali deitada no chão, olhando para o teto e pensando em Sara. Não consigo parar de vê-la sorrir para Easton. Ou eles de mãos dadas. Ela entrou no quintal como se pertencesse àquele lugar. Como se a esperassem.

— Sua carona chegou — diz Tenny.

Easton está parado acima de mim, girando na luz volátil.

— Você ligou para o Easton? — jogo a pergunta para Tenny, que tem a decência de parecer um pouco envergonhada. — Por quê?

— Porque você precisa ir para casa.

Ela está dizendo que minha casa é com os Albrey. Está concretizando. Dói.

O que ela não sabe é que eu nunca serei como os Albrey. E também não posso ser como ela. Existo no espaço indefinível ali no meio.

— Cadê a Sara? Em casa? — Ouço a amargura em minha voz.

Easton sacode a cabeça uma vez e enfia as mãos nos bolsos.

— Tá bom — falo, me sentando e sentindo a cabeça girar. — Vai se foder, Ten.
— Ellis — diz ela, a voz doce, mas os olhos aguçados. — Na verdade, vai se foder você.
Minha raiva supera o álcool, e eu me levanto, cambaleante. De braços esticados, empurro a porta e vou em direção à calçada. Easton me acompanha, a música e os barulhos somem atrás das paredes, até não restar nada além do som da noite na rua vazia.
— Não preciso que você me leve para casa — digo, esperando soar competente.
— Claro. — Ele solta uma risada de desdém.
Finjo não me importar. Balanço a mão no ar, a calçada ondulando sob mim.
— Você pode ir ou ficar. Voltar para a Sara, sei lá.
— Para com isso, Ellis.
— Por que você está aqui? — Eu me viro para ele, bambeando.
Ele está de braços cruzados no peito, e os olhos me encaram, sem medo.
Penso na última vez que Easton me buscou no Tavern. Odeio o aperto no meu peito ao lembrar.
— Não preciso que você me salve.
— Ellis, entra no carro.
— Easton, vai tomar no cu — zombo.
— Acho que você está exagerando no palavrão.
Ele provavelmente está certo.
— Bom, foda-se.
A língua dele cutuca a bochecha por dentro.
— Não vou pedir de novo. Entra na porra do carro.
Mesmo na minha cabeça bêbada, sei que ele está falando sério.
— O que você vai fazer se eu não entrar?

É sugestivo. Não é de propósito... ou talvez seja. Não sei se é o álcool ou se é Easton que confunde minha cabeça. Alguma coisa pisca no olhar dele, e sinto meu coração bater mais rápido. Quero outra dose da firmeza de Easton rachando. Abro a boca para falar, mas ele me interrompe.

— Vamos arranjar um café para você. E água.

— Não estou com sede.

Easton me segura pelo cotovelo enquanto eu cambaleio. Eu deixo, mesmo que a vodca não me ajude a não sentir o toque ardente.

— Você está bêbada.

— Você tem que pagar pelo café — digo, fechando um olho.

— Óbvio.

Por algum motivo, isso me irrita mais do que acho que deveria. A suposição de que não posso pagar.

— Esquece. Eu posso pagar. Tenho dinheiro. Tenho um *emprego*.

— Eu sei, Ellis.

Ele está tentando muito não brigar comigo, mas tudo me soa condescendente. Bato a porta do carro com toda a força de que sou capaz. Easton suspira e liga o motor.

— Não preciso de caridade.

— É esse o seu problema. Amizade não é caridade.

— Eu não tenho amigos. Você tem amigos.

Arrasto a última palavra, esperando que ele saiba que me refiro a Sara.

Ele não fala nada. Minhas palavras caem na escuridão da noite.

— Então você não liga para eu não ter amigos em San Diego.

— Você tinha o Tucker — diz ele, soltando uma gargalhada. — Seu novo melhor amigo. E o *Will*.

A voz dele carrega certa acidez. Eu adoro.

— E você ainda tinha sua vida toda. E Sara.

Ele aperta o volante ao entrar no estacionamento da loja de conveniência e estacionar. As luzes de LED brilham em seu rosto, nas lindas curvas de que senti saudade. Roubam meu fôlego, e minha raiva. Fecho os olhos e encosto a cabeça na janela, me recusando a deixar a frustração com ele diminuir.

— A gente vai continuar com essa conversa? Em que você me culpa pelo que aconteceu? Você precisou ir embora. Eu não poderia impedir, nem se quisesse.

Minha cabeça se prende àquelas últimas três palavras.

Ele desvia o olhar. Respira fundo. Sai do carro. Eu o vejo encher um copo de isopor de café ruim e adicionar um monte de pacotinhos de creme lá dentro da loja. Eu o vejo pagar por isso e por uma garrafa de água, noto os dedos ágeis cujo toque lembro, e ele agradece com lábios cujo gosto lembro. Mordo a boca.

Ele volta ao carro e me entrega o café.

— Bebe.

Ele deixa a água no meu colo.

— Lembra quando a gente se conheceu? — pergunto. — Você me pediu para invadir a escola.

— Não foi aí que a gente se conheceu, Ellis. Foi só quando você parou de fingir que eu não existia.

Engulo um gole de café quente e deixo o silêncio comer as perguntas entre nós.

— Você quis impedir?

Não estou me referindo à existência dele. Estou me referindo à Califórnia.

Ele inspira fundo.

— Não, Ellis. Eu não quis impedir.

Eu me viro para a janela, cada palavra me atingindo em cheio. Tudo em mim está exposto e aberto. Lágrimas caem, para minha vergonha, e odeio estar presa nesse carro.

Uma lembrança de Easton segurando minha mão na varanda me vem à mente. *"Eu e você."* Ele me sussurrou isso, a boca ao pé do ouvido, a respiração dançando na minha pele.

— Você mentiu para mim — digo, querendo soar furiosa, mas só pareço devastada. — Você escolheu todo mundo em vez de mim.

— É, bom, você escolheu Tucker em vez de mim.

Eu me viro para ele.

— Eu escolhi ele?

— Para de falar comigo como se eu fosse idiota. Não fui eu quem esqueceu. *Eu e você*, lembra?

Paramos na frente da casa e saímos do carro. Pego o café e a água, pronta para entrar, mas Easton leva a mão à minha cintura e me puxa para a lateral da casa.

— Você não vai entrar até estar sóbria.

Damos a volta nas mesas armadas no gramado e nos sentamos na beira do píer, os pés roçando a superfície do lago.

— Ellis. Me diz o que está pensando.

— Pensamentos não são de graça. Eles têm um custo, e você não tem mais nada que eu queira.

— Ellis.

Eu deveria saber que ele não deixaria para lá. Tomo mais um gole de café, mas não me sinto menos bêbada. Só me sinto ainda mais confusa.

— Dói. Você dói.

Ele me observa. O olhar acompanha o movimento da minha garganta, meu gesto ao secar a boca com o dorso da mão. É incômodo, mas também familiar.

Nossos olhares se encontram. O sangue pulsa no pescoço dele. Quero esticar a mão e tocá-lo. Senti-lo sob mim de novo. Meu corpo quer o que não pode ter.

— Easton.

Ele parece... assustado, e mais alguma coisa, como se estivesse no limite.

— Não diz meu nome assim.

— Por quê? — sussurro. — Você voltou a namorar a Sara?

Ele ri e olha para o lago.

— Você é inacreditável.

— Por quê? Está namorando outra pessoa? Você...

Você seguiu em frente? Ainda pensa em mim?

— Qual é a importância disso tudo? — pergunta ele.

Mas eu vejo as rachaduras.

— É que... senti saudade.

Ponho a mão na coxa dele, muito alto para parecer amigável. Só quero ver se posso. Se ele ainda me deixará tocá-lo assim.

Ele olha para a mão, para de respirar.

— Senti... — digo, me aproximando dele.

— Cacete. — Ele me empurra e se levanta.

Eu o acompanho, dando um passo à frente, invadindo seu espaço. Ele tem muito pouca possibilidade de manobra no píer estreito.

— Easton.

Ele solta um palavrão.

Dou mais um passo, até meu peito grudar no dele. Abraço seus ombros e enfio o rosto em seu pescoço, como quis fazer desde o dia em que fui embora.

— East.

Deixo o nome dele se misturar ao cheiro de água de colônia e pele.

Ele abaixa o rosto na minha direção, um erro para ele, uma oportunidade para mim. Bem suave, roço minha boca na dele e solto um pequeno suspiro. Não chega a ser um beijo. Só uma promessa.

No segundo seguinte, minhas costas batem no poste do píer e o corpo dele está pressionado ao meu, com as curvas rígidas dele apertando todas as minhas curvas macias. Ele segura minha cintura com as duas mãos.

— Assim? — sussurra no meu pescoço. — É isso que você quer?

De repente, sinto que meu jogo passou dos limites. Perdi o controle que achei ter.

Ele arrasta a boca grudada à pele do meu ombro.

— Ainda está com saudade?

Ele mexe o quadril, grudando-o em mim, e eu solto um gemido. A boca dele encontra a minha, violenta e furiosa, os dentes puxando meu lábio. Levo a mão ao pescoço dele e aí...

Uma de suas mãos aperta meu punho, e ele se afasta um passo. Sinto o ar frio substituir a oportunidade.

Pânico agarra minhas entranhas.

— Você vai embora?!

Ele avança na minha direção tão rápido que eu me encolho.

— *Cala a boca* — diz. — Você vai acordar todo mundo.

Estou perdida demais para entender as palavras. O que querem dizer.

— Como você pode ser tão cruel?

— *Cruel?* — diz, o rosto deixando nítido o quanto está chocado. — Primeiro, não quero falar dessas suas merdas agora. Segundo, se você acordar meus pais...

— Essa merda é *sua*!

— Não é, não. Você viu Sara e agora...

Uma luz se acende na cozinha.

— Merda — xinga Easton de novo.

No segundo seguinte, ele me puxa para o espaço escuro da garagem náutica, uma das mãos cobrindo minha boca, o outro braço em volta do meu tronco. Ele fica em silêncio, tentando ouvir o barulho da porta dos fundos se abrindo, de alguém nos chamando, ou...

Segundos se passam, e só consigo pensar no corpo dele ainda grudado ao meu. No cheiro que me lembra um lar, sorrisos e todas as lágrimas que já foram secadas do meu rosto. Lembro como foi ser beijada por ele, como o rosto dele se transformou quando o toquei. A voz dele quando sussurra junto ao meu corpo.

Estico a mão e a passo lentamente por baixo da blusa dele. A pele da barriga é lisa sob a ponta dos meus dedos, e ele ofega.

A emoção me toma.

Passo a mão pela cintura dele o mais lentamente que posso, vendo a agonia de prazer passar por seu rosto.

Então ele tira a mão da minha boca, e vejo a vontade em seus olhos.

É a última coisa que vejo antes de fechar a cortina das lembranças.

22

Dezessete anos

Alguém estava fazendo jantar. O cheiro de alho e de manteiga chegou antes mesmo de eu abrir completamente a porta de casa. Senti a garganta apertar enquanto a música, animada e sensual, se derramava da sala, inundando a casa de um entusiasmo caótico.

Comida e música só podiam significar uma coisa.

Minha mãe estava em casa.

Ela estava no meio da pequena cozinha, dançando e cantarolando junto com a melodia. Eu a vi mexer a boca antes de morder um pedaço de fruta que tinha acabado de cortar. Não precisei nem ouvir para saber o que ela dizia.

— *Um para a receita, e um para a chef.*

Eu queria perguntar como ela sabia onde estava a faca. Queria perguntar o que ela estava fazendo ali. Como ela arranjara dinheiro para comida. Queria perguntar... mas estava só aliviada.

A parte de mim que eu odiava estava feliz por vê-la, e a deixou ficar na nossa cozinha como se fosse seu lugar.

Mordi o interior da bochecha para me impedir de sair correndo e abraçá-la, ou cumprimentá-la com palavras alegres. Eu tinha medo de assustá-la. E se ela se assustasse... iria embora. Apesar da frequência com que ela sumia, minha mãe era sempre o norte do meu pai. Todas as estradas o levavam a ela.

E não havia nada pior do que juntar os cacos do meu pai quando ela ia embora.

Ele estava curvado, na frente da geladeira aberta, cantarolando e procurando alguma coisa nas prateleiras, o que era estranho. O que havia para procurar? Finalmente, ele se levantou e entregou a ela um pote de chantilly que eu nem sabia que tínhamos.

— Obrigada, amor — a ouvi dizer, ficando na ponta dos pés para dar um beijo na bochecha dele.

Meus olhos não deixaram de notar a luz batendo nas olheiras fundas dela, e o motivo de minha mãe ter voltado para casa tornou-se repentinamente óbvio. O dinheiro dela acabara, o que significava que acabara também seu último vício. E era o dia de pagamento do meu pai.

Ele finalmente me notou à porta e, por um segundo, surpresa tomou seu rosto.

Por me ver na minha própria casa.

Como se ele tivesse esquecido que eu já morara ali.

Engoli a amargura que borbulhava na garganta. Andávamos passando mais tempo juntos. Eu até vinha jantar em casa, quase toda noite. Nunca chegara a dizer a ele que estava evitando os Albrey, mas ele parecia notar, como se soubesse que eu estava com dor de cotovelo de tanto ver Sara e Easton. No entanto, bastava a volta da minha mãe para apagar tudo aquilo. Larguei a mochila no chão durante a troca de música.

Minha mãe se virou, olhou na direção do barulho no chão e depois para mim.

— Ellis! Por que demorou tanto?

Por que *eu* tinha demorado tanto? Fazia meses que ela não ia para casa.

— Eu estava estudando — falei, e me aproximei para dar um beijo na bochecha dela.

A pele estava seca, cheirando a corretivo barato e batom ceroso.

— Estudando? Na escola?

O olhar do meu pai suplicou para que eu não a corrigisse. Ele sabia onde eu estivera.

Na casa de Sandry.

Mas não queria que eu estragasse aquele momento. A alegria da minha mãe. Ele não queria que a inquietação a roubasse de nós.

E qual era o problema de eu contar uma mentira? Ela já contara tantas.

— Isso.

Ele fez um gesto com a cabeça, agradecido, e abraçou minha mãe pela cintura, balançando no ritmo da música. Ele não se importava com o custo da minha mentira.

— Põe a mesa? — pediu ela.

Só tínhamos posto a mesa umas poucas vezes na minha vida, em festas e ocasiões especiais, mas eu obedeci, dispondo pratos descombinados e garfos baratos de plástico.

Meu celular vibrou no bolso.

Easton:
Preciso falar com você.

Li a mensagem três vezes, tentando entender a urgência. Ele estava com Sara, o que era um dos motivos para eu estar ali. Com a minha mãe. Ela pôs a comida no centro da mesa e meu pai abaixou a música. Tirei uma foto e mandei rápido para Easton.

A resposta veio quase instantaneamente.

Easton:
Cadê você?

Ellis:
Em casa. Minha mãe tá aqui.

E aí.

Easton:
Você tá bem?

— Não — disse minha mãe, esticando a mão. — Nada de celular.

Eu apertei o aparelho com força. Como ela ousava aparecer ali e agir como se fosse minha mãe, como se pudesse me dar ordens? Ela iria embora em menos de uma semana.

— Nada de celular, El — ecoou meu pai, e minha mãe fez uma expressão satisfeita.

Ele a escolhera em vez de mim.

Se não fosse pela expressão do meu pai, de que toda a dor que sentia finalmente se esvaíra, eu teria ido embora, batendo o pé. Em vez disso, entreguei o celular.

Durante o jantar, ela contou histórias dos vários lugares que visitara, de pessoas com apelidos estranhos. Meu pai riu o tempo todo, sem nunca mencionar que aquelas histórias vinham às custas da família dela.

Ele parecia feliz, os dois bebendo vinho barato, mal encostando na comida à mesa. Pareciam pessoas felizes. Cantavam um para o outro, a música tocando baixa ao fundo.

Minha mãe era a droga mais pesada na qual meu pai era viciado.

Três garrafas de vinho depois, finalmente fui para o quarto. Eles não me queriam ali, de qualquer forma. Quando a música cessou, a casa se aquietou e o silêncio se espalhou por tudo, senti a estranheza no ar.

Devagar, empurrei a porta e passei pela mesa coberta de pratos empilhados e pela cozinha cheia de louça suja, até encontrar minha mãe à mesa do hall de entrada, onde meu pai deixava as chaves. Uma bolsa de lona estava aos pés dela e, nas mãos, a carteira do meu pai.

Minha mãe tirou dali um bolo de dinheiro. No primeiro dia do mês, meu pai sempre recebia um cheque. Era todo o dinheiro que ele teria até o mês seguinte, bem ali nas mãos dela. Jantares, cafés da manhã, eletricidade e remédios.

Eu deveria tê-la impedido, mas só consegui pensar que talvez ela fosse embora para sempre. Talvez fosse a vez de que ela não pudesse mais voltar. Talvez o dinheiro em suas mãos fosse só o custo de nunca mais vê-la. Se eu a deixasse roubar. Se eu mentisse mais uma vez.

Ela me olhou, sem um pingo de vergonha, me deu uma piscadela e saiu noite úmida afora.

Quando meu choque passou, ela já tinha ido.

Eu a deixara ir porque a odiava. Por causa do meu egoísmo. E quando meu pai acordasse, ele estaria com aquela cara. Magoada, confusa, mas, principalmente, destruída.

Eu não conseguiria estar ali para ver. Não queria que ele visse minha culpa e meu alívio. Não conseguiria...

O caminho da casa de Easton estava arraigado em mim, pela força do hábito. Não pensei ao subir a entrada da casa, meus pés esmagando o cascalho, o cheiro das gardênias florescendo nas jardineiras. A tranca da casa era eletrônica, então digitei o código e subi a escada na ponta dos pés.

Easton mal se mexeu quando entrei na cama ao lado dele.

— Hummm.

Foi só esse o barulho que fez quando me enrosquei junto a ele. De frente para suas costas, o rosto encaixado entre os ombros. Eu o abracei pela cintura. Ali eu podia chorar, se quisesse. Podia falar da minha mãe, ou não dizer nada, e ele entenderia.

Mas eu estava cansada de pensar neles. Na minha mãe e no meu pai. Eles eram responsáveis por tudo que eu podia sentir. Eu queria ter controle sobre alguma coisa.

— E aí, foi ruim? — perguntou ele, entre o sono e a vigília.

Mordi o interior da bochecha com tanta força que senti gosto de sangue.

— Ela já foi embora.

Easton não disse mais nada, mas, quando passei a perna por cima do quadril dele, ele levou a mão à minha coxa nua. Aproximei meu peito ainda mais das costas dele, sentindo o corpo dele enrijecer.

Meu coração martelava enquanto eu ia atrás do sentimento que consumia todos os outros rastejando ao redor das minhas emoções. Com dedos leves, percorri a pele entre a camiseta e o short dele. Passei o braço ao redor da cintura dele, apoiando a mão no umbigo.

— Ellis — sussurrou.

Era para ser uma advertência, mas fingi ser um desafio.

Fui descendo a mão, devagar... e ele segurou meu punho, o mantendo no lugar. Ele se virou para mim, o rosto próximo ao meu, e eu não queria passar nem mais um momento pensando. Grudei a boca na dele. Primeiro devagar, deixando o gosto dele afastar os sentimentos que tinham crescido antes. Eu me aproximei ainda mais, passando os dedos pelo corpo dele, por baixo da camisa, com toques nos quais só tinha pensado.

Eu sentia que Easton me desejava. O desejo dele pressionava meu quadril, e, sempre que eu me mexia, ele soltava um gemido que me deixava embriagada no meu novo poder.

Mãos percorreram meu corpo, levantando minha blusa, puxando meu short. A boca dele na minha pele, febril e desesperada. De repente, eu não estava mais no controle. De repente, era Easton quem me fazia sentir coisas.

— *Easton* — suspirei o nome dele no escuro.

— Me diz o que você quer — respondeu.

Ao luar, vi os músculos dos ombros dele se mexerem, seu perfil, a mandíbula tensionada quando a boca dele encontrou minhas partes mais sensíveis.

Soltei um grito suspirado.

E ele me afastou.

A testa colada à minha, o rosto abaixado, olhando para o espaço entre nossos corpos. Espaço que eu queria desesperadamente ocupar.

Depois de respirar profundamente três vezes, o olhar dele encontrou o meu.

— Caralho, Ellis.

Eu estava tão furiosa que não conseguia formar palavras. Eu precisava daquilo. Precisava dele.

Mas, como sempre, eu não podia ter o que queria. Eu...

— Por favor — sussurrei. — Preciso de você.

Ele passou o polegar pelo meu rosto.

Eu não tinha notado que estava chorando.

— Ellis.

Eu não queria a pena dele. Não queria falar da minha família. Abri a boca para exigir que ele me beijasse de novo...

— Ela levou todo o dinheiro.

Minhas lágrimas se multiplicaram e ele puxou meu rosto contra seu peito. O cheiro de Easton e do detergente dos Albrey encheu meu nariz e, em vez de conter minhas lágrimas, só as fez piorar. No entanto, era seguro chorar ali. No escuro, na cama de solteiro de Easton, nossa pequena ilha.

Ele beijou o topo da minha cabeça e deixou a boca ali.

Nos conectando de um jeito de que eu precisava mais do que do jeito que eu queria.

De alguma forma, Easton sabia. Ele sempre sabia.

— Ela nem limpou a cozinha. É isso que ela faz. Explode nossa vida toda e nem liga de ter deixado tudo uma zona.

Ele fazia carinho nas minhas costas, círculos com a mão espalmada. Reconfortante.

As palavras que escolhi a seguir continham a maior verdade que eu já dissera.

— Eu queria que ela morresse.

Ele não parou a mão quando eu falei. Ele nunca se chocava com minha raiva. Só me deixava existir.

E eu tinha tentado usá-lo... Eu não era melhor que minha mãe.

— Desculpa, Easton — falei, minha voz fraquejando, esganiçada, no pedido de perdão. — Me desculpa.

— Você não tem pelo que se desculpar, Ellis — disse ele, o rosto no meu cabelo. — Estou aqui.

— E se você se mudar e eu ficar sozinha?

— Você pode me ligar e eu vou te ouvir chorar, onde quer que eu esteja.

Engoli em seco, tentando acreditar que Easton não ia me abandonar. Que sempre me deixaria chorar na cama dele. Que sempre me perdoaria por não saber como amá-lo do jeito certo.

— Odeio ser assim — falei.

— Honesta?

Comecei a negar... mas "honesta" era a melhor descrição para o que eu nunca sentira que podia ser.

— Você pode ser cem coisas diferentes no mesmo segundo. Ainda estarei aqui.

Ele falou do mesmo jeito que falava tudo a meu respeito. Como se eu não pudesse mudar aquela verdade.

Beijei de leve a pele macia da junção do pescoço e da clavícula dele, mas não foi um beijo igual aos outros. Foi cheio de gratidão.

Porque eu sempre poderia confiar em Easton Albrey.

23

Abro os olhos devagar, um depois do outro, e o movimento dói. Pressiono a mão no meio da testa e respiro fundo. Estou no quarto.
Meu quarto.
Meu quarto... na casa dos Albrey.
Lembranças enevoadas do Tavern, do píer, de Easton. Parecem *quase* verdade.
Tudo aqui é branco e iluminado. O sol entra filtrado pelas cortinas translúcidas e eu solto um gemido, engulo em seco. Minha língua parece feita de chumbo. Alguma coisa apita e, no fundo da consciência, reconheço meu celular.
Tateando, tento pegá-lo.

Tucker:
Toma os comprimidos.

Leio a mensagem com um olho só antes de largar o celular de volta na mesa de cabeceira. Faz um estardalhaço junto às bijuterias. Meu colar, uma pulseira, meus brincos.
Mãos acariciando meu pescoço até o fecho na nuca.
Minha visão está embaçada.

— Merda.

Na mesa de cabeceira estão um copo d'água e dois comprimidos de ibuprofeno. Eu os engulo e olho para o celular.

Cinco ligações seguidas para Easton.

Abro as mensagens.

Ellis:
Volta.
Easton.
Desculpa.

Puxo um travesseiro para cobrir minha cara e me pergunto se conseguiria me sufocar. Talvez doa menos do que a vergonha que estou sentindo.

No banheiro, escovo os dentes, lavo o rosto e tento entender o que aconteceu ontem à noite, mas, por mais que eu tente me lembrar de depois da garagem — *minhas mãos no corpo dele* —, não consigo passar — *olhos famintos* — daquele momento.

Considero morar para sempre no banheiro. Talvez, se ficar aqui até todo mundo sair, eu possa evitar Easton.

Covarde.

Eu sou tão covarde. Abro a porta e desço a escada, entrando na cozinha silenciosa. Tem café no fogo e Tucker está recostado na bancada, mexendo no celular. Quando ergue o rosto, vejo que está franzindo a testa.

— Ela está viva.

Cruzo os braços e apoio a cabeça no ombro dele, esperando o café ficar pronto.

— Que merda aconteceu? — pergunto.

Ao mesmo tempo, não quero saber.

— Você fez sua melhor imitação do clichê de "adolescente de volta à cidade fuleira tenta afogar as mágoas com bebida apesar de ser menor de idade".

Solto um gemido.

— Não se preocupa, acho que Dixon não está chateado.

— Dixon?

O rosto de Tucker é paciente, se não complacente.

— Qual é sua última lembrança?

A porta externa se abre e Dixon entra, usando uniforme de xerife.

— Elvis, você está viva.

— Viva? — pergunto. — Meu deus do céu...

Dixon pega uma caneca e serve o café, que ainda está no fogo.

— Ei! — grita Tucker. — Você está zoando a potência do negócio.

Dixon dá de ombros.

— Dá tudo na mesma.

— Ciência não funciona assim, babaca — diz Tucker, com um olhar furioso para a caneca. — Você não está trabalhando?

— É café, não heroína. Acho que não perderei o emprego se descobrirem.

Não aguento mais um momento disso.

— Parem de falar de café agora, e me digam o que aconteceu.

Tucker arqueia as sobrancelhas.

— Que tal *você* dizer o que lembra?

Sinto o calor subir pelo rosto.

— Ah — diz Tucker, arregalando os olhos. — Por favor, comece por isso que você acabou de lembrar.

— Nossa — diz Dixon, com nojo. — Por favor, não. É meu irmão.

— Acho que cometi um erro.

— Vários — corrige Tucker. — Vários erros. Definitivamente não foi só um.

Ouço uma risada de desdém atrás de mim e vejo Easton coçar a barriga por baixo da camiseta. Ele pega uma caneca do armário, serve café e sai da cozinha sem falar com nenhum de nós.

— Puta que pariu — murmura Tucker, de olhos arregalados. — Você se fodeu feio.

Ele está adorando isso tudo.

Pego meu café e encho de creme, passando do ponto. Aperto a caneca com força e odeio a comparação que me ocorre entre a caneca com creme demais e minha vida atual. Exagerei e estraguei tudo. Lágrimas ardem nos meus olhos e...

— Aqui.

Dixon pega a caneca da minha mão, joga o conteúdo em uma caneca maior e acrescenta mais café, até a cor leitosa tornar-se caramelo.

— Consertei — diz. — Não precisa me agradecer.

Olho para ele, ainda lacrimejando.

— Jesus amado, Elvis. É só café.

Eu o abraço pela barriga, tomando cuidado com o cinto. Ele leva um segundo, mas me abraça de volta, apertando a bochecha no topo da minha cabeça.

Ficamos assim por mais tempo do que Dixon costuma deixar, e felizmente Tucker não faz nenhum comentário idiota. Até Dixon sussurrar, baixinho:

— Você está fedendo a chão de bar.

Eu o empurro.

— Agressão contra um policial é crime.

Pego minha caneca e encontro Easton sentado na varanda, uma das mãos segurando o café, a outra mexendo no celular. Quando ele ouve a porta se abrir, bloqueia a tela.

Ele está mandando mensagem para os amigos, pedindo socorro. Para Sara, falando que sou um desastre. Para...
— Oi — digo.
Em vez de responder, ele só me olha. Eu me sento ao lado dele e cruzo as pernas, encarando a zona espalhada pelo gramado. Daqui a dois dias estará uma beleza, mas, por enquanto, parece os destroços de um furacão.
— Desculpa por ontem.
Só sei que ele me ouviu porque aperta com mais força a caneca de café antes de tomar um gole.
Solto uma gargalhada curta.
— Eu nem lembro de tudo que aconteceu.
Ele destrava o celular e volta a mexer em um aplicativo. Provavelmente Instagram, talvez Reddit.
— Você não quer gritar comigo? — pergunto.
— E o que mudaria? Você nem lembra o que fez.
— E você não quer me ajudar?
— De que parte você não lembra? De gritar comigo em casa? De ligar para o Dixon? Eu e Tucker tentando te conter para você não acordar minha mãe?
Eu me esforço para vislumbrar as coisas às quais ele se refere, mas são memórias vazias.
— Ou não se lembra da garagem náutica?
Meu rosto arde àquela menção, e não consigo esconder.
— Não — diz ele, olhando para mim. — Disso você se lembra.
Ele vê como reajo às palavras dele, ouvindo tudo que não estou dizendo.
— Easton...
— O que foi? Continue. Por favor.
Ele faz gestos amplos e exagerados com as mãos. Como a conversa toda.

Sua raiva, meu arrependimento. Exagerados.

Minhas palavras todas se perdem na vergonha. Easton se levanta. O movimento é tão rápido que olho para a cadeira de jardim que empurra para trás. Ele leva as mãos ao cabelo e as abaixa, roçando a calça. Lembra um tigre enjaulado. Andando em círculos. Olho suas costas largas enquanto anda até a água e me pergunto quando ele ficou tão alto e esguio. Onde foi parar a juventude de seu rosto?

Eu o sigo até o píer. Ele está no pedaço de terra gasta e macia onde a grama nunca conseguiu crescer, logo antes das tábuas de madeira.

— Easton, não sei o que dizer.

Quando ele fala, é com o rosto voltado para a água.

— Comece por "Desculpa".

— Desculpa. Estou com vergonha, me sinto idiota e... — digo, respirando fundo. — Eu não queria... na garagem foi...

Ele abre a boca, chocado, mas só leva um segundo para se recuperar.

— Você acha que o problema somos nós dois?

Odeio o fato de não conseguir parar de me sentir confusa.

— Ellis, estou cagando para você ter tentado dar para mim. Isso é só parte de um dia normal no morde e assopra de ser seu amigo. Já superei essa merda há muito tempo. Estou puto por causa da minha mãe.

Não tenho tempo para sentir a pontada cruel daquelas palavras.

— Da sua mãe?

— Meu deus do *céu* — geme ele. — Isso, minha mãe. A pessoa cujo aniversário você veio comemorar. Se você encher a cara assim de novo e estragar o fim de...

— E aí, hein? — pergunto, inclinando a cabeça. — O que você vai fazer, Easton?

Quando o rosto dele fica imóvel, a respiração ofegante, sei que as palavras seguintes são verdade.

— Passei o último ano sem você.

Sinto o fogo arder nas veias e reconheço o momento em que se transforma em palavras furiosas na boca.

— E daí? Vai parar de falar comigo? Me obrigar a me mudar para a Califórnia se eu não me comportar?

— Ellis...

— Você não pode usar nada para me ameaçar, porque estou pouco me fodendo. Estou aqui porque quero, mas não espere que eu aja do jeito que você mandar.

— Como se eu pudesse imaginar uma coisa dessas. Você sempre faz exatamente o que quer.

— Faço, sim. Porque, no fim, você não faz. Você finge estar triste por minha causa e se faz de cachorrinho abandonado. Foi *você* quem me mandou embora. O covarde foi *você*. Você fez isso, e eu e sua mãe estamos assim por *sua* causa. O jeito que eu trato sua mãe é por sua causa.

O rosto dele se transforma, furioso.

— E daí? Você vai ser escrota com minha mãe para me fazer sofrer?

Eu sorrio.

— Nem tudo é por sua causa. Você escreve um monte de poema e finge que tem significado, mas não tem. São cheios de mentira, para você se sentir importante, sendo que só soa pretensioso. É tudo falso. Então por que não vai escrever um poeminha de merda e fingir estar com dor de cotovelo?

— *De merda.*

— De merda. Você escreve palavras de merda sobre dor e amor que é incapaz de sentir. Suas palavras são *ruins*.

Ele não está mais com raiva.

Só eu.

Só eu respiro ofegante.

Só eu cuspo insultos.

Easton está...

Os olhos escuros não piscam, me encarando. Ele nem tenta esconder a decepção. As mãos estão soltas ao lado do corpo, os ombros, caídos. Ele dá um passo para trás, mas não desvia o olhar do meu, para garantir que eu saiba o que fiz.

Para garantir que eu entenda o que disse.

— Ei! — chama Sandry da varanda. — O que vocês estão fazendo aí?

Easton analisa meu rosto, e espero que ele veja nos meus olhos como estou arrependida. Como me arrependo da raiva.

— Só fique longe de mim, Ellis. Não me ligue se encher a cara. Não mande mensagem se...

Ele fecha os olhos com força, e volta a abri-los. — Só... não — diz.

Ele anda até a mãe e dá um beijo na bochecha dela, enquanto eu vou atrás.

— Vocês estão brigando? — pergunta ela.

— Não.

Ele abre o sorriso mentiroso dele e espero que Sandry o acuse, mas, em vez disso, ela me olha.

Eu tento me obrigar a sorrir. Gargalhar. Fingir.

Não consigo.

— Não estamos brigando — diz Easton, me abraçando pelo ombro.

É engessado e esquisito.

— Tá. Tudo bem. Está com a lista? — pergunta para Easton.

Ele suspira, assente com a cabeça.

— Estou.

— Bom, então é melhor ir andando.

Faço que sim com a cabeça e ela volta para a casa. Easton solta meu ombro, e a ausência dói.

— Easton — sussurro, me aproximando.

Ele se afasta, e só restam palavras de merda ecoando na minha cabeça.

24

Easton passou a manhã toda fora. A ausência dele dói tanto quanto minha cabeça.

Todas as tarefas que não exigem estar em casa têm o nome dele em roxo do lado. Assim, o resto fica para mim e para Tucker.

As caixas na nossa frente estão repletas de fotos. Lembranças prensadas entre folhas de papel como flores secas dentro de um livro.

São tantas fotos dos meninos. Tantas fotos de Ben e Sandry mostrando um dos bebês para a câmera. E tantas fotos no lago. A poesia de Easton junto aos desenhos de Tucker, uma fase pela qual ele passou no segundo ano do ensino médio, está espalhada ali no meio.

Tudo aqui captura um sentimento, ou uma promessa, mais do que um evento. Só papel brilhante, *flashes* deixando os fundos nas sombras. Bordas desbotadas e pessoas superexpostas.

Respiro fundo e aperto a base das mãos nos olhos, soltando um gemido.

— Tem certeza de que não tem mais caixas? — resmungo de olhos fechados. — Porque se tiver outra escondida em algum lugar...

Tucker ri e cochicha:

— Não seria o fim do mundo se você não estivesse de ressaca.

Atrás de nós, Sandry está preparando alguma coisa no liquidificador. Ela o liga e sorri para mim.

— Tem algum problema?

Abro um sorrisinho tenso.

Na próxima foto que encontro, estou sentada no píer, abraçando as pernas, com o rosto encostado nos joelhos, olhando para Easton ao meu lado. O sorriso dele tem dentes demais, e o rosto é ocupado principalmente por sardas.

Eu me lembro desse momento.

Tucker se aproxima de mim e sorri.

— Eu adoro essa. Põe na pilha.

Sandry olha para a foto.

— Eu também. Adoro suas sardinhas de verão.

Ela me dá um tapinha no ombro.

— Você não precisa... — começo, mas Tucker me interrompe com o olhar.

O olhar me diz que ele não permitirá que eu siga aquela linha de raciocínio. Deixo a frase no meio.

— E não se esqueçam daquela da formatura da Ellis — continua ela. — A que o Easton me mandou.

Franzo as sobrancelhas.

— Easton?

As mãos de Sandry param no meio do movimento de limpar a bancada. Tucker olha para ela. Tem alguma coisa estranha.

— A que o Tucker mandou? — pergunto, corrigindo.

Ela volta a mexer as mãos.

— Não sei mais quem me mandou, esses meninos são todos iguais.

— Valeu, mãe. Vou incluir. Tenho no celular.

Tucker pega uma foto de Sandry e meu pai, mais jovens, abraçados à noite. Estão os dois sorrindo para o chão.

— Também gosto dessa — diz ele.

Eu estreito os olhos para a foto antes de Sandry aparecer e pegá-la da mão do filho. O sorriso dela é carinhoso.

— Deus do céu, eu estou linda nessa. Põe na pilha.

Tucker inclina a cabeça para o lado e encosta o punho sob o queixo.

— Você está mesmo linda, mas vocês também parecem um casal.

Ela revira os olhos.

— Pela milionésima vez. Eu nunca namorei Tru. Conheci seu pai no primeiro ano de faculdade, e Tru conheceu... a mãe da Ellis na nossa festa de vinte e três anos. Essa foto foi tirada na nossa festa do... segundo ano de faculdade, acho?

Sempre tenho essa sensação na barriga quando falamos do meu pai. Um pouco de curiosidade e muito nervosismo. Ele é uma linha tênue, e parece inevitável que alguém a atravesse. No entanto, não consigo escapar da impressão estranha de lealdade genética que sei que não devo a ele.

— Vocês comemoravam aniversário juntos? — pergunto.

Sandry está com uma expressão distante, como sempre que pensa em coisas que existem fora da vida que tem aqui.

— Quando podíamos. Às vezes Tru não estava aqui. Às vezes estava preso. Às vezes não estava.

Ela fala com tanta tranquilidade que dói ainda mais, e noto que Sandry lida com meu pai preso há mais tempo do que eu.

— Ele perdeu muitos aniversários? — pergunta Tucker.

— Mais do que não perdeu — diz ela, com um suspiro. — Mas os que ele comemorou aqui... Tru sempre parecia roubar toda a luz da sala e refleti-la em mim.

Sandry passa por um grupo de fotos que reconheço serem dela e do meu pai. A expressão dela fica nostálgica, e eu queria ler seus pensamentos.

— A mulher que morava naquele terreno grande ali perto da linha férrea fazia Tru aparecer lá todo dia para cavar a terra, procurando ouro que ela dizia que o pai enterrara. Ela sentava em uma cadeira de jantar e direcionava ele, contando histórias. Ele sabia que não tinha ouro nenhum lá, mas... também sabia que ela era solitária.

Eu nunca ouvi essa história, e me pergunto quantas outras se escondem nos cantos e rachaduras do passado deles.

Tucker a olha, incrédulo.

— Tem certeza de que vocês *nunca* namoraram?

Sandry revira os olhos, mas a voz dela continua suave.

— Eu e Tru éramos outra coisa. Ele foi meu primeiro amor, mas a gente chega a um ponto em que percebe que o amor nem sempre basta. Não vai embora, mas muda. A dependência química muda as coisas.

Não me encolho, mesmo que queira. É uma das únicas vezes que Sandry falou diretamente do problema do meu pai com drogas. Normalmente, ela só faz alusões. Refere-se ao humor dele, ou chama de vício. Mas agora Sandry parece ter cansado de dar volta no assunto.

Respirando fundo, ela me mostra uma foto, sorrindo. É do meu pai em pé no píer, no quintal da casa na qual nos encontramos. Ele está de braços abertos, parecendo tentar abraçar o lago todo.

— Ele tinha um certo jeito. Antes.

Ela estala a língua.

Não consigo processar como ela é capaz de se lembrar dessa versão dele, depois do que ele fez. Odeio que seja essa a versão do meu pai que ela decidiu guardar.

Depois de tudo.

Eu me levanto. O banquinho no qual estava sentada arranha o chão.

— Vou pegar um ar.

Tucker levanta uma pilha de fotos.

— Claro. Vou fazer isso sozinho — diz, sarcástico.

Não tenho energia para retrucar.

O ar quente lá fora não muda o calor no meu rosto. Ouço a água lambendo as ripas de madeira no píer silencioso e o som dos pássaros nas árvores, se escondendo do sol. De repente, desejo que tudo aqui fosse mais barulhento. Desejo que o barulho fosse o suficiente para afogar meus pensamentos.

— Ellis.

Sandry para atrás de mim. Na mão dela, uma foto pequena, três por cinco. Está virada para ela, não para mim. Como se fosse particular.

Olho para a água e penso que queria ter me lembrado de pegar os óculos escuros.

— Tudo bem?

O tom dela é gentil, e eu o odeio.

Afio a voz até a ponta ser aguda o bastante para uma facada.

— Tudo.

Sandry não se deixa dissuadir. Ela vem até o meu lado e suspira, olhando para o lago.

— Aniversários são estranhos. A gente fica muito tempo pensando no passado.

As ondas continuam a subir, quietas. Os pássaros ainda tagarelam.

— Não falamos muito do seu pai.

Fecho os olhos.

— Não quero falar dele.

— Eu sei — diz ela, pigarreando, e olha para a foto. — Mas eu me pergunto se foi um desserviço, eu não falar dele com você.

— Ele é meu pai.

— É, e ser pai é diferente de ser amigo. É diferente de tudo — diz Sandry, sorrindo. — Caleb Truman era a pessoa mais sincera que eu já conheci. Se ele dissesse alguma coisa, era verdade. Ele tinha uma bondade verdadeira. Mas também já o vi esfaquear a perna de um cara — continua, rindo. — As pessoas têm camadas. Seu pai sempre foi assim, peculiar. E aí mudou.

Eu queria ler os pensamentos dela. Sandry mostra uma foto do meu pai com uma mulher mais velha que nunca vi.

Não consigo me conter.

— Como mudou? — pergunto.

Sei o que ela vai dizer. Minha mãe. Em geral, ela é considerada a ruína do meu pai. É o que minha avó diz, meus tios, todo mundo. E nunca vi nada que indicasse o contrário.

— Do jeito que a maioria das coisas muda. Tão devagar que nem notamos o que está acontecendo — responde ela, com um sorriso largo, e me passa a foto. — Tru conheceu as pessoas erradas. No começo, não foi grave — diz, suspirando. — A vida é só uma sequência de pequenas escolhas, e só vemos aquela na nossa frente, mas ela nos leva à próxima e à próxima. Finalmente, a gente acaba em um lugar que nem reconhecemos.

Ranjo os dentes e tento não mostrar emoção.

— Você é muito parecida com ele.

Solto um som de desdém.

— É verdade — insiste ela. — Você e ele. Vocês dois são fortes do mesmo jeito. Sobreviventes.

Quero gritar. Ou chorar. Mas também sinto alguma coisa crescer em mim, como se fosse orgulho. Não quero ser uma sobrevivente, mas também é o que sinto, profundamente. Acrescento a palavra à lista das que odeio.

— E Easton se parece muito comigo.

E aí está. O motivo da conversa. Mexo os pés e penso em ir embora.

Ela continua virada para o lago, como se olhar para mim fosse difícil e o brilho da água fosse mais suave.

— Eu o vi sair de casa atrás de você no dia em que você foi presa. E quando vi vocês dois...

— Eu não pedi para ele ir atrás de mim.

— Eu sei, sei mesmo. Mas também me lembrou de toda vez que fui atrás do seu pai. Ele também nunca pedia. É só o que se *faz* pelas pessoas que amamos.

Raiva ferve dentro de mim. É o mesmo argumento que minha avó usa para justificar todas as exceções que abre para a família.

— É tão injusto me punir por uma coisa que eu nem fiz. Não sou meu pai.

— Você está certa, e peço desculpas, Ellis — começa Sandry. — Sei que não tem muito significado agora que já foi, mas eu fui egoísta. Eu estava com medo. Easton...

— Tudo bem.

A conversa faz as feridas no meu peito se abrirem e eu não quero nem reconhecer o que está acontecendo, então tento impedi-la.

— Não está tudo bem. Eu senti medo por ele. Como mãe. E olhei para vocês e... duas crianças não deveriam ser tão próximas. Você e Easton ainda têm a vida toda pela frente. Eu estava com muito medo de vocês queimarem muito forte e muito rápido.

Já ouvi versões disso tantas vezes que decido acabar as palavras por ela.

— Bom, agora eu e Easton nem nos falamos. Não queimamos nada.

Sandry conseguiu o que queria, provou para todo mundo que estavam certos. Estamos distantes mesmo quando no mesmo lugar.

— É, disso eu não sei. Eu e seu pai... — diz ela, e pigarreia. — Seu pai sempre fará as escolhas erradas, Ellis. Eu o vi fazer isso a vida toda, e não posso deixar você e Easton caírem nas mesmas escolhas. Easton teria ido atrás de você para qualquer lugar.

Teria.

No passado.

— Eu te mandei para a Califórnia porque achei que fosse o melhor para você. Sua tia escapou disso tudo, e achei que também te faria bem escapar. Abrir espaço entre sua vida aqui e as escolhas que você fez.

— Para eu não arrastar Easton para as mesmas escolhas — acrescento por ela.

— Você mentiu para a polícia, Ellis. Você ia aceitar a culpa pelo seu pai. Entende como isso poderia ter afetado sua vida toda?

A raiva queima minha garganta e faz minhas mãos tremerem. Ela me falou isso tudo antes de eu ir embora.

— Você tinha acabado de pedir desculpas.

— Sim, mas nunca disse que estava errada — diz, olhando para as mãos. — Sei que você e Easton não são eu e seu pai, mas... — deixa a frase no ar. — Mas Easton já te amava há muito tempo. Você também não gostaria de viver assim, tão envolvida com outra pessoa que só tenta sobreviver — continua, a voz dela cheia de uma resiliência que não entendo completamente. — Peço *mesmo* desculpas, mas não me arrependo.

25

Dezessete anos

Fazia cinco dias que eu não ia à casa dos Albrey, nem à escola.

Ainda assim, conseguia contar os minutos sem Easton.

Era um jogo que eu começara comigo mesma desde que o beijara. Tentava prender a respiração por sessenta segundos inteiros e me forçar a não pensar nele. Talvez eu conseguisse passar uma hora assim, depois um dia.

No entanto, mesmo no escuro do quarto na casa dos meus pais, Easton ainda dava um jeito de se infiltrar em cada segundo da minha vida.

Eu me escondi em casa para evitá-lo. Para evitar a memória do que acontecera quando entrei de fininho no quarto dele. A dor da minha mãe ter ido embora com o dinheiro do meu pai. Minha boca junto à de Easton.

Sandry tinha telefonado para perguntar se eu estava bem. Tucker tinha mandado mensagens durante a aula, exigindo provas de que eu estava viva.

Easton mandava mensagens. Nunca me perguntava onde eu estava, ou por que não tinha respondido. Eram mensagens normais, como se nada tivesse acontecido, como se eu não o tivesse beijado.

Como se eu não tivesse pedido para ele segurar meus pedaços quebrados enquanto chorava.

Easton:
Tucker comeu onze panquecas no café. Ele vai ter câncer de tanto açúcar.
Hoje fui à pé pra escola. O nascer do sol estava bonito.
[foto em anexo]
Vou reprovar em economia. Me diz que não vou precisar disso quando crescer?
Todo mundo tem perguntado por você.
Eu não ando escrevendo.
Saudades.

Parecia que ele estava tentando ignorar o que acontecera, e eu não sabia se isso me fazia amá-lo mais ou odiá-lo. De qualquer forma, eu não estava pronta para encarar nem ele nem Sara.

Durante o dia, eu ficava sozinha em casa. Meu pai aparecia entre os turnos do trabalho e o que quer que estivesse consumindo suas noites. Ele estava tão ocupado que nem perguntava por que eu estava em casa, ou notava meu humor. Eu não tinha nada a fazer além de pensar no quando.

Quando as coisas tinham mudado entre mim e Easton?
Quando não houvera escolha para mim além de amá-lo?
Quando poderia fazer as coisas voltarem ao normal?
Quando era o pior tipo de pergunta, porque pedia para o tempo ser gentil, só que o tempo nunca era.

No sexto dia, Dixon apareceu, trazendo uma refeição feita pela mãe. Meu mexido preferido. Dixon comeu um bolinho e sorriu para mim, mostrando mais comida do que dente.

— Quando você volta para casa?

— Estou em casa — menti.

Ele não questionou. Mordeu um pedaço de bolinho. Mastigou. Engoliu.

— Você e o Easton terminaram?

— Terminamos? Não estamos juntos — falei, e minha gargalhada puxou as mentiras que tentava disfarçar. — Ele está namorando a Sara.

Ele fez um barulho.

— Vocês brigaram?

— Não.

Na verdade, não.

— Então o que aconteceu?

Honestidade era um esparadrapo que eu precisava arrancar.

— Eu beijei ele e ele namora outra pessoa.

— Aaaaaah — disse Dixon, se recostando. — Bom. Que burrice.

— Muito útil, valeu.

Comi outro bolinho e me perguntei por que eu contara a Dixon o que acontecera. Com ele sabendo, eu não conseguiria mais fingir que não era verdade.

Talvez fosse aquele o motivo.

Ele acabou de comer e pegou os pratos, os levando até a pia.

— Só para você saber, ele não está namorando a Sara.

Aquilo não fez eu me sentir melhor, como eu esperava que fizesse.

De madrugada, estava deitada na cama, olhando para a lua pela janela, fazendo o que eu fazia havia seis dias. Pensando. A dor no meu peito me consumia no silêncio da casa. Um tapinha na janela chamou minha atenção, e quando me sentei Easton estava de pé no lugar em que deveria estar um canteiro de flores.

Abri a janela.

— Você podia ter entrado pela porta.

— Eu não sabia se você abriria — disse ele, entrando.

Easton se instalou na cama ao meu lado, os cotovelos apoiados nas coxas, os ombros curvados. Uma respiração profunda expandiu seu peito.

— Estou cansado.

— Cansado?

— Não tenho dormido.

Quase soava como uma acusação, mas eu sabia que não era do feitio dele. Ele estava simplesmente me contando.

— Nem eu.

— Cadê seu pai? — perguntou Easton.

— Saiu.

Eu queria deixar por aquilo mesmo, mas Easton sempre parecia capaz de arrancar palavras de mim.

— Ele tem saído muito à noite. Anda ocupado. Acho que é um bico.

Nós dois sabíamos que *bico* era só o código para fazer uma coisa sobre a qual nenhum de nós queria falar. Se eu não perguntasse como ele substituiria o dinheiro roubado pela minha mãe, podia fingir que nada estava acontecendo. Podia fingir que não estava com medo de ele ser pego de novo. Então deixei Easton ouvir as coisas que eu não diria entre as palavras.

Eu me recostei, e Easton caiu ao meu lado. O corpo dele junto ao meu me causou um alívio tão intenso que tive que engolir as emoções subindo à garganta. Eu não merecia aquilo.

ALGUNS ERROS COMETIDOS 243

Ele fechou os olhos, a respiração ficando mais regular, e eu o olhei.

— Por que você tá me evitando? — perguntou ele no escuro.

— Não estou.

Era fácil fingir que era verdade.

— Está, sim.

Ele nem abriu os olhos quando duvidou de mim.

— Eu só... — Minhas palavras eram meros sussurros. Falá-las com mais força era demais. Cheio demais. — Não sei o que você quer que eu diga — falei.

Ele abriu os olhos.

— Quero que me diga o que fiz.

Eu não podia acreditar no que ele estava dizendo.

— O que você fez?

— Só me diz, El — disse ele, se levantando um pouco, apoiado nos cotovelos, e me olhando sem nenhum fingimento. — Vou consertar. Só não posso... não quero mais fazer isso. É exaustivo.

— Você não fez nada. Sou eu... Não sei como estar perto de você.

Mágoa se misturou à confusão dele.

— Estar perto de mim?

— Não queria que você tivesse terminado com... — Eu nem conseguia dizer o nome dela. — Desculpa — falei.

— Tudo bem. — Ele voltou a se deitar, cruzando as mãos no peito, nós dois olhando para o teto, luar e palavras não ditas iluminando nosso rosto. — Não estou triste por termos terminado — disse ele. — Sara terminou comigo antes de... É só que... Quando você apareceu naquela noite, a gente já tinha terminado, então se for esse o problema... — Ele pigarreou. — Você precisa me dizer o que houve — falou. — Não sei adivinhar.

— Preciso dizer?
— Isso.
Brinquei com a barra da camisa dele.
— Pensamentos não são de graça.
Ele se virou para mim, nossos corpos um de frente para o outro.
— Não quero errar nisso. Se você não quiser... talvez você não queira... o que eu quero. Por favor, fale comigo.

Easton parecia tão sincero, como se quisesse a verdade, mas o problema da verdade era que significava mais do que todas as outras palavras ditas. Quando eu a dissesse, não poderia voltar atrás.

— Feche os olhos.
Ele franziu a testa, mas acabou fechando os olhos.
— Estou com medo — falei.
— Com medo de...
Ele estava abrindo os olhos, então os cobri com a mão, suavemente.

Easton suspirou.
— Estou com medo porque não quero que as coisas mudem. Mas... quero que as coisas mudem. Não sei bem. Estou com medo porque... e se eu contar o que quero... o que sinto... e você não sentir o mesmo?

Ele abriu os olhos.
— Tudo bem. Eu conto primeiro. — Ele não tinha medo do custo daqueles momentos. — Eu te amo, Ellis. Mais do que tudo. E isso não vai mudar as coisas entre nós, porque sempre senti isso. Não importa se você me ama, ou não. Vou esperar até você descobrir que também me ama. Ou até ter coragem de agir.

— Você não deveria me esperar.
— Não me diga o que fazer. Não quero estar em um lugar onde você não esteja. Eu e você.

Estiquei a mão e toquei o rosto dele. Aquele rosto perfeito. Por mais vezes que eu o tocasse, nunca parecia ser o *suficiente*. Eu nunca podia estar perto o *suficiente* dele. Passei o polegar pelo lábio inferior e ele soltou um suspiro, fechando os olhos.

— Ellis.

Era um aviso de que eu enveredava em um caminho diferente daquele em que estávamos.

Mesmo assim, não tirei a mão dali.

— Eu e você.

Puxei a boca dele de leve e, um segundo depois, ele estava por cima de mim. Segurando meus pulsos ao lado do meu corpo.

— Você não pode fazer isso comigo — sussurrou ele. — Não é justo. Se não me quiser, não finja.

Tudo que eu fazia era fingir. Eu não aguentava mais.

Minha boca encontrou a de Easton e ele soltou um barulho. Era uma pergunta, mais do que qualquer coisa. Quando aprofundamos o beijo, tomei como permissão para sentir a boca dele se mexendo junto à minha, as mãos que soltavam meus pulsos e encontravam outras partes de pele para tocar. A boca dele encontrou meu pescoço. As mãos deslizaram para baixo da minha blusa, para minha barriga.

— Easton.

Falei o nome dele como uma súplica, uma oração.

Ele agarrou meu quadril com as duas mãos e relaxou em cima de mim, cada parte dele pressionando meu corpo.

— Você vai me matar — disse ele, me beijando de novo.

Eu o empurrei até ele estar ajoelhado, então tirei minha blusa e esperei que ele dissesse alguma coisa. Fizesse uma piada, ou risse de mim, nua da cintura para cima.

Em vez disso, ele encontrou meu olhar e disse só uma palavra.

— *Linda*.

Easton tirou a própria blusa e, quando nos reencontramos, senti o toque da pele dele na minha. Emoções subiram à garganta, me deixando faminta. Nossas mãos ficaram frenéticas e eu levantei o quadril contra o dele. Um gemido esvoaçou dele quando apertei, ondulando o corpo. Eu precisava dele. Estar o mais perto dele possível. Senti-lo por inteiro.

— Ellis, eu não vou fazer nada que você não quiser.

Pus a mão entre nós dois, o senti duro na minha palma, só para garantir que ele entendia exatamente o que eu estava pedindo.

— Eu quero você todo.

Ele parou de se mexer, o olhar procurando o meu.

— Você já...

— Não — falei. — E você?

Ele hesitou, e esperei meu coração se partir.

— Não.

Easton abaixou a mão e tocou meu rosto, acariciando a maçã do rosto gentilmente com o polegar.

Quando nos beijamos de novo, foi diferente. Mais devagar, mas com a mesma febre de antes. Ele tirou minha calça e levou a boca ao meu quadril, com beijos suaves e reverentes.

E aí éramos só nós dois. Nada o separava de mim. Ele tirou uma camisinha da carteira, e eu não comentei, nem ri. Era diferente.

Easton beijou minha têmpora e sussurrou palavras que estouraram como ondas. Ele retorceu o rosto como se sentisse dor ao me adentrar devagar, e, quando entrou completamente, respirou fundo e encostou a testa na minha.

— Está doendo? — perguntei.

Easton soltou uma gargalhada suave.

— Era para eu te perguntar isso.

Ele engoliu em seco, audível.

— É… incrível — falou. — Você é incrível.

Eu já tinha pensado naquele momento antes. Cem vezes, de cem jeitos diferentes. No entanto, quando nossos corpos se juntaram, de novo e de novo, eu só conseguia pensar que nunca seria capaz de ter sonhado com aquele momento inteiramente.

Quando acabou, e Easton beijou meu rosto, meus ombros e meu pescoço, notei que nunca poderia ter imaginado aquilo porque nunca tinha entendido o amor dessa forma.

— Eu te amo.

Quando falei, esperei que… alguma coisa acontecesse. Que o mundo parasse. Meu coração parasse. Ele percebesse que já tinha o que queria e fosse embora. Nada disso aconteceu.

As palavras eram tão simples quanto elaboradas. Eram, simplesmente. *Eu te amo.*

26

Dezessete anos

Acordei ao som do farfalhar de tecido.

Easton se levantou, puxando a calça e a abotoando, os dedos trêmulos.

— Merda, merda, merda. — Ele repetia a mesma palavra sem parar, procurando a camiseta freneticamente. — Merda.

Eu já o ouvira exatamente assim. Quando Sara aparecera. Senti o estômago afundar enquanto ele vasculhava o chão. Meu amor-próprio devia estar lá embaixo também, porque eu sabia, sem dúvida, que Easton se arrependia da noite anterior.

Devo ter feito algum barulho, porque ele finalmente encontrou meu olhar, e a expressão dele mudou de preocupação para alguma coisa diferente. Um olhar que eu nunca vira.

— Você acordou.

Fiquei enjoada tentando fingir que estava tudo bem se ele fosse embora antes de eu acordar. Estava. Eu estava bem.

Estava tudo bem.

— Se veste. Minha mãe mandou mensagem a manhã toda. E ontem à noite. E ligou.

— Quê?

Eu me sentei.

— Ela está puta — falou, soando envergonhado. — Acho que esqueci de falar que ia passar a noite... aqui.

As palavras não estavam fazendo sentido.

— Quê?

— Minha mãe quer que a gente volte para casa. Ela quer... — falou, pegando a camiseta do chão e a enfiando pela cabeça — conversar. Certamente só quer gritar com a gente.

— Sua mãe quer que *a gente* vá.

— Isso — disse ele, jogando uma calça para mim. — Tipo, agora. Então levanta.

Caí de costas na cama e cobri o rosto com o braço. O alívio que senti era tão intenso que chegava a ser constrangedor. Easton se debruçou sobre mim e levantou meu braço, olhando por baixo dele.

— Oi.

Voltei a cobrir o rosto e me virei de lado.

— Ah — disse ele, baixinho. — Você achou que eu estava indo embora.

— Cala a boca.

Ele riu baixinho e abraçou a minha cintura, se instalando ao meu lado.

— Ellis Truman, você deve ser a pessoa mais burra que já conheci.

— Eu mandei calar a boca.

Não tirei o braço de frente da cara.

Senti a respiração dele no meu pescoço, a boca encostada de leve na pele.

— Eu te amo.

Sempre achei que aquelas palavras seriam pesadas, como uma pedra amarrada no pescoço, me puxando para o fundo. Inescapáveis.

Mas *Eu te amo* era leve. Como uma pena. Como uma brisa. Como ser livre.

Eu te amo vindo de Easton Albrey não se parecia em nada com os *Eu te amo* que eu já ouvira antes.

— Quer me dizer alguma coisa? — perguntou ele, empurrando o quadril junto ao meu.

Eu já dissera à noite.

— Você está com bafo.

Ele apertou os dedos na minha cintura, fazendo cócegas. O dedo dele encontrou a ponta de uma mecha de cabelo, e a acariciou de novo e de novo.

— Você só me ama porque eu te amei primeiro? — perguntou.

Como se Easton pudesse ter me amado primeiro. Pensei no momento em que soube que estava apaixonada por ele. No banco de trás da viatura na frente da casa dele, aos onze anos. Ele era tão determinado, tão confiante. Eu nunca conhecera ninguém da minha idade assim. Ele nunca dava um passo que não parecesse firme. E mesmo ali no quarto, ele tinha tanta certeza do que sentia. Confiava que eu só poderia amá-lo também. Sabia que daríamos certo. Era contagiante.

— Eu te amei primeiro — falei.

Ele caiu de costas, de braços abertos, olhando para o teto.

— Não estamos competindo. Mas, se estivéssemos, eu ganharia.

— Duvido.

— Aos cinco anos. Foi quando eu soube que te amava.

Estreitei os olhos.

— Não dá para amar alguém aos cinco anos. A gente nem se conhecia.

— Ah, eu te conhecia. E você não pode me dizer o que eu sinto.

Soltei um grunhido.

— Você só está tentando ganhar.

Ele olhou meu rosto, devagar.

— Você estava usando uma jaqueta verde-oliva e sapatos brancos. E soprava ar quente enquanto esperava o sinal abrir para atravessar a rua. Achei que parecia fumaça.

— Fumaça?

Ele levantou o canto da boca devagar.

— Eu queria ir andando para a escola, porque você ia. Queria fazer tudo que você fazia, e você nem sabia quem eu era.

Nós nos encaramos, deitados nos restos do sonho febril da noite anterior. E eu acreditei na esperança que ele tinha por nós dois.

Acreditei quando ele segurou minha mão na varanda da casa dele, e quando sussurrou *"Eu e você"*. Quando entramos na cozinha, acreditei que, o que quer que viesse a seguir, seriamos *nós*.

Sandry estava à bancada da cozinha. O rosto dela estava tenso, e a caneca de café em sua frente deixara uma marca no mármore. Eu me perguntei por quanto tempo ela estivera parada ali.

Easton apertou minha mão de leve por baixo da bancada enquanto Sandry esperava a gente falar. O roupão verde dela estava apertado, e a caneca branca era estampada com letras pretas garrafais, dizendo "DIREITO FAZ DIREITO". O cabelo dela escapava do coque, e dava para ver que ela acordara muito antes da gente.

— Que bom que vocês voltaram para casa. — A voz dela estava calma. Não era bom sinal. — Onde vocês estavam? — perguntou.

— Desculpa — comecei. — Pegamos no sono na minha casa.

Ela arqueou as sobrancelhas, e vi a expressão ficar mais desconfiada.

— A noite toda? Vocês passaram a noite toda lá?

— Passamos — respondi.

— O Tru estava em casa? — perguntou. — Se eu ligar, ele vai dizer que vocês estavam lá?

Minha culpa era colossal, e não consegui entender o porquê. Easton e eu dormíamos juntos sempre, mas parecia que Sandry sentia a mudança entre nós. Engoli em seco.

— Mãe — disse Easton. — Por que a gente mentiria?

Ela inclinou o corpo para trás, e o olhar foi para a mão de East segurando a minha. Ele se aproximou mais, sem deixar nenhum espaço entre nós. Sandry acompanhou o movimento.

A pergunta seguinte me atingiu como um tiro.

— Vocês estão transando?

Fiquei chocada.

— A gente, eu… Não, é…

— Estamos.

Easton olhou bem nos olhos da mãe ao falar. Nem um pingo de vergonha ou constrangimento.

Sandry encarou o filho antes de passar mão na testa.

— Perfeito. Que… *perfeito*. Quanto tempo faz?

— Mãe.

Era o mais próximo que Easton chegaria de repreender a mãe, mas ainda assim.

Ela sacudiu a cabeça e apontou para mim.

— Você precisa começar a tomar pílula imediatamente.

Depois ela apontou para Easton.

— E você precisa conversar com seu pai para aprender a usar camisinha.

— Eu sei usar camisinha — disse ele, simplesmente.

Como ele conseguia estar tão calmo?

ALGUNS ERROS COMETIDOS

Ela abriu um sorrisinho tenso.

— Vamos ter *certeza*. Não posso deixar vocês dois...

O telefone tocou e Sandry levantou um dedo. Um dedo bem agressivo.

— Alô? Sim, é ela quem fala. Caleb Truman? Sim. Sim — falou, o olhar dela me encontrando. — Quando ele foi detido? Por quê? Sim, estou ciente das condições do livramento condicional.

Enquanto ela falava, as palavras passaram de nítidas para nebulosas, mas só levei um segundo para entender o que acontecera.

Meu pai tinha infringido a liberdade condicional.

Sandry andava pela cozinha. De um lado para o outro. Náusea me tomou enquanto eu escutava a conversa. Rezei para ser um mal-entendido.

Talvez eu tivesse ouvido mal. Talvez...

— Quando ele foi detido? — repetiu ela.

Em segundos, toda minha esperança se dissolveu.

Tinham ligado para Sandry porque ela sempre salvava ele. Literalmente, pagando a fiança, e figurativamente. Não importava qual fora a infração, se revistassem nossa casa... Eu sabia que meu pai tinha coisas que não deveria ter. Se encontrassem, ele seria processado como reincidente. Pensei em todas as noites que ele passara fora desde que minha mãe roubara o dinheiro, e soube o que aconteceria a seguir. Ele não receberia uma pena leve; daquela vez, seria preso por muito tempo.

— Merda — xinguei, e fui andando até a porta.

— Ellis — disse Easton, segurando meu braço e me parando. — El.

— Tenho que ir. Tenho que garantir que não... Tenho que voltar para casa. Diz para sua mãe que depois ela pode continuar gritando comigo.

— Para casa? O que tem lá? — perguntou ele, andando ao meu lado.

— Provavelmente umas cem coisas que meu pai não deveria ter.

Não adiantava explicar tudo. Eu estava perdendo tempo.

— Para — disse ele, e eu parei por reflexo. — Me diz o que vai fazer, para eu ajudar.

— Deve ter drogas, talvez — respondi, pensando em todos os lugares onde sabia que ele as guardava. — Ele pode ter outras coisas no quarto. Eu nunca procuro. Pode não ter nada, mas pode ter alguma coisa.

Dava para ver a frustração em Easton.

— Você não precisa ir comigo — falei.

Era sincero, mesmo que eu quisesse o contrário.

— Preciso, sim — disse ele, andando na direção da porta. Ele tirou as chaves do gancho e girou a maçaneta, à espera.

— Eu e você — falou.

Batuquei com as mãos na porta do jipe de Easton enquanto ele dirigia pelas poucas ruas até minha casa. O olhar dele passou pela minha perna trêmula, meus dedos agitados, meus ombros, que eu não parava de mexer. O carro chegou na minha casa e, antes que estacionasse completamente, abri a porta. Assim que entrei em casa, corri para a garagem. Se tivesse alguma coisa escondida, seria ali.

Uma caixa de plástico velha que ele usava para iscas quando íamos pescar estava repleta de belos comprimidos amarelos. Da mesma cor da colcha que ele me dera de presente aos sete anos. Peguei os ziplocs cheio de opioides, voltei para dentro da casa e os larguei na bancada.

— O que você vai fazer com isso? — perguntou Easton.

Era uma boa pergunta. O que eu ia fazer? Não podia levar à casa dos Albrey. Não podia levar à casa da minha avó.

Jogar pela descarga me deixava incomodada. Era tanto dinheiro naquele saquinho. Se eu levasse para meu tio Rick, ele nunca devolveria.

— Levar para a Tenny?

Peguei outra caixa debaixo do sofá. Aquela só tinha um ziploc, cheio até a metade de comprimidos azuis. Um azul-celeste bonito.

Easton o pegou.

— Mais?

Eu o ignorei e fui até o quarto do meu pai. Revirei a cômoda, a mesa de cabeceira, o armário. Até que encontrei um revólver. Era velho e enferrujado, mas ainda era uma arma na casa de um egresso.

Juntei a arma à pilha de coisas e embrulhei tudo em uma fronha, pegando pela ponta que nem uma criança carregando balas no Halloween. Easton segurou a porta para mim e abriu a mala do carro do meu pai. Ele não ofereceu o jipe, nem eu sugeri. Botar aquelas coisas em alguma coisa de Easton era um limite que eu não estava disposta a atravessar.

— E agora? — perguntou Easton.

Eu não sabia. Não era como se eu fizesse aquilo com frequência, esconder drogas por alguém. Mas eu sabia que se encontrassem aquilo... no mínimo seria acusado de porte de drogas, mas provavelmente chegaria à acusação de tráfico. E a arma? Tudo junto, aquilo faria meu pai ser preso por anos. Ele perderia minha vida toda. Era como se eu perdesse toda a esperança que já tinha tido. Não haveria outra oportunidade de ele agir melhor, porque ele teria ido embora.

Era muito injusto.

Entrei no banco do motorista e Easton no do carona, afastando papéis, um par de sapatos e uma roupa que eu trocara da última vez que estivera naquele carro.

— O que você está fazendo?
— Vou com você.
— *Easton*.
— Só dirige, porra.

Por um segundo completo, me senti uma merda por arrastá-lo para aquilo comigo. Depois, virei a chave e transformei Easton em cúmplice.

Quando as luzes vermelhas e azuis piscaram... e eu parei o carro no acostamento... soube que deveria tê-lo obrigado a sair do carro.

Quando a polícia abriu a mala. Quando nos mandaram pôr as mãos no capô. Quando nos jogaram algemados no banco de trás da viatura.

Quando Easton se recusou a me olhar.

Eu soube que o *eu e você* de que Easton falara tinha acabado.

27

É quase hora de jantar.
Todas as fotos e lembranças foram organizadas, escaneadas e dispostas para a festa daqui a dois dias. Todo mundo foi cuidar das próprias tarefas, e eu fui deixada na varanda para consertar Dixon.

Ou pelo menos o discurso dele.

Ele cobre os olhos com um braço, o outro largado ao lado do corpo, e solta um gemido irritado. Estamos sentados à mesa da varanda já faz mais de uma hora, tentando começar o discurso para o aniversário da mãe dele. Estou pensando em afogá-lo no lago quando ele diz:

— Que tal "Caros amigos e família, estamos hoje aqui reunidos"...

Respiro fundo e me obrigo a não gritar.

— Parece um padre em um casamento.

Dixon se endireita.

— Eu estava pensando em um clima mais teatral. A mamãe gosta dessas coisas.

— Nada de teatro. Você é filho dela, e esse é seu presente.

— É, mas estou fazendo isso obrigado. Não é um presente se você é forçado a dá-lo. Qual vai ser o seu presente?

Passo a mão pelo cabelo e olho para o papel com só duas linhas escritas. Penso no colar. Ainda não faço ideia de onde está. Estou começando a ficar com medo de não encontrá-lo, mas não exploro o sentimento. Não estou pronta para reconhecer que minha raiva pode estar diminuindo.

— Se concentra no seu presente e escreve alguma coisa.

Ele pega a caneta para escrever no papel, mas só sai um risco falhado.

— Que saco — resmunga Dixon, tentando sacudir a caneta para a tinta descer.

— Dá aqui.

Pego a caneta e tento desenhar círculos e mais círculos no canto, até finalmente desistir.

— Espera aí — falo. — Não se mexa.

Ele revira os olhos, já pegando o celular, enquanto eu vou para dentro da casa. Sandry deixa uma cestinha com itens de papelaria perto do canto do café da manhã, e eu a abro, passando pelas canetas, pelo papel e...

Minha mão para no papel que conheço de cor. Devagar, puxo uma folha cor de creme, com um toque de brilho nos cantos, e passo o dedo na textura.

— Toda terça-feira, ela se sentava aqui com o café e te escrevia uma carta.

Eu me viro e aperto o papel contra o corpo, como se pudesse escondê-lo, mas já é tarde. Easton viu que estou segurando o papel de carta da mãe. Meu peito dá um pulo quando o vejo. Lembro ao meu coração traiçoeiro que ele nos odeia. E que a gente o odeia.

— Ela desistiu de esperar uma resposta lá para janeiro.

Um pedido de desculpas chega à minha boca antes de eu lembrar que não devo nada a ele. Easton curva a boca para cima, lendo meus pensamentos.

O celular de Easton toca e ele olha para a tela, e de volta para mim. Com o maxilar apertado, eu o vejo sair para atender. É óbvio que não quer que eu ouça a conversa.

Já houve uma época em que eu e Easton não tínhamos segredos.

Na bancada da cozinha estão um caderno e uma caneta. Provavelmente um discurso que Easton escreveu por Dixon, porque não confia em mim. Eu me aproximo e vejo a tinta preta no papel branco.

Faz silêncio em todos os espaços que ela deixa.
Grita para mim do cânion onde ensurdeci a sua espera.

Poemas de Easton. Ele sempre escreveu de forma bastante particular. Raramente compartilhava. Sinto culpa ao virar a página.

Sinto o gosto dela.
O céu todo a meu alcance ao tocá-la.
Desenhando estrelas prateadas em sua pele.
Noites e segredos.

— Ainda não estão prontos.

Easton está parado à porta, em uma pose casual. Se não fosse pelos dedos apertando o celular até ficarem brancos, eu diria que ele não se importa.

Os poemas parecem falar nos vãos em que eu Easton não falamos. Parecem pertencer a mim também, motivo para eu cometer a tolice de virar a página e ler em voz alta.

— *Ela dorme ao meu lado. A cabeça no travesseiro. Um choque de cabelo claro em contraste ao vazio escuro do meu peito quando a olho...*

Quero ler mais, mas...

Ele vê o momento em que percebo que a cabeça não é minha. Esse poema é sobre alguém, mas não é sobre mim. Meu cabelo é escuro. Easton escreveu um poema sobre dormir com outra garota.

Não sei decidir o que mais dói. Ele ter ficado com outra pessoa, ou ter escrito a respeito.

— Continue — diz ele, apontando para as palavras particulares, palavras que agora sei que não são minhas. — São só meus poemas de merda.

Engulo a resposta. Amarga e ardente.

Pego a caneta que Easton estava usando e saio, indo até Dixon.

— Aqui.

Ele franze as sobrancelhas ao ouvir meu tom. Por trás do reflexo do vidro fumê, Easton anda pela cozinha.

— E agora, o que houve?

Eu encaro a mesa.

— Está tudo bem.

Dixon parece querer discutir, mas, em vez disso, leva a caneta ao papel. Garranchos percorrem a página em riscos pretos agressivos. Depois de escrever a última palavra do discurso, olha para mim.

— Você não precisa continuar fazendo uma coisa que te faz mal.

Eu me pergunto se ele diz o mesmo para Easton, ou se só é superprotetor comigo.

— Não estou fazendo isso. — Não consigo encontrar o olhar dele quando minto. — Sei que você acha...

— O jantar está na mesa — diz Ben, abrindo a porta dos fundos e carregando três caixas grandes de pizza.

Como mariposas ao redor de uma vela, os garotos cercam a mesa e começam a comer. O sol vai se pondo, e Sandry pega duas garrafas de vinho. Ela passa taças do líquido escuro para nós com uma piscadela.

— Só um pouquinho, porque é uma ocasião especial.

Gosto da sensação adulta da taça enquanto como com as mãos. O vinho é tinto, servido em taças largas lindas que capturam a luz, enquanto a pizza é posta em pratos de papel. Tomo um gole hesitante, lembrando da sensação que a bebida do Tavern me causou quando acordei.

O sol poente reluz nos meus ombros expostos e no rosto, me aquecendo de fora para dentro. Van Morrison toca na caixa de som e Sandry tira os sapatos. Ela cruza os tornozelos, apoiados no joelho de Ben e balança os dedos do pé, com as unhas pintadas de cor-de-rosa, ao ritmo da música.

É perfeito.

Estrelas ávidas penetram o céu de onde o sol ainda se recusa a sair, e ficamos observando até escurecer e cintilar.

Ainda sinto o calor quando todo mundo entra em casa. Talvez seja o vinho. Talvez seja o resquício de sol. Talvez seja este lugar.

Easton se senta na cadeira ao meu lado, o silêncio mais denso que o ar, e pega minha taça, tomando um gole de vinho antes de devolvê-la à mesa.

Ele não fala. Só solta um suspiro pesado.

— Sara vem para a festa? — pergunto.

O silêncio que Easton permite entre nós é insuportável, e preciso de todas as minhas forças para não preenchê-lo.

— Vem.

É só o que diz. Uma palavra.

— Vocês dois...

Minha frase cai do penhasco da curiosidade. É uma pergunta idiota, de qualquer forma.

— Você não pode me fazer esse tipo de pergunta.

Ele toma mais um gole de vinho e faz uma careta.

Isso me lembra que ainda estamos fingindo ser gente grande. E não crianças que acabaram de se formar na escola. Tento não deixar a raiva que cresce em mim ditar a última palavra.

— Estou tentando, Easton.

Ele vira o corpo para mim, ombros largos inclinados, a mandíbula reta suavizada pelas luzinhas penduradas acima de nós, os dedos ainda manchados de tinta.

— Tentando o quê?

— Me desculpar.

— Se desculpar pelo quê?

Passo a língua pelos lábios e o olhar dele acompanha o movimento.

— Pelo que falei para você. Sobre sua escrita.

Ele se recosta na cadeira e seu olhar escurece. Falei a coisa errada.

— O que foi? — pergunto. Ele parece surpreso, antes de sacudir a cabeça de leve. — Nem tudo é sobre você.

Não. Algumas coisas são sobre um cabelo loiro espalhado em um travesseiro.

Ele toma mais um gole. Vejo a garganta bronzeada se mexendo. Aperto a boca com força, como se sentisse os lábios dele através da taça.

— Nem era para você estar aqui. Era para você estar no México até o dia da festa.

— Pois é. Mas todo mundo faz uma burrice de vez em quando.

— Voltar mais cedo foi burrice? — pergunto. Como ele não responde, decido dizer o que preciso. — Desculpa por ontem à noite.

A lembrança das minhas mãos na pele dele, da boca dele no meu ombro, piscam em minha mente. Tenho que me lembrar que *estou* arrependida.

Ele suspira.

— Esqueci como dá trabalho estar com você.

As palavras de Easton abrem uma rachadura na minha armadura já vulnerável. *Eu dou trabalho demais.*

— Você não precisa estar comigo.

— Você dorme no quarto de frente pro meu, Ellis.

— É, mas você não precisa estar comigo aqui agora... Quer dizer.

— Sério? — pergunta ele, arqueando a sobrancelha. — Você não estava se desculpando?

— Eu quero mesmo pedir desculpas por...

— Por tentar me usar?

As palavras dele são afiadas e pontudas. As vogais duras, as consoantes penetrantes. A intenção é me constranger.

Eu me viro para ele. O rosto está corado, e me concentro no vinho em sua mão. Na taça vazia. Não lembro quantas ele tomou.

— Eu...

Ele passa a língua pelos lábios.

— Eu sei o que você estava tentando fazer. É o que sempre faz quando está se sentindo uma merda. Você usa as pessoas ao seu redor. Você *me* usa.

— Easton.

— Você não entendeu. — Um som de desprezo. Outro. — Acabou, Ellis.

Acabou. A palavra é fina e, quando se enrosca no meu coração, o corta como arame.

— Acabou o quê?

Ele aponta para o espaço entre nós.

— O que quer que seja isso aqui.

— Talvez já tenha acabado para mim.

Ele ri.

— Eu nunca teria tanta sorte.

Easton se levanta e eu espero até saber que não vou encontrá-lo no corredor antes de ir também. Não lavo o rosto nem escovo os dentes, só me enfio debaixo do cobertor e o puxo até o queixo, ignorando a dor em meu peito que se espalha pelo corpo inteiro.

Sinto tudo que odeio, deitada na cama, olhando para o vazio acima de mim. Pego o celular e não consigo me impedir de abrir o perfil de Sara nas redes sociais. Vou passando pelas fotos dos amigos de Easton, procurando provas de que ele está namorando ela. Que a ama.

Ou que não a ama.

Puxo o cobertor mais apertado, mesmo que o quarto esteja quente.

A última foto dele é de hoje. Ele está coçando a nuca com uma das mãos, o rosto abaixado com um leve sorriso. Parece guardar um segredo. O fundo é escuro, a noite no lago, e tem pizza e vinho na mesa.

Eu me pergunto o que o fez sorrir.

Chega uma mensagem que eu abro para ler.

Tucker:
Vou começar uma série nova no Instagram.

Ellis:
Legal.

Tucker:
Quer ver a primeira foto?

Não respondo, porque sei que ele vai mandar de qualquer forma.

Tucker:
Se chama CONVERSE DIREITO

A foto que ele manda é de Easton. É que nem a que vi no Instagram. Mas é mais afastada, então Easton não está no centro. Eu estou sentada ali, não longe dele. E.
Não dá para confundir meu olhar para ele.
Desejo. Angústia. E... amor.

Ellis:
Não posta isso.

Ele me manda uma sequência de emojis rindo/chorando e uma imagem. É um print de uma conversa com Easton, em que ele mandou as mesmas mensagens, mas outra foto.
Easton respondeu a mesma coisa.
Tento dar zoom na foto. É de hoje à noite, também, mas de mais tarde. Dá para notar porque estou com a taça na mão e Easton está sentado do meu lado. Mas é pequena e granulada e eu sinto vontade de matar Tucker por mandá-la.
Recebo outra mensagem.

Tucker:
O que você vai fazer por mim se eu não postar?

Ellis:
Cuzão.

Tucker:
Que nojo. Para de falar do meu cu.

Ellis:
Nojo é você.

Tucker:
E aí, vai fazer o quê?

Ellis:
Vou tentar não te matar, mas não prometo nada.

Tucker:
Vou ficar satisfeito se você e Easton conversarem.
E porque sei que você está tentando dar zoom que nem doida.

Ele manda outra foto, que abro sem hesitar. Vejo Easton me olhando enquanto eu olho para baixo, para a taça na minha mão. Ele claramente está franzindo a testa, mas... tem mais alguma coisa ali. Um abismo profundo que me faz encarar a foto mais tempo do que eu deveria.

O vidro ao redor do meu coração racha e se estilhaça.

Tucker:
Tenho mais, se você quiser.

Ellis:
Para com essas fotos de stalker.

Ele manda mais um print, de Easton dizendo a mesma coisa.

Tucker:
Vocês são um pé no saco.

Não consigo conter o sorriso que me vem. No escuro, sozinha no quarto. Só alguns passos e centímetros de porta de madeira nos separam, mas ainda assim me sinto segura aqui.

Meus dedos se mexem sozinhos e abro o contato de Easton. Não pela primeira vez, me arrependo de ter apagado as mensagens antigas meses atrás. *Só vem* é a única mensagem dele. Depois, a sequência que mandei depois de encher a cara no Tavern.

É tudo que resta de nós.

O que eu posso dizer para ele? Não deveria dizer nada. Deveria deixar isso morrer. Mas a sensação incômoda no meu peito só fica ainda mais dolorida quando imagino o que ele está pensando.

Ellis:
oi.

Sinto um buraco na barriga e sou imediatamente tomada por arrependimento. Por que mandei...

Lido. A palavra surge diretamente abaixo da minha bolha e eu espero. E espero. Mas Easton não responde. Meus dedos hesitam no teclado, esperando os três pontinhos, esperando alguma coisa acontecer, esperando que eu descubra que palavras são capazes de fazer o *oi* voltar atrás.

Ellis:
Tucker também te mandou mensagem?

Espero mais uma resposta, mas só vejo o *Lido* debaixo da mensagem.

Ellis:
Eu mandei ele não postar.

Porque não consigo me conter, continuo com as mensagens.

Ellis:
Não que tenha problema ele postar.
Nem sei se você está com a Sara, já que não me responde.
E eu sei que você disse que eu te uso, mas

Digito quatro coisas diferentes e as apago. Nenhuma das palavras é a certa. Dizem demais, ou dão a impressão de que não me importo. Estou digitando a quinta resposta quando chega uma mensagem dele.

Easton:
Só diz o que quer dizer.

Olho para o celular e sinto uma coisa perigosa. Esperança. Ela rasteja ao meu redor como uma cobra e espero que me esmague até eu parar de respirar.

Ellis:
Odeio que você ache isso. É injusto.

Easton:
Você só odeia porque faz você se sentir mal.

Ellis:
Não. Odeio porque parece que você também não me usa.

Ele não responde, e eu fecho os olhos, me perguntando se passei do limite.

Easton:
Eu não te uso.

Ellis:
Me usa, sim. Você precisa me salvar.

Quando falo, sei que é verdade, mas não alivia minha culpa.

Ellis:
E eu não preciso ser salva.

Easton:
Não falei que precisava.

Ellis:
É assim que você me trata.

Easton:
Mentira.
Você passa muito tempo me lembrando que não somos iguais e como sua vida "de verdade" é diferente e que eu não seria nem capaz de entender.

Ellis:
Isso não significa que você não tenta me salvar.

Você foi comigo até em casa no dia que fomos presos.
Você queria me salvar.
Você queria que eu precisasse de você.

Easton:
É isso que você acha que eu estava fazendo?
Te salvando?
Pode dizer o que quiser, mas eu sei que você
não precisa de mim.
Acho que esse último ano provou isso.

Quero responder alguma coisa espertinha ou sagaz ou ácida ou furiosa. Mas não a verdade. Eu preciso dele, sim. Até que ele diz...

Easton:
Mas o problema é esse, né? Você não precisa de ninguém.

De alguma forma, consegui convencer Easton da minha mentira. O fato de que ele não consegue enxergar a verdade faz com que eu dirija minha culpa contra ele. Mas como posso sentir raiva por ele acreditar em mim?

Percebo, então, que Sandry estava certa. Às vezes apenas amor não basta.

28

Dezessete anos

Ele se recusava a me olhar.
As cadeiras azuis de plástico na delegacia ficavam lado a lado, e eu me remexi, desconfortável no assento duro. Luzes fluorescentes brilhavam do telhado forrado em espuma, iluminando todos os ângulos do rosto desolado de Easton. Paredes brancas com cartazes em molduras baratas davam informações sobre direitos, processos e valores da polícia. A mesa de metal à nossa frente estava vazia, exceto por duas folhas de papel. Uma com meu nome.

A outra com o de Easton.

Ele estava olhando para os punhos, e eu o vi esfregar o lugar onde antes estavam as algemas. Como se ainda as sentisse na pele.

Mordi o lábio e olhei para minhas próprias mãos.

Isso não é bom.

Calei a voz que repetia aquelas palavras. De novo e de novo. O lugar não era aquele. Se eu sentisse aquilo... se eu me permitisse reconhecer o que não era normal...

Pigarreei.

Um policial sentou-se no canto da mesa, mais perto de Easton, e cruzou os braços. O crachá dizia "Kelly".

— Estamos esperando seu pai chegar.

Quando ergui o olhar, vi que ele estava falando com Easton. Não comigo. A fissura no meu peito se abriu ainda mais.

— Seu pai já está aqui — disse ele, se dirigindo a mim. — Então quando resolvermos a situação de Easton podemos começar o processo.

Easton franziu as sobrancelhas.

— Ainda não começamos o processo?

— Não. Estamos só esperando.

O sargento Kelly sorriu. Policiais que sorriam eram o tipo que eu menos gostava. — Vocês são menores — continuou ele — e seu pai é nosso amigo. Então vamos esperar.

— Claro — disse Easton, inclinando a cabeça para trás, olhando para o teto, exausto. — Nem ser preso eu consigo ser direito.

O sargento Kelly estalou a língua e levou uma das mãos ao ombro de Easton em um gesto compreensivo.

— Você não foi preso. Mas vai precisar responder algumas perguntas.

Nós dois ficamos tensos, mas foi Easton quem encontrou a voz primeiro.

— Que perguntas?

A resposta do policial foi gentil.

— De quem eram aqueles comprimidos, meu filho?

Por um longo momento, Easton não disse nada. Ele olhou para a frente, sacudiu a cabeça.

O policial continuou:

— Sei que pertencem a Caleb Truman, mas ele alega nunca tê-los visto.

Easton deu de ombros. O policial ainda não estava me perguntando nada.

— Se não me contar, vai ser acusado de posse.

— Achei que estivesse esperando o pai dele — lembrei com a voz um pouco afiada, um tom que sei que não deveria usar com um policial.

O sargento Kelly estreitou os olhos, a expressão tornando-se de reprovação.

— Estamos só conversando. Quero lembrar a vocês dois que a situação é séria — continuou. — Uma acusação dessas pode mudar sua vida toda.

Easton se mexeu na cadeira.

Era tudo minha culpa. Easton estava ali por minha causa. Medo e pânico se entremearam na minha barriga, se agitando e misturando que nem ácido.

— São meus — falei.

O policial me olhou, sem surpresa, mas com clara decepção.

— Seus? — Ele nem tentou fingir a incredulidade.

— Isso. Meus.

— Ellis, se você mentir, a confusão vai ser maior.

O sargento Kelly dizia meu nome como se me conhecesse. Ele só supunha me conhecer, por causa do meu pai.

Eu aprendera cedo na vida a insistir na mentira. Ou as pessoas começavam a acreditar, ou cansavam de discutir e desistiam.

— Não estou mentindo.

Ele suspirou.

— Acho que é melhor esperar...

Vieram gritos do outro lado da porta dupla de metal. O policial soltou um palavrão e se levantou, como se esperasse um confronto físico. Outro grito atravessou o aço e a madeira. Um grito que reconhecemos.

Vi os ombros de Easton relaxarem quando nós dois notamos que era Sandry.

Ele estava aliviado. Mas...

Uma lágrima escorreu dos olhos dele e eu soube que ele não sentia alívio. Não *só* alívio. Vergonha.

Merda. Merda. Merda. Merda. Merda.

Repeti a palavra tantas vezes mentalmente que se tornou uma prece. Rezei para apagar tudo o que estava acontecendo.

Sandry irrompeu pela porta dupla da sala espaçosa e vi o olhar dela percorrer as mesas até nos encontrar.

Outro policial se aproximou dela, mas ela o ignorou completamente.

— Kelly — suspirou. — Que história é essa? Drogas? E uma *arma*?

— Tru está dizendo que não é dele.

Ela ficou inteiramente imóvel e a vimos processar a informação.

— Como assim?

— Sandry, você sabe que, se ele não disser que são dele, esses dois jovens vão acabar acusados de posse de drogas e porte de arma ilegal.

— Que porra vocês estavam pensando? — perguntou Sandry, com a voz firme, olhando para nós dois.

Era pior do que se ela gritasse.

A boca de Easton tremeu.

— Quero falar com Tru — disse Sandry para o policial.

— Você sabe que não posso...

— Vamos fingir que sou advogada dele e você pode me levar até lá agora mesmo.

A boca dela se manteve em uma linha reta enquanto esperava a resposta do policial.

A disputa no rosto dele era óbvia, tentando decidir se valia a pena encarar a fúria de Sandry.

Não valia.

— Ellis, levanta — ordenou Sandry.

O sargento Kelly sacudiu a cabeça de leve e fez sinal para eu acompanhá-lo por um corredor comprido ladeado por portas cinza. As luzes fluorescentes ficaram mais fracas quando entramos em uma salinha contendo só uma mesa no meio de algumas cadeiras. Meu pai estava sentado junto a outro policial. Ele não estava algemado, e segurava um copo de papel com café. Usava as roupas de sempre, camiseta suja, calça jeans manchada de graxa e as botas de segurança. Era estranho ver algo tão familiar em um lugar tão desconhecido. O sorriso dele sumiu quando nos viu.

Ele estava *sorrindo*.

— Ellis. — Ele inclinou a cabeça de lado e olhou para Sandry, para mim e para o policial. Como poderia estar confuso?

— Cacete, Tru — disse Sandry, como cumprimento.

Meu pai franziu as sobrancelhas.

— O que houve, Sandy?

O apelido não teve o efeito desejado.

— O que houve? — perguntou ela, soando quase histérica. — Ellis foi presa. Ela acabou de dizer para o sargento Kelly que opioides controlados no valor de milhares de dólares são *dela*.

Meu pai não falou nada. Não negou, não me disse que estava decepcionado nem mostrou confusão. Ele nem mostrou orgulho de mim, o que doeu mais do que eu esperava.

Não, meu pai estava aliviado.

— Easton também estava com ela — disse Sandry, furiosa.

Meu pai se recostou na cadeira e levou o copo de papel à boca. Ele balançou a cabeça duas vezes, um hábito que tinha quando estava refletindo.

— Presa.

Sandry virou a cabeça para o teto e soltou um grunhido.

— É melhor consertar essa merda agora mesmo e contar a verdade.

Meu pai se virou para mim, os olhos azuis se suavizando.

— É sua primeira infração, então o juiz vai pegar leve. Sempre pegam mais leve com meninas bonitas.

No segundo antes de Sandry começar a gritar, eu ouvi.

O som do meu pai caindo do último pedestal no qual eu o pusera. Quando caiu ao chão, os estilhaços dele se misturaram aos da minha mãe.

— Você a deve mais do que isso, Caleb. — A voz de Sandry era um fio pronto para arrebentar, mas não tinha importância.

Era minha primeira infração. Fiquei ali parada, atordoada, vendo Sandry gritar. Meus ouvidos zuniam tanto que eu não a escutava. Nem meu pai, finalmente cedendo e admitindo que as drogas eram dele. Só depois de Sandry ameaçá-lo de tudo que conseguia pensar.

Eu mal entendi quando me mandaram de volta para me sentar com Easton. Nós dois tão quebrados quanto meu amor pelo meu pai.

Depois do processamento. Depois de marcarmos as impressões digitais. Depois das horas de espera silenciosa em que Easton não falava comigo, fui solta sob custódia de Sandry.

Voltamos para casa em um silêncio sufocante. Subi imediatamente e tranquei a porta do banheiro.

Só ali, sozinha, me permiti chorar. Apertei o dorso da mão na boca para abafar o barulho e liguei o chuveiro. A água estava fervendo. Queria me limpar da delegacia. Do olhar no rosto do policial. Do nojo de Easton.

Queria me limpar do meu pai.

Só queria fazer a coisa certa. O peso daquilo esmagava meu peito. Se eu desse orgulho ao meu pai, decepcionaria Sandry. Se desse orgulho a Sandry, Tenny diria que eu estava esquecendo a família. Se desse orgulho a Tenny... Eu viveria sempre assim? Presa entre não saber o que fazer e não saber o que queria?

Apertei os olhos com as mãos e tentei apagar a lembrança do sargento Kelly me dizendo que meu pai alegara que as drogas não eram dele. Meu estômago afundava sempre que aquilo me voltava, e esfreguei a pele como se a visão estivesse estampada.

No fim, eu fizera tudo errado. Sacrificara minha honestidade por alguém que ia me jogar fora. Ben ficara furioso e ameaçara nunca mais defendê-lo. Chamara meu pai de "aquele homem". Como se ele nem merecesse um nome, e talvez fosse verdade, depois do que fizera.

Mas, no fim, meu pai dissera a verdade. E eu odiava o alívio que sentia, porque significava que eu não tinha força o bastante para ser leal.

Quando vesti a roupa, penteei o cabelo e esfreguei a pele até estar tão vermelha e ardida quanto meus olhos, desci para encontrar Easton. Eu precisava vê-lo. Precisava sentir os braços dele ao redor dos meus ombros. Precisava olhar para ele, saber que estava tudo bem. Depois de tudo, eu só queria Easton.

As vozes me encontraram primeiro.

— ...você estava com uma arma, Easton.

Era Sandry. Dei mais um passo, pronto para defendê-lo. Até que ouvi meu nome.

— A Ellis... — disse Sandry, e ouvi o suspiro que ela soltou. — Isso só vai piorar. Confia em mim, filho.

Congelei na escada, segurando o corrimão, cada pé em um degrau.

Easton respondeu com a voz tensa.

— Eu sei.

— Sabe mesmo? — perguntou Sandry, firme. — Já vi isso acontecer de novo e de novo.

— Ela não é o pai dela — disse Easton, mas não soava sincero.

— Não, mas é filha do Tru. A primeira ideia dela foi ir para casa e esconder as drogas do pai. E a arma.

Ouvi Easton pigarrear e dizer:

— Ela estava tentando proteger ele.

— E você estava tentando proteger ela. Só fez isso do jeito errado.

Sandry não soava furiosa. Soava decepcionada.

— Mãe...

— Easton, você sabe que ela não pode ficar aqui.

A sala girou ao meu redor e eu caí sentada no degrau. Finalmente tinha passado do limite. Quebrara a confiança deles. Envolvera Easton.

— Eu sei.

As palavras dele foram rápidas, pesadas. Eu as senti no fundo de mim.

— Você quase foi preso. Provavelmente deveria ter sido, mas... pela sorte mais idiota do mundo, não foi. Honestamente, se você não estivesse lá, Ellis provavelmente não estaria aqui agora. Teriam acusado ela. Mas é a única vez que Tru ser um filho da puta funcionou a nosso favor. Você teve o benefício da dúvida, filho. Isso nem sempre acontece com quem está algemado. Ellis precisa se afastar disso tudo.

Sequei as lágrimas. Me afastar do meu pai? Morar com os Albrey *era* me afastar dele. Se eu voltasse para casa, só ficaria mais próxima. Fiquei confusa.

— Eu sei, mãe. Já acabou?

— Suas palavras dizem que sabe, mas seu rosto diz que não.
— O que você quer que eu diga? — perguntou ele, quase gritando. — Você estava certa. Eu fiz merda. Não te ouvi.

Era estranho que o que eu notei foi o fato de Easton soltar um palavrão na frente da mãe. A falta de reação de Sandry me mostrou que era pior do que eu imaginava.

Mas Easton dissera *"Você estava certa"*. A respeito do quê?

— Eu sei que é difícil...
— Não quero continuar essa conversa.
— Bom, não importa mais o que você quer. Ela precisa ir para a Califórnia.

Meus ouvidos voltaram a tinir. *Califórnia*. Do outro lado do mundo.

— Califórnia?

Ele soava tão confuso quanto eu me sentia.

— Morar com a tia dela. Já falamos disso.

Eles tinham *falado* daquilo.

— Ela nem conhece a tia.

Eles tinham falado daquilo.

— É melhor do que ela ficar aqui.

Esperei Easton entender com o que ele estava concordando. Ele ia dizer que era um erro. Ia, sim.

Silêncio gritou comigo quando abracei minhas pernas e enfiei a cara nos joelhos. Eles iam me mandar embora. Eu finalmente fizera algo imperdoável. Eu não era boa o bastante. Eles já pensavam nisso fazia tempo.

— Ellis precisa mais de uma oportunidade de vida do que de um namorado. Ela precisa estar com a tia e ganhar pelo menos uma chance justa.

Era tudo uma bagunça tão grande. Eu estava afundando e não conseguia parar. Queria ver o rosto dele. Queria nunca mais vê-lo. Queria...

— Tucker já passou na UCSD e vai estar lá, na mesma cidade que ela. É como se o universo soubesse. A gente ainda vai falar com ela o tempo todo.

— Por favor, pare — pediu Easton.

— East.

— Não quero mais falar disso. Não...

— Preciso que você diga. Me diga que não vai lutar contra isso.

Era o momento. Eu sabia que Easton nunca concordaria. Ele era a única pessoa que nunca me mandaria embora.

Mas...

Meu coração cochichou comigo no silêncio e me disse a verdade. Já sabia o que Easton ia dizer. Apertei a boca com força, prendendo a respiração, esperançosa.

Easton Albrey nunca me rejeitaria.

— Eu sei que Ellis tem que ir para a Califórnia.

As palavras soaram forçadas, mas ele as dissera. Ele concordara. Ele decidira me deixar ir. Claro, eu deveria saber o que ele diria, porque meu coração sempre fora de Easton.

E ele acabara de estilhaçá-lo.

29

Eu me mantenho ocupada.

Tenho bastante sucesso no objetivo de evitar Easton. Eu me concentro em completar as pequenas tarefas que Sandry listou, uma a uma. Riscando cada item e ignorando a presença dele.

Quando fecho os olhos, contudo, vejo as mensagens de Easton. Elas flutuam entre as fotos que Tucker tirou de nós ontem e me confundem ainda mais.

Ao fim do dia tedioso, estou exausta. Há uma leve dor de cabeça atrás dos olhos de ficar acordada até tarde, e meu medo de não achar o colar que Sandry me deu só cresce.

Pelo que parece a centésima vez, procuro pelas caixas debaixo da cama. De novo. Já abri todo envelope, toda caixa e folheei todo livro na esperança de que o colar tenha caído entre as páginas ou se agarrado ao tecido e esteja escondido... em algum lugar. Porque a alternativa. é...

A alternativa é que eu o perdi.

— Merda. — Soco a caixa quando solto o palavrão, esperando me sentir melhor, mas não me sinto.

Quanto mais o tempo passa, mais noto que vou ter que perguntar para Sandry. E, se tiver que perguntar, ela saberá que o perdi. Admitir que perdi uma joia que ela herdou da família seria decepcioná-la. E não quero decepcioná-la de novo.

"*Você não precisa de ninguém.*"

Por que as palavras de *Easton* sempre ficam presas na minha cabeça sem parar?

Só há mais um lugar onde procurar. Olho pela minha porta aberta para a porta do lado oposto do corredor. Parece ameaçadora, o que é ridículo. A porta de Easton está entreaberta. Engolindo o nervosismo e o medo, bato na porta, na esperança de não ter resposta.

A casa está silenciosa, então empurro a porta com o pé. Chamo o nome dele outra vez, mas ninguém responde.

É estranho estar neste espaço sabendo que não sou mais bem-vinda.

Meus passos são leves no carpete bege macio e eu respiro fundo o cheiro familiar. Meus olhos vão automaticamente ao mapa pendurado na parede, e a dor na minha garganta volta. Os alfinetes ainda estão lá. Eu tinha marcado todos enquanto ele ficava deitado na cama, com os braços cruzados sob a cabeça, me ouvindo falar de todos os motivos pelos quais eu mal esperava para conhecer um lugar qualquer com o qual ficara fascinada.

Ignoro o ciúme e a rejeição que sinto dentro de mim. Easton já tem viajado. Minha parte rancorosa quer arrancar todos os alfinetes do México.

Em vez disso, me ajoelho e olho debaixo da cama dele. Tem caixas, sapatos e uma calça de moletom. Procuro nos cantos e no encontro da cama com a parede, achando que talvez o colar tenha caído ali, mas não enxergo. Procuro no fundo do armário. Procuro na escrivaninha.

Abro a gaveta da mesa de cabeceira e vejo…

— Está procurando alguma coisa específica, ou…

Easton está na porta, de braços cruzados, as sobrancelhas arqueadas.

Eu me levanto tão rápido que bato com a coxa na gaveta aberta e faço uma careta. Há quanto tempo ele está aqui?

— Eu estava... Por que essa foto está aqui?

Pego a foto de nós dois sentados no píer com roupa de banho. Ele sempre disse que era sua preferida.

— Onde queria que eu guardasse?

Quero perguntar se ele não conseguia jogar fora, mas não quero olhar. Quero perguntar o significado de ele ainda ter a foto. E noto que toda pergunta é como a presença fantasma de um membro que tive um dia.

Sinto a dor, mas não está mais lá.

— Estou procurando meu colar. — No minuto que as palavras saem, se tornam reais, e sinto o pânico crescer. — O que a sua mãe me deu — continuo.

Ele respira fundo e enfia as mãos nos bolsos.

— O de opala?

Faço que sim com a cabeça.

— Não lembro a última vez que usei, ou onde...

Lágrimas ardem nos meus olhos, e odeio estar chorando de frustração. Desamparada.

Por causa do colar. Por causa da minha família. Por causa de Easton.

Ele parece estar tomando uma decisão antes de finalmente falar.

— Eu sei onde está.

As palavras saem em um suspiro.

— Sabe?

Ele assente.

— Sei. Eu vi no carro, no dia em que fomos presos.

— No carro?

— Estava no banco, junto com umas roupas e sapatos.

O carro do meu pai. Que foi levado pela polícia e provavelmente leiloado, ou pior.

Era a única coisa que eu queria fazer por ela. Usar o colar e mostrar que ainda me importava. Que ainda lembrava. Apesar de tudo.

Meu pai me tirou tudo. Até isso.

Lágrimas escorrem pelo meu rosto, e nem consigo me importar por estar chorando na frente de Easton. Tem alguma importância? Ainda me resta algum orgulho?

— Vem cá. — Ele faz um gesto, me chamando para levantar.

— Não quero ir a lugar nenhum.

— Só… — diz ele, apertando o maxilar. — Só vem comigo.

Já está escuro lá fora quando começamos a andar na direção oposta ao lago, entrando no campo seco atrás da casa. Caminhar com Easton é normal. Os pés no chão, ele respirando ao meu lado. O ar quente do verão na pele. É assim que começamos. Caminhando. Finalmente, ele vira em uma estrada de chão que não tem uma única luz acesa.

— Aonde estamos indo? — pergunto.

Easton para na frente de uma cerca de galinheiro com uma placa de metal velha estampada com letras vermelhas descascadas. *Ferro-Velho e Peças Usadas*.

— O ferro-velho?

Ele empurra o portão só o bastante para passarmos.

— Easton, você vai me esquartejar e me esconder na mala de um desses carros? — pergunto, mais ou menos brincando, enquanto passamos por fileiras de carros, lava-louças e geladeiras.

Ele levanta o celular e usa a lanterna para iluminar corredores compridos, claramente procurando alguma coisa, então, quando responde, soa mais distraído do que sério.

— Eu teria te afogado no lago e fingido ser acidente.
— Ninguém acreditaria nisso. Sou uma nadadora excelente — brinco.
— Claro que é... Aqui.

Easton aponta para alguma coisa ao longe e começa a andar com mais determinação. Quando nos aproximamos, vejo o que é.

O carro do meu pai.

Começo a correr e Easton me acompanha, iluminando o caminho. Puxando a porta do banco do carona, rezo para não estar trancada. Quando abre, fazendo um barulho grudento, solto um grito. Vasculho o assento freneticamente. Minhas mãos mexem nos detritos de uma vida de um ano atrás. Coisas esquecidas que ainda estão ali, como uma cápsula do tempo.

Meus dedos tocam uma corrente.

Eu a seguro e puxo. O colar está na minha mão, e eu caio no assento, o agarrando ao peito. Estou chorando de soluçar. Um choro feio, que ninguém deveria ver. No entanto, quando Easton se senta no banco do motorista, ao meu lado, ele só me espera, sabendo, de alguma forma, que minhas lágrimas não são só por causa daquela joia.

Quando finalmente me acalmo, seco o rosto com a manga da blusa.

— Você podia só ter me perguntado.

Minha gargalhada sai rouca.

— Não posso *só* fazer algo com você. E... Não queria que sua mãe achasse que eu não... Sei lá. Sinto que, mesmo que eu esteja puta, e estou, ainda quero fazer isso por ela — digo, e pigarreio. — É idiota.

— Não é idiota.

— Eu me sinto idiota.

Fraca.

— Por que se importa com ela?
Passo a língua pelos lábios e os aperto em uma linha firme.
— Porque todo mundo que me *ama* não me quer por perto, mas não consigo parar de sentir que preciso agradá-los.
— Minha mãe não é que nem...
Ele sacode a cabeça.
— Sua mãe só é diferente até parar de ser. Todo mundo escolhe outra coisa em vez de mim.
Não digo o nome dele, mas sei que Easton nota que também é dele que falo. Ponho o pingente na palma da mão e o seguro no colo. Meu olhar se concentra no colar em vez de em Easton.
— Eu não... Eu nem sei o que isso quer dizer.
— Quer dizer que ela convenceu você a terminar comigo quando fomos presos — digo, deixando a implicação pesar entre nós. — Ela queria que eu fosse embora porque eu tinha te envolvido na minha merda e ela estava preocupada com você.
Ele franze a testa e se vira para mim.
— Terminar? Minha mãe não fez isso. Foi você. E ela te mandou para a Califórnia porque estava preocupada com *você*, não comigo. Ela... — diz ele, e solta um palavrão. — Ela achou que você ia... ela achou que seu pai e sua família... Não foi um *castigo*, Ellis.
— Foi, sim. Mesmo que ela achasse que estava me fazendo um favor. Eu fui castigada por... por escolher meu pai.
— É hilário você achar que minha mãe castigaria alguém por escolher Tru — diz ele, soltando uma gargalhada seca. — Minha mãe vive escolhendo seu pai.
Não falamos a coisa que eu sei que precisamos dizer. Eu a sinto entre nós. Apodrecendo.
— *Você* concordou com ela. Você não...

Confiou em mim? Acreditou em mim? Precisou de mim? Não sei o que quero dizer, então não digo nada.

Ele olha para a frente em silêncio até finalmente dizer:

— Eu não concordei com ela.

— Concordou, sim. Eu *ouvi*.

O luar ilumina as rugas da testa dele, e vejo os pensamentos saírem de sua mente e encherem o silêncio. Quando ele fala, é um sussurro.

— O que era para eu fazer?

— Era para dizer não. Era para me escolher.

Ele solta um som de desdém e olha para o teto.

— Achei que fosse isso que eu estava fazendo.

Não falo, porque os pensamentos dele têm um custo maior para mim do que para ele.

— Você foi embora e não quis falar comigo, e aí escolher Tucker em vez de mim... e mesmo assim eu pensei: se ela estiver feliz, se for isso que ela quer, eu posso... — diz ele, e esfrega a mão no rosto. — Meu deus, eu sou patético.

— Eu não escolhi Tucker.

— Você me afastou, mas não afastou ele.

Ele leva as mãos ao volante e as flexiona. É um hábito que eu achava fofo. Agora sei que significa que ele está nervoso.

— Eu também fiquei arrasado, Ellis.

É para eu valorizar aquelas palavras. É para eu me sentir mais leve.

Em vez disso, sinto que estou caindo. Nós nos aproximamos como ímãs.

— Não quero te perdoar — minto.

— Não quero te perdoar — sussurra ele de volta, com um suspiro.

Ele engole em seco, tensiona o maxilar. Quero me aproximar mais, quero esticar a mão e tocá-lo, e apesar de tudo...

Um barulho alto nos afasta.

Luzes vermelhas e azuis brilham no rosto dele como um caleidoscópio.

Já vi isso antes.

Levo um minuto para notar o que está acontecendo. Uma sirene solta um apito, e Easton estreita os olhos na luz forte que brilha na nossa direção.

— Que porra vocês estão fazendo?

É a voz de Dixon, arranhando os alto-falantes.

Easton solta outro palavrão, mas entrelaça os dedos nos meus quando saímos do carro. De repente, não ouço mais a sirene, nem os pneus que sei que esmagam o cascalho do ferro-velho, nem as palavras que saem da boca de Easton quando ele grita com o irmão. O mundo se calou, e só ouço meu próprio peito vibrar. A mão dele é perfeita junto à minha, e eu respiro fundo. Ele não me solta quando me puxa para longe do carro do meu pai, nem quando entramos no banco de trás da viatura de Dixon.

Com uma das mãos, seguro a de Easton; com a outra, o colar.

Easton e Dixon estão discutindo, e não consigo conter o sorriso. Até ouvir uma coisa que sei que está errada.

— Invadir propriedade privada é crime, mesmo para pegar alguma coisa no carro do Tru — diz Dixon. — Se você acha que vai poder fazer uma merda dessas quando estiver na NYU, está muito enganado. Seu pai não vai conhecer a delegacia toda, e seu irmão não vai ser policial em Nova York.

Easton fica tenso ao meu lado enquanto Dixon continua.

— Daqui a uns meses você vai estar sozinho e não vai ter ninguém para...

— Universidade de Nova York? — pergunto, olhando para Easton.

NYU. Universidade de Nova York. Vejo o nome no Instagram de Sara e me lembro de pensar que deveria ficar feliz por ela, em vez de sentir inveja. Agora me sinto enjoada.

Ele continua olhando para a frente.

— É, ele não te contou? — responde Dixon. — Ele entrou no curso de escrita.

Mas não estou ouvindo Dixon direito. Só ouço as três letras, gritando na minha cabeça.

— Você vai para a NYU?

Easton não responde, e Dixon continua a falar.

— NYU? — prossigo. — Você vai...

Nem consigo acabar a frase. Easton e Sara vão para a universidade. *Juntos.*

Easton Albrey disse sentir saudades, mas, enquanto eu estava longe, ele mudou a vida toda sem nem me contar. Easton mudou, tomou decisões e eu não estava aqui para ver nenhuma delas. Ele não me esperou.

E ele vai para a faculdade com a Sara.

Solto a mão dele.

— Ellis.

Ele tenta pegar minha mão de novo, mas eu puxo o braço e aperto o punho.

— Não — falo, rangendo os dentes. — Não.

NYU. NYU. NYU.

As letras se repetem sem parar na minha cabeça. Não ouço Dixon falar.

Com a *Sara.*

Esse tempo todo, Easton estava planejando ir à NYU. Ele passou e nem me contou. Nem mencionou. Tucker não disse nada. *Sandry. Ben.* Parece um segredo que todos esconderam de mim.

Dixon puxa a maçaneta da porta de trás e eu saio do carro antes que a porta esteja totalmente aberta.

— Que porra foi essa? — rosna Easton para o irmão, empurrando seu ombro.

— O que foi? — Dixon parece perdido, e eu entendo o motivo.

Já estou me afastando deles. Tonta, tentando juntar as peças da sensação de traição. Uma sensação que, mesmo em meio à raiva, sei que não é meu direito.

— Ellis.

A voz de Easton é suplicante enquanto ele me segue.

Eu me viro e ele quase esbarra em mim.

— Quando?

Minha voz é um choramingo, quando eu queria que fosse plena fúria.

Ele fica em silêncio. Os olhos esvaziam meu coração. Vejo a blusa grudar em seu peito quando ele respira fundo.

Uma. Duas. Três. Quatro vezes.

— Dezembro. Logo depois de me inscrever.

Meses. Solto um suspiro que se assemelha a um gemido e volto a andar.

— Ellis.

— Para de dizer meu nome — grito para trás.

Odeio como ele diz meu nome.

— Ellis.

Ouço a frustração na voz dele, mas não tem efeito nenhum na raiva ardendo em mim.

— Me escuta — insiste.

— Você vai para a NYU com a Sara.

Nem encontro palavras para expressar como aquilo me devasta. Não estou sendo razoável. Eu sei. Mas aquele é o cerne da questão. Não é a NYU. É Sara. É ele me superar. É ser abandonada. De novo. É a finalidade de ele e eu passarmos quatro anos em lados opostos do mundo.

A parte ridícula de mim, a parte que finjo não existir, tinha esperança. Odeio que, depois de tudo isso, eu ainda cometa o erro da esperança.

Ele anda até entrar no meu caminho, e me faz parar. Olho para os pés dele, para o chão, para as coisas enterradas sob nós.

— Sei que você entrou na Universidade de Califórnia, em San Diego.

Engulo em seco. Qualquer um poderia ter contado para ele. Sandry. Tucker. Até Tenny. Mas deveria ser eu a ter contado.

— É — diz ele, lendo meus pensamentos. — Você deveria ter me dito, e eu deveria ter te dito.

— Não é a mesma coisa.

Estou furiosa demais para me importar com estar sendo hipócrita. Não consigo olhar para o rosto dele. Olhos escuros que não leem os meus. É sempre assim com Easton. Emoções que me consomem completamente, maiores do que a razão, maiores do que eu sou capaz de controlar.

— Você... você disse que a gente ia viajar. — Minha voz soa patética.

Ele tensiona o corpo todo.

— Ellis, faz um ano que você não fala comigo.

Ele está certo. Não falo, mas esperava que parte dele não tivesse desistido. Assim como eu não desistira.

— Quando você ia *me* contar?

Ele pigarreia.

— Eu... Eu estava esperando para ver se você ia...

Levo um momento para entender do que ele está falando, mas, quando entendo, não acredito.

— Você estava esperando para ver se eu ia ficar?

— Quando você ia *me* contar? — retruca ele.

Quando foi que chegamos aqui? Nesta conta de erros e acertos. Neste lugar onde falamos a mesma língua, mas não entendemos as palavras.

— Você nem entende.

— *Eu não entendo?* Eu não entendo que o único jeito que você me quer é quando eu corro atrás de você? Não, entendo, sim, Ellis. Entendo que *você* é quem sempre foi egoísta. E, que nem um idiota, eu te deixei tirar e tirar e tirar de mim.

Ele range os dentes e puxa a blusa quando fala a palavra *tirar*. Como se eu pudesse tirar a peça de roupa dele também.

Odeio esse Easton. A versão furiosa do garoto que conheci. Dói mais do que as palavras, ou ele e Sara. Ou a NYU. A raiva dele é o pior de tudo, porque sei que é merecida.

Dou a volta nele e começo a andar em frente.

— O que você está fazendo? — diz Easton, me olhando, mas não me seguindo.

— Estou indo embora.

O rosto dele desmorona, e o vejo se recuperar. Ouço o comentário sarcástico antes que ele o diga.

— Está fugindo de casa?

Ele está tentando fazer eu me sentir infantil, mas me decido por uma verdade que nós dois odiamos.

— Estou indo para casa. — Paro. Com a distância entre nós, sinto que consigo pensar. — Acho que não nos fazemos bem. Não vou ficar aqui e continuar fingindo. Meu coração dói tanto que é difícil respirar. — Nada de bom sai de uma dor dessas — digo, puxando toda minha coragem. — Acho que precisamos só deixar isso entre nós acabar.

Ele olha para o céu e de volta para mim, tristeza resignada marcada no rosto.

— Já acabou faz muito tempo.

30

Eu perdi.

Na varanda da frente da casa da minha avó, vejo a luz azulada da televisão brilhar na sala e sei que fracassei. Há ruídos vindo dos fundos — provavelmente os amigos de Jesse bebendo cerveja até ficarem de saco cheio e seguirem para o Tavern.

"Deve ter sido grave, para você vir parar aqui." As palavras do primo Eric parecem o manifesto da minha derrota.

Só faz três dias que saí desta casa com Dixon e vi as expressões de decepção da minha família. No entanto, eles não dirão nada. O que, de certa forma, faz a pedra pendurada no meu pescoço pesar ainda mais. As caras óbvias de superioridade e julgamento.

É isso que acontece com quem tenta contar com outras pessoas.

Meu peito se enche do cheiro do arbusto de alecrim da minha avó, e eu abro a porta.

Minha avó, sentada diante da televisão, olha para mim e para a mala na minha mão.

— Apareceu a margarida — diz ela, como cumprimento. — Precisa de um lugar para passar a noite?

A noite. Claro.

— Isso.

Ela faz que sim com a cabeça. Não pergunta mais nada, porque o motivo não importa.

— Tenny está no quarto.

Vou até o fim do corredor, onde Tenny sempre fica. Quando éramos pequenas, apelidamos o cômodo de quarto azul, por causa das paredes pintadas de um azul vívido. A tinta está descascada e gasta em alguns pedaços, e suja em outros. Nossa avó nunca entra no quarto. É dos netos, então é trabalho dos netos limpá-lo. Tenny está deitada na cama de baixo de uma beliche velha de metal branco da qual foram arrancados todos os lençóis. Não sei identificar se a camiseta e a calça de moletom que ela está usando são pijamas, ou roupas que ela teve muita preguiça de trocar.

Ela ergue o olhar do celular.

— O que houve?

O aparelho cai no peito dela quando minha mala cai no chão. *"Deve ter sido grave."*

— Nada.

Eu me jogo na cama ao lado dela e as molas rangem sob o peso. Grudadas lado a lado, olhamos para as tábuas do estrado da cama de cima. Engulo em seco ruidosamente no silêncio da espera dela.

Em vez de falar, lágrimas escorrem pelo lado do meu rosto, passando pelas têmporas, molhando o cabelo. Odeio a sensação, mas não quero chamar atenção para o choro.

— Ellis, me conta o que aconteceu, ou eu vou botar fogo na casa dos Albrey.

A expressão dela é séria, mesmo eu sabendo que as palavras não são.

— Ele passou na NYU.

Ela solta um barulho.

— Puta que pariu. Isso é... incrível.

— É. É mesmo. — É sincero. Sai do meio de todos os pedaços meus que o odeiam por isso. — Não deveria ser importante — digo. — Não é, na real.

— Por que seria? Você está puta com ele? — pergunta Tenny, obviamente confusa.

— Fica do outro lado do país.

Como explicar que eu queria que ele me escolhesse, escolhesse nosso sonho, e não a NYU? Não a *Sara*. Mas nem *eu* me escolheria em vez dessa faculdade. Reconheço a oportunidade incrível que é para ele. Não deveria ser importante o fato de envolvê-la.

De repente, o rosto de Tenny muda, compreensivo.

— É por causa da viagem. Você achou que ele diria que ainda queria ir.

— Não é só a viagem. É tudo.

Ela se recosta e vira o celular na mão.

— Para ser justa, você não contou para ele da UCSD.

Mas *eu* estava castigando ele. Ele não podia *me* castigar. É completamente injusto.

— Bom, agora já foi. Já...

Largo a frase no meio. A finalidade das palavras me penetra. Tenny se impulsiona, sentando-se, e solta um gemido.

— Levanta — diz. — Precisamos do chá da vovó.

— Ten — resmungo.

Ela passa as pernas compridas por cima de mim, saindo da cama em direção à porta. Meu celular parece pesado quando o tiro do bolso de trás. Estou pronta para mandar uma mensagem para Tucker e dizer que não vou à festa de Sandry amanhã. Pedir desculpas, mas dizer que fracassei e sou uma covarde que não consegue ir.

No entanto, vejo que perdi uma ligação da cadeia.
Ele sabe que estou em Indiana. Minha tia contou, ou talvez Sandry, talvez até minha avó. Vê-lo é outra coisa que não tenho coragem de fazer. Não consigo ir à festa nem encarar meu pai.
A porta volta a se abrir e Ten traz uma caneca que diz "Nada de dias ruins". Tem um golfinho e um coqueiro desenhados sob as palavras.
Ela me entrega a caneca e sou imediatamente levada de volta à infância. Minha avó fazia o famoso chá para todos nós. Canela, mel, baunilha e mais leite do que água.
Tomo um gole e faço uma careta.
— Exagerou na baunilha.
— É, bom, a vovó já dormiu e eu não queria acordar ela por causa do seu — diz, abanando as mãos no ar ao meu redor — surto.
"Deve ter sido grave."
Tomo mais um gole e Ten pega meu celular.
— Seu pai ligou?
— É. — Ela faz que sim com a cabeça. — Você não vai perguntar se planejo visitá-lo? — pergunto.
— Você não deve nada a ele, El. Você irá quando quiser.
Levando a caneca à boca, tomo um gole e engulo as lágrimas que tentam escorrer dos olhos.
— E você não vai à festa da Sandry amanhã? — pergunta ela.
Pego o celular de sua mão.
— Por que iria?
Ela fica em silêncio. Vejo a decepção envolvê-la como uma sombra.
— O que foi?
— Só estou surpresa — diz ela, dando de ombros. — Acho que não notei que você estava com tanto medo.

ALGUNS ERROS COMETIDOS

Tento ficar com raiva, mas as palavras parecem verdade.
— Medo?
— Tudo bem, El. Não é motivo de vergonha não querer voltar para a casa dos Albrey nem ver seu pai — diz ela, pegando a caneca da minha mão e tomando um gole. — Nossa, que horror.
— Não entendi seu ponto.
Tenny estica as pernas em paralelo às minhas, e ficamos sentadas juntas, mas frente a frente.
— Meu ponto é que você chegou lá, conseguiu — diz ela, e respira fundo. — Gente que nem os Albrey acha que pessoas como nós vivem desistindo.
— Não é verdade.
— Claro. Talvez não seja.
— Não quero ir. Não quero ver Easton, nem todo mundo que Sandry conhece. Nem ninguém da escola.
— E não precisa ir, mas você é melhor que *todos* eles. Sei que acha que eles têm pena de você, ou que te veem como caridade, mas você é mais forte que todos eles juntos. Mordo o lábio. — Você deveria estar orgulhosa para caralho de ter passado para a UCSD — continua ela. — Foi você quem fez isso. Deveria estar orgulhosa de ter uma poupança. Sabe quanta grana eu tenho no banco? Treze dólares. Nem posso sacar dinheiro no caixa.
Ela ri.
Eu tinha me esquecido disso. Pessoas que riem de situações de merda. Pessoas que não acham que o céu está desabando quando uma coisa pequena dá errado.
Chamam de perspectiva. De casca grossa. Pior, de gratidão.
Na verdade, é só sobrevivência. Uma palavra que odeio tanto quanto assumo.
— Não quero ir para provar nada a ninguém.

— Não é por eles. Seu pai, a festa, ucsd. É por você. O que você quer provar para si?

Encaro a ligação perdida no celular. E sei o que vou fazer. Não porque preciso, nem porque devo.

Mas porque não vou passar a vida só sobrevivendo, por pior que seja.

31

Dezessete anos

Minhas coisas todas estavam arrumadas.

As posses da vida toda em uma mala. Fotos e cacarecos que me ajudariam a lembrar das minhas origens. Mesmo que eu não quisesse.

Tenny segurou minha mão.

— É só um ano.

Guardei as palavras dela em minha mente como uma promessa.

— Um ano não é tanta coisa.

Ela se sentou na cama em um quarto que não me pertencia já fazia tempo.

Apenas uma semana antes, eu e Easton estivéramos embolados naquele mesmo lençol. A dor da lembrança era imensa.

Tenny mordeu o lábio.

— Odeio os Albrey.

Sacudo a cabeça.

— Não é culpa deles.

A necessidade de defendê-los era um reflexo, mesmo naquela circunstância.

— Claro — disse ela, se recostando na cama. — Acho que eu poderia ir visitar você e a tia Courtney. A gente pode andar de patins na praia, que tal?

— Não é um filme adolescente.

Dobrei de novo o suéter na minha mão. Sandry me mandara levar um porque fazia frio no avião.

Ela voltou a se sentar.

— Na real, nem sei andar de patins — disse Tenny.

Ela olhou para o chão, e vi os sentimentos em uma pilha a seus pés. Ela estava decidindo qual escolher me mostrar.

— Não sei bem o que vou fazer sem você — falou, por fim. — Para quem vou ligar quando tudo estiver indo mal, ou quando a vovó fizer alguma burrice?

Meus olhos arderam. Eu não queria chorar ali.

— Liga para o Wyatt ou o Jesse.

Ela apertou a boca.

— Não quero. Não quero que você se mude.

Tenny não era de dizer o que queria ou não queria com frequência, e entendi o significado de ela ter dito. A sinceridade machucou meu peito.

Eu me sentei ao lado dela na cama e a abracei pelos ombros. Tenny e eu sobrevivíamos. Às vezes juntas, às vezes separadas, mas sempre em linhas paralelas. Próximas, sem nos tocar.

— Você vai sentir saudade? — perguntei, com a cara no cabelo dela.

Quando ela falou, a voz soou molhada de lágrimas e emoção.

— Acho que a resposta é óbvia. Não.

Gargalhamos, mas foi uma risada impregnada de tristeza.

Quando ela me deixou na varanda, à espera da carona, apertou minha mão e me fez prometer nunca amar a Califórnia.

— Odeio sol. É horrível — falei, tentando sorrir.
Ela fez uma expressão de ameaça.
— É melhor odiar mesmo.
Eu a olhei até desaparecer rua acima. Um pontinho embaçado na paisagem.

As aulas de Tucker só começavam dali a um mês, mas ele decidira ir antes para San Diego. Dissera que precisava se adaptar à cidade antes do começo do curso, mas todo mundo sabia que era para eu não ter que viajar de avião pela primeira vez sozinha. Ele me prometeu que Dixon nos levaria ao aeroporto. Não Sandry, nem Ben, nem...

Só Dixon.

Eu não aguentaria mais ninguém.

Easton telefonara, mandara mensagem e aparecera lá, batendo na porta com força. Eu ignorara tudo.

Ele tinha quebrado a promessa. *"Eu e você."* Não importava o que mais tivesse a dizer. Não mudaria o fato de que eu precisava ir embora. Nem de que ele poderia ficar.

Então, quando a porta do carro se abriu e Easton saiu do banco do carona, senti a raiva arder em mim.

— Ellis — disse ele, estendendo as mãos na frente do corpo como se eu fosse um animal assustado que ele não quisesse espantar. — Por favor, só me deixa dizer uma coisa.

— Não. — Foi só o que eu disse, temendo que minha voz revelasse algo precioso se eu falasse mais.

Esperei Dixon e Tucker saírem do carro, mas os dois ficaram lá dentro. Traidores imóveis. Tudo bem. Andei até o carro e peguei a maçaneta, mas Easton se encostou na porta.

— Por favor, me escuta.

Tantos *por favor*.

— *Não.*

— Não existia outra opção. — As palavras saíam dele corridas e emboladas.

Fechei os olhos e contei até dez, cruzando os braços.

— Tá.

— Pode me olhar?

Não podia. Não conseguia. Não queria ver que Easton se arrependia. Nem que não se arrependia. E não podia deixá-lo ver como eu estava devastada. Só me restava meu orgulho. No entanto, finalmente ergui o olhar e vi as olheiras iguais às minhas, a pele pálida.

Quando ele falou, era um mero sussurro em meio ao ruído do carro.

— Não quero que você vá assim.

Senti minha máscara desmoronar e nem tive tempo de reconstruí-la antes de palavras escaparem de mim em um soluço patético.

— Eu não quero *ir*.

Ele levou a mão ao meu braço, mas eu me afastei.

— Ellis.

— Diz para eles me deixarem ficar — implorei.

— Desculpa.

O pedido de desculpas só reacendeu minha raiva.

— Se você não queria isso, por que concordou?

— Não existia... — começou ele, mas eu não podia ouvir aquilo de novo.

— Se você disser que não existia outra opção, eu juro por deus...

— Jura por deus o quê, Ellis? — perguntou ele, os olhos faiscando de raiva. — Que não vai falar comigo? Como isso é diferente do que está fazendo agora? Você nem parece ligar para isso estar me matando.

Dei um passo à frente, rangendo os dentes.

— Sua morte metafórica nem se compara à minha passagem de avião *muito* verdadeira.
— Não quero que você vá.
Odiava aquelas palavras, porque faziam o que mais doía: me davam esperança.
— Por que eu não... por que não posso ficar?
Não sei por que perguntei. Eu sabia a resposta. Ouvira Sandry explicar. Ela estava certa. Eu fizera a única coisa que me fazia não poder mais considerar aquele meu lar. Eu finalmente passara do limite.
— Por que você não pode voltar atrás? — insisti.
O sofrimento em seu rosto era doloroso.
— Eu vou te visitar. Vou ligar todo dia...
Andei para trás até bater no carro.
— Não quero. Você não pode me visitar depois de ter feito isso.
— Eu não fiz nada.
— Você disse para ela que eu devia ir!
— Porra, o que mais eu poderia fazer? A gente foi preso no lugar do seu pai e ele ia deixar a gente parar na cadeia porque você não parece capaz de deixar ele lidar com a própria merda!
Ele estava certo, e me senti idiota e pequena.
E solitária.
Nem Easton entendia por que eu não podia simplesmente abrir mão do meu pai.
— Ele é meu pai.
— Ele é um covarde que queria deixar a filha assumir a culpa por ele. Isso não é amor.
Lágrimas arderam em meus olhos, porque, se não era amor, então eu não sabia o que era ser amada por um pai.
Ele sacudiu a cabeça.

— Eu poderia ter perdido tudo.

Eu *tinha* perdido tudo. Ainda *estava* perdendo.

— E acho que me perder não é nada.

— Ei — disse ele, se aproximando e me puxando para um abraço. — Ei. Não... A gente vai dar um jeito. É só um ano. E depois a gente pode viajar e fazer o que quiser e a faculdade...

Eu me soltei do abraço. Todo mundo dizia aquilo. Era só um ano, mas era eu quem precisaria sobreviver àquele ano. Meu coração rachou, se quebrou, se estilhaçou. Os cacos eram minúsculos demais para catar.

— Não quero viajar com você, nem ir à faculdade. Não quero falar com você. Não me ligue nem mande mensagem. — As fraturas eram visíveis na expressão dele. — Não somos mais amigos — continuei. A dor dele era feroz, maníaca. — *Não* tem mais "eu e você" — concluí.

Ele não me impediu de abrir a porta e entrar no carro. O zumbido do ar-condicionado e o silêncio de Dixon e Tucker encheram meus ouvidos. Eu não chorei. Não no caminho do aeroporto, não na fila da segurança, não quando o avião decolou.

Mas quando Tucker caiu no sono, peguei o celular e reli todas as mensagens que eu e Easton já tínhamos trocado, com os olhos marejados. Cada uma era um corte sangrento.

Então cliquei em *Apagar tudo*.

E fingi que podia apagar Easton.

32

O estacionamento para visita familiar já estava se enchendo de gente. O dia de visitas na cadeia é sempre pior e melhor do que eu lembro. Mulheres trocam de roupa na frente das portas abertas dos carros, trocando botas forradas por saltos altos e saias. Passam batom, penteiam o cabelo. Pelo retrovisor, vejo as crianças saírem do carro, usando roupas novas. Um menininho puxa o colarinho da camisa, franzindo a testa.

Pela milésima vez no último minuto, acho que foi um erro, mas agora já estamos aqui.

Respirando fundo, vejo as pessoas começarem a formar fila no portão.

— Vai entrar na fila? — pergunta Tenny, do banco do motorista.

Faço que sim com a cabeça e, quando saio do carro, me permito sentir raiva por ter que fazer isso. Por ele estar preso. Pelas escolhas dele terem me obrigado a fazer uma coisa que eu não quero fazer *de jeito nenhum*.

Uso uma calça preta de rayon que sinto áspera na pele. Eu a detesto. É da Tenny, e ela diz que é sua calça de cadeia. Jeans não é permitido atrás das grades.

A fila para a revista e o detector de metais é comprida, e a mulher na minha frente tira algumas das fotos do ziploc transparente que ela pode levar para dentro da penitenciária.

— Fotos da minha neta — me diz. — Ela não pôde vir hoje. Mas meu filho ainda devia... — fala, largando a frase do meio e fazendo um barulho de desdém. — Quem você veio visitar?

— Meu pai — respondo, simplesmente.

Ela abre um sorriso alegre.

— Tenho certeza de que ele vai ficar feliz com a visita.

Meus chinelos cabem perfeitamente na bacia de plástico, que o guarda revira, confirmando que são só chinelos. Finalmente, saio no corredor comprido que leva à sala de espera. A sala ampla e branca contém várias cadeiras e mesas redondas. Homens de macacão laranja esperam a família.

Não vejo meu pai.

Esfrego as mãos na coxa da minha calça de cadeia e encontro uma mesa à qual sentar.

As conversas ao meu redor cutucam minha atenção com desconforto, e preciso me impedir de me levantar e ir embora. Ele ainda nem está aqui, então talvez não ficasse sabendo se eu fosse embora.

Até que o vejo.

Os olhos claros se iluminam ao me encontrar. Ele espera para ser liberado atrás da porta de vidro, com uma expressão otimista que faz os segundos que passei tentando fugir me encherem de culpa.

Ele parece feliz de me ver.

— Oi — diz, um pouco ofegante.

O sorriso dele tem esperança, e eu o reconheço.

É a expressão que ele usava sempre que minha mãe voltava. E agora é dirigida a mim.

— Oi.

Pego a mão dele por cima da mesa e a aperto.

— Sua tia me falou que você estava em casa. Para a festa da Sandry?

Faço que sim com a cabeça.

— Ela pagou minha passagem.

Ele ri, mas soa como chumbo.

— Ela sempre consegue o que quer — diz.

O silêncio entre nós é preenchido pelos ruídos da sala, e eu me concentro nas mãos do meu pai, bronzeadas e salpicadas de pequenas cicatrizes brancas. Ele esfrega a cicatriz comprida do dedo anelar com o polegar. Uma mania que ele desenvolveu depois do dedo quase ser arrancado por um traficante.

— Você está bonita — diz ele. — O cabelo está mais claro.

Meu cabelo. Aparentemente é a única coisa que as pessoas comentam quando não têm mais o que dizer.

— Como está sendo? Vir para casa? — pergunta.

Dou de ombros, respirando fundo.

— É igual a antes de ir embora.

— Já viu sua avó?

— Vi. E os primos também.

Aperto a mão em punho no colo. Estou batendo *papo furado*. Com meu *pai*.

— E o trabalho te deixou vir? O café?

É estranho. Meu pai sabe pedaços da minha vida. Informação e fatos que junta para sentir que ainda está ativamente envolvido comigo. Mas faz um bom tempo que ele não participa da minha vida.

— É, me deram uma semana de folga — digo, passando a mão na mesa laranja. — É só um café. Não salva o mundo nem nada.

— É — concorda ele. — De qualquer forma, ano que vem você vai para a faculdade.

Aperto o maxilar, mas me forço a relaxar. Meu pai nunca ligou para eu ir para a faculdade, ignorou todos os panfletos e folhetos que recebi pelo correio enquanto ele ia de uma preocupação egoísta a outra. E agora, provavelmente por causa de alguma conversa com minha tia, ele decidiu se importar com essa parte do meu futuro.

— Você e o Tucker ainda planejam ir ao México?

Contorço o rosto. Eu e Tucker falamos disso na praia um dia, mas...

— Quê?

— Easton falou que vocês...

— *Easton?*

Vejo meu pai escolher as palavras seguintes com cautela.

— Ele me visita e... eu pergunto por você.

Eu deveria me sentir agradecida por Easton visitar meu pai. Visitar um detento não é só aparecer. Envolve se inscrever, se planejar, preencher formulários, pedir uma visita. Usar essa merda de *calça de cadeia*. Ele passou por tudo isso para visitar um homem com o qual trocou talvez meia dúzia de palavras na vida.

No entanto, sinto raiva.

— Não falo com o Easton.

Ele ri.

— Eu sei. Ele não vinha toda semana... mas vinha bastante. Caso você se sinta melhor, acho que ele só veio porque a Sandry mandou.

Easton não faz nada que não queira fazer.

— Fico surpresa da própria Sandry não ter vindo.

Meu pai sacode a cabeça, se lamentando.

— Acho que Sandry não vai querer me ver tão cedo. Talvez nunca mais.

Ignoro o reflexo de negar aquilo e tentar fazer ele se sentir melhor.

— Eu teria visitado, mas estava na *Califórnia*.

Espero que ele ouça a acusação em minha voz.

— Ellis.

A voz dele é condescendente, como se fosse eu quem tomasse todas as decisões erradas.

A corda que contém minha paciência finalmente arrebenta e sinto a frustração borbulhar.

— Você nunca nem pediu desculpas.

— Desculpas?

— Eu fui presa por sua causa...

— Nunca pedi para você se envolver. Não pedi para você ir lá pra casa. Não pedi para você mentir...

— Você me disse que pegavam *leve* com meninas bonitas. Se não fosse pela Sandry, você estaria *me* visitando aqui.

Ele solta um som de desdém.

— Isso não ia acontecer.

Eu mereço um pedido de desculpas. Ele deveria admitir que estava errado, mas, em vez disso, tenta fazer eu me sentir culpada. Já sei o que vem a seguir.

— E sua mãe, onde estava, hein?

Pronto. A abdicação de responsabilidade. A marca tradicional de todos os viciados que conheço. Justificativa egoísta.

— Não dou a mínima para a minha mãe. Ela não estava por aqui já fazia tempo, mas você estava.

— *Estou*. Eu *estou* aqui.

Cruzo os braços para não tentar bater em alguma coisa.

— Você está na *cadeia*, pai. Eu vou voltar para a Califórnia.

— Eu estou... sóbrio. No programa. Tenho ido à igreja.

Ele quer que eu diga que estou orgulhosa. Não se importa com perdão; o que importa é esquecer. Se a gente esquece, quando eles fizerem de novo, os pecados não se empilham e se acumulam. É isso que ele faz. Ele nos deixa emocionados com pequenas vitórias.

Não vou ficar emocionada com alguma coisa que não importa, porque ele sempre será uma decepção. Sempre magoará quem ama. Sempre se colocará em primeiro lugar.

— Desculpa — diz ele, em voz baixa.

Aquela palavra que me era tão importante só soa vazia. Aparentemente o que eu queria não era um pedido de desculpa. E agora meu pai também me tirou isso. Agora nem sei o que quero. O que poderia melhorar isso tudo?

Eu me levanto.

Ele está com os olhos arregalados, bem daquele jeito que olhava para minha mãe sempre que sentia que ela estava prestes a ir embora.

— Obrigado pela visita, El. Você não precisava vir, mas fiquei feliz.

Ele engole em seco, nervoso.

— Você... — começa, passando a mão na cabeça. — Sua mãe está em casa? — pergunta, e pigarreia. — Você a viu?

Sacudo a cabeça e olho para o teto. *Ela provavelmente morreu. Faz muito tempo que ela não aparece. E, se não tiver morrido, quer que você acha que morreu, porque nunca te amou.*

Só falo isso em pensamento, no entanto. Meu pai não é um homem ruim. Nem sempre, pelo menos. Ele só é o tipo de coisa quebrada que corta e fura todo mundo que tenta segurar.

— Não vi.

A expressão dele desmorona, mesmo tentando esconder. Dou um beijo na cabeça dele.

— Te amo — digo.

É sincero. Queria que não fosse, mas não pareço capaz de parar.

— Estou orgulhoso de você, Ellis. Você é uma lutadora.

E quem me fez ter que lutar? Ele diz estar orgulhoso, mas é só outro jeito de dizer que não tem que se responsabilizar por mim.

Sigo o corredor até a área de processamento.

— Acabou? — pergunta o guarda.

Faço que sim com a cabeça, sem ter certeza de que não vou chorar.

Não estou triste; nem exatamente com raiva. Estou só exausta de a vida ser tão injusta.

Tenny está dormindo no carro, então, em vez de acordá-la, me sento no meio-fio e pego o celular. Nem penso no que estou fazendo quando abro o contato de Easton. Tem tantas coisas que quero dizer. Tantas coisas que quero poder falar sem ter que me explicar. Tantas declarações frustradas pelas quais não quero me desculpar nem sentir culpa.

Não quero sentir vergonha de odiar meus pais.

Meu dedo hesita no botão de ligar, porque sou igual ao meu pai. O vício dele é diferente do meu, mas nenhum de nós consegue romper o padrão, e deixamos que destrua todo o resto da nossa vida.

Aperto o botão.

Só que o que fica na lateral do aparelho, que bloqueia a tela do celular, porque eu Easton acabamos.

Encosto a testa nos joelhos e choro. Entre dois carros. Meu único conforto no cheiro de borracha quente e poeira de freio e asfalto sujo.

Eu choro.

Que nem meu pai, passei o último ano presa, na esperança dessa reabilitação estar funcionando.

Mas, no fim, não consigo fugir de quem sou, e só decepciono a mim mesma.

33

Estou parada na frente da casa dos Albrey.

James Taylor e os sons de gargalhadas melódicas são carregados pelo ar noturno. Minhas mãos suam, minha boca seca, enquanto penso em dar a volta até os fundos, onde acontece a festa. Sei que só preciso dar alguns passos.

Um. Atrás. Do. Outro.

Nem sei como cheguei aqui.

Convidados passam por mim, sorrindo no crepúsculo do verão, e Ben aparece pela lateral da casa para recebê-los.

O sorriso dele nem vacila quando finalmente me vê. Vejo os passos firmes enquanto ele dá a volta nos carros até me alcançar.

— Você está linda — diz Ben.

Nada de *Onde você estava?*, nenhuma explicação necessária.

Ajeito o vestido e endireito os ombros com um pequeno sorriso.

— Está se escondendo da Sandry? — pergunta, e minha expressão deixa claro que não entendi. — Imagino que ela vá te exibir para todo mundo e te fazer contar seus planos para o segundo semestre.

Meus planos para o segundo semestre. Aquelas palavras pesam na minha barriga como pedras, porque significam que os outros planos acabaram.

E agora preciso ser honesta comigo mesma. Viajar sempre foi um sonho, e nada mais. Tenho que deixar o sonho morrer.

— Pronta? — pergunta Ben, me oferecendo o braço.

Passo o braço pelo dele e o deixo me acompanhar até a cova dos leões.

O quintal todo foi transformado. Luzes cintilantes penduradas se espalham em contraste com o céu do anoitecer, como estrelas tão próximas que podemos tocá-las. O sol poente quase se foi.

Um começo ou um fim?

O cheiro da água e das flores se misturam às mesas repletas das comidas preferidas de Sandry. Temperos, flores e verão.

Convidados andam pelo gramado, segurando bebidas e pratinhos de comida. Várias mesas estão cobertas de toalhas brancas, com arranjos das peônias preferidas de Sandry no centro, em cores delicadas. A pista de dança encontra a beirada da grama bem onde começa a margem do lago.

Dixon já está dançando com a avó, uma mulher que encontrei poucas vezes em ocasiões especiais. Ele ri, a girando em um círculo amplo. O paletó branco que usa seria cafona, mas é a cara de Dixon. Tucker está perto da mesa do bufê, usando um terno elegante de modelo, e sorrio ao notar que, mesmo ali, ele é um dos seres humanos mais espetaculares que já vi.

Pessoas que conheço desde pequena enchem o quintal. Professores que tive, gente da igreja de Sandry, amigos da família. Os amigos de Dixon, de Tucker, até de Easton estão aqui. Sandry está no centro, em um vestido dourado clássico que a faz brilhar. Ela reluz ainda mais que o vestido, indo de pessoa a pessoa. Imagino as piadas e perguntas que Sandry faz tão bem. O quintal está cheio e caloroso por causa dela. Porque ela faz todo mundo se sentir importante, valorizado e visto, sem nem tentar.

Levo a mão ao colar no meu pescoço, e ajeito o pingente de opala.

Perto do píer, vejo Easton. Ele usa um terno escuro, uma gravata já frouxa no pescoço. Está com um cotovelo apoiado em um dos postes. Eu me permito dez segundos para admirar e fingir.

Um. Dois. Três...

O rosto em contraste com o lago escuro, iluminado pelas luzes do quintal.

Quatro. Cinco. Seis. Sete.

Respira fundo, passa a mão no cabelo.

Oito.

Engole em seco.

Nove.

Fecha os olhos.

Dez.

Desvio o rosto.

— El. — Sandry está atrás de mim, um copo na mão, o rosto lindamente corado, a fazendo parecer mais jovem do que os cinquenta anos que tem. A Sandry preocupada, que pisou em ovos ao meu redor a semana toda, se foi. Aqui, ela é pura confiança. — Você está... — diz.

O olhar dela encontra o colar no meu pescoço e ela franze as sobrancelhas. Por um momento, não tenho certeza se fiz a coisa certa. Ela inclina a cabeça para o lado, a boca começando a se curvar. Quero levar a mão ao pescoço. Esconder o que fiz. Mas, em vez disso.

Em vez disso.

Endireito os ombros.

Ela aperta a boca em uma linha fina, mas seu olhar é suave.

— O colar combina perfeitamente com o vestido — diz, finalmente encontrando meu olhar.

Aceno com a cabeça, porque não sei mais o que dizer. Já disse tudo ao usar o colar. Dessa vez, levo a mão ao pingente, mas não para escondê-lo.

Sandry pigarreia.

— Fico muito feliz por você tê-lo usado.

O que ela quer dizer é: *Estava com medo de você não aparecer.*

O que quer dizer é: *Estou feliz por você estar aqui.*

O que quer dizer é: *Senti saudade.*

— Eu também — digo.

E é sincero.

O sorriso dela é tão luminoso quanto o sol da tarde no lago, e me lembro de todos os motivos para amá-la. Porque, apesar da mágoa que sinto, apesar de tudo que se partiu entre nós, o amor dela por mim sempre esteve presente. É que nem o sol. Às vezes, não o vejo, mas está sempre iluminando o céu.

Ela errou ao me mandar embora, mas eu acertei ao ir à festa.

Sandry passa o braço pelo meu e me puxa na direção do pediatra dos meninos. Foi ele que tratou meu braço quebrado quando eu tinha doze anos. Ela conta que eu passei para a ucsd e ele abre um sorriso generoso.

— Fico muito orgulhoso — diz ele, e parece ser sincero.

Minha professora de matemática do segundo ano me encoraja a pegar disciplinas de matemática na faculdade, e também diz estar orgulhosa. Que nem o dono da mercearia que me deixou passar as férias trabalhando no caixa aos quinze anos. E os pais do melhor amigo de Dixon dizem que estão impressionados. Me chamam de "menina inteligente". Estão todos *orgulhosos*.

Não consigo deixar de sentir que ninguém esperava que eu fosse me sair bem. Sandry aperta minha mão, como se pudesse ler meus pensamentos.

— Vai pegar alguma coisa para beber e confere se o Dixon não está servindo toda a cerveja em taças de champanhe.

Ela pisca ao soltar minha mão, e eu sigo para o bar.

O líquido âmbar no copo de Dixon não parece ser champanhe, apesar da taça.

— O que é isso? — pergunto.

— Cerveja.

Ele toma um gole longo da taça.

— Por que está bebendo cerveja assim?

— Porque sou chique.

Ele pega outra taça, serve bebida de uma garrafa larga e verde e me entrega.

— Bebe devagar.

— O que é? — pergunto, cheirando a bebida gasosa.

Ele inclina a cabeça.

— Você não acha estranho saber a diferença entre Advil e oxicodona, mas não saber que isso é champanhe?

Na verdade, não sei a diferença, então reviro os olhos.

— As pessoas vão agir estranho se me verem bebendo.

Ele toma mais um gole da cerveja.

— Finge que estamos na Europa.

Engulo a alfinetada que Dixon não notou ter dito. Não quero fingir estar na Europa.

Tucker aparece ao meu lado, pega a taça da minha mão e a cheira.

— Você não está sendo muito responsável como policial, Dixy.

Dixon ri e me devolve minha taça, e eu tomo um gole pequeno. É doce e borbulhante.

— Tucker, Dixon! — chama Sandry, com um aceno.

Easton está ao lado dela. Nossos olhares se encontram, e vejo a surpresa dele ao me ver transformar-se em uma expressão ilegível.

De repente, Sara aparece ao seu lado. Entrega uma taça contendo um líquido cor-de-rosa e sorri ao tocar seu braço.

Eu me lembro de que isso não é importante.

Dixon toma um gole longo da taça e a abaixa antes de ir com Tucker até lá. Continuo de olho em Easton, mesmo depois de ele se virar para conversar com alguém que a mãe lhe apresenta.

— Pega leve com a bebida — diz Ben, com uma piscadela, parando ao meu lado.

— Essa sidra de maçã é muito forte.

Ele gargalha por cortesia.

— Sandry já te fez dar uma volta?

— Já — digo, e Ben sorri. — Todo mundo está *muito* orgulhoso de mim.

Não consigo esconder o sarcasmo da voz.

Ele se vira e olha para meu perfil.

— E você não gostou — diz, chegando à conclusão sem nem perguntar.

Brinco com o colar.

— É esquisito. Parece que dizem ter alguma coisa a ver com isso.

Ele sorri, ri um pouco.

— A gente não faz nada no vácuo, Ellis.

Olho para ele e franzo a testa.

— Eu me esforcei muito para passar para a UCSD, e eles dizem que estão orgulhosos que nem se... que nem se tivessem feito o vestibular no meu lugar.

— Não, não é isso que querem dizer. Todas essas pessoas estavam de olho em você na maior parte da sua vida. Torceram por você, fizeram o melhor para te dar uma ajuda quando necessário. Estão orgulhosas porque esperavam que você tivesse sucesso.

E aí é que está.

— Mais sucesso do que os meus pais.

— Claro. Sempre queremos que nossos filhos sejam melhores do que nós. Mas a questão não são seus pais — diz ele, ajeitando os pés para ficar de frente para mim. — Todo mundo precisa de ajuda. Meus garotos têm muita ajuda... muitas oportunidades. A diferença entre eles e você é que eles nasceram com a oportunidade, e você, não. Quando você se sai bem, Ellis, a sensação é de mérito, não de garantia. Então, sim, todo mundo aqui que torceu por você, ou que tentou ajudar, se sente um pouco vitorioso por você ter se saído tão bem. Apesar da falta de oportunidade. Eles podem sentir orgulho de você.

Passo os dedos na taça em minha mão.

— Eu estou orgulhoso de você, Ellis. Estamos todos orgulhosos de você.

Quero agradecer, mas, misturada ao meu orgulho, sinto a raiva das coisas não serem fáceis para mim.

É então que começam os fogos.

A primeira explosão irrompe pelo céu e eu sinto o estrondo no peito. Por reflexo, procuro os garotos no quintal. Anos e anos de tradição me ensinaram, então tiro os sapatos e vou ao píer. Dixon e Tucker olham para o céu na ponta do píer, e eu vou me juntar a eles. Dixon está bem na beirada, segurando a bebida, encostado em um poste. Tucker com as mãos nos bolsos, a cabeça virada para o céu, e eu me obrigo a assistir às explosões vermelhas em vez de procurar por Easton. Ele provavelmente está com Sara.

Depois de poucos minutos de fogos, Easton vem e para ao meu lado. Não olho para ele. Não seguro sua mão quando meus fogos de artifício preferidos cruzam o céu. Ele está tão próximo que sinto o calor do corpo, vejo o peito subir e descer.

Fico ali no píer com Dixon, Tucker e Easton. Olhando para o céu e fingindo que o momento perfeito pode se estender para sempre.

Não sei o porquê, mas aqueles fogos parecem uma despedida.

Quando os dourados explodem, chovendo no lago, sinto as lágrimas caírem dos olhos. É só a pressão do dorso da mão dele na minha.

Só isso.

Easton sabe que aqueles são meus preferidos. A vontade de perguntar no que ele está pensando cresce em mim, e me permito imaginar o que aconteceria se eu de fato dissesse as palavras. O sorriso que ele me daria. A piscadela. O jeito que ele diria que pensamentos não são de graça.

Não afasto a mão, porque sou covarde. Essa coisinha tem mais significado do que desejo, mas ainda não basta. Quando explodem os últimos fogos, ele sai do píer, me deixando com a dúvida de ter imaginado a mão dele.

Somos chamados para sentar às mesas para a sobremesa e os discursos. Acabo sentada com os garotos. Duas primas deles, Kara e Kaia, se sentam conosco, olhando para o celular mais do que conversam.

Easton fica remexendo pedaços de bolo de chocolate no prato. Ele não me olha, mesmo que eu saiba que sente meu olhar. Não pergunto onde está Sara. Tucker faz uma piada inapropriada para Dixon, que mal mexe na comida.

— Por que você vai fazer o discurso? — reclama Tucker.
— Todos nós devíamos poder falar. Eu falo melhor em público. Dixon fala para dentro.
— Cala a boca.

Dixon empurra o ombro de Tucker, se levanta e anda até o microfone.

— Meu deus, isso vai ser horrível — brinca Tucker, tomando um gole do copo. — Você leu o discurso dele? — me pergunta.

Dou de ombros e olho para Dixon, que pigarreia. O nervosismo no rosto dele é óbvio, e ele troca a cerveja de mão.

— Muito obrigado por estarem aqui hoje para comemorar a vida de minha mãe, Sandry Albrey. Fui avisado que não poderia usar letras de música no discurso, e não sou o poeta da família, então você vai ter que conviver com sua escolha, mãe.

A multidão ri, e os ombros de Dixon relaxam.

Ele conta, aos tropeços, algumas histórias sobre a mãe, e o público ri de todas as piadas e Ben fica um pouco vermelho por causa da atenção sempre que é mencionado. Finalmente, Dixon entra no embalo, quando fala de quando a mãe o ensinou a dançar em par, ao som de Joni Mitchell.

— Ela nos disse que era importante saber dançar. Que a proximidade entre as pessoas era uma habilidade que precisávamos ter. Nos ensinaria a falar outra língua. Por anos, nos revezávamos dançando com ela, até que a Ellis apareceu. Aí, passamos a obrigá-la a ser nosso par.

As pessoas riem, e eu me sinto sorrir.

— Mas a questão não era dançar. Só reparei mais tarde. A questão era entender todos os jeitos que as pessoas encontram de falar sem usar palavras. A outra língua não era a música nem a dança. Era o que as pessoas dizem entre as palavras. Na nossa família, a gente tem uma tradição de dizer três coisas no aniversário. Passado, presente e futuro. Quem você foi, quem você é e quem esperamos que seja. Mãe, antes, você amava as pessoas ao seu redor. Em silêncio, e sem desculpas. Hoje, você está vendo o quanto nós a amamos. E, no futuro, espero que possamos todos pegar o amor que aprendemos com você e compartilhá-lo com outras pessoas, desses jeitos não ditos — diz ele, e ergue a taça. — Então, mãe, "eu te amo" parece pouco, mas espero que você ouça tudo que eu não disse. Feliz aniversário. Vamos todos brindar à minha mãe, a melhor mulher que já conheci, Sandry.

— Viva Sandry — respondemos todos, bebendo um gole.

Sandry olha para o filho mais velho com amor e, quando ele passa, ela pega o rosto dele com as duas mãos e lhe dá um beijo na bochecha. Agora eu sei por que ela escolheu Dixon.

De repente, Tucker está no microfone. Para o resto das pessoas, ele parece estar bem. Mas eu escuto o *a* um pouco arrastado quando ele diz "Olá".

— Eu queria um minuto para falar da minha mãe, também.

— Tucker — diz Sandry, sorrindo, mas rígida.

— Tudo bem, mãe. Escutem.

Ele pigarreia e alguma coisa na minha barriga se revira. Um pressentimento ruim.

— Eu sou Tucker. O loirinho lindo dos slides que vimos sem parar hoje à noite.

Ele bate no peito como se tentasse arrotar.

Dixon se aproxima de Easton.

— Faz ele parar — sussurra.

Mas Easton está paralisado. Estamos todos.

— Então, uma coisa que nem todo mundo sabe da minha mãe é que ela sempre nos encorajou a fazer as coisas pelas quais somos apaixonados. Dixon. Ele é policial. Um dos mais jovens da delegacia.

Tucker aplaude e a plateia o repete, mas é constrangedor.

— Eu não sou artista, nem combino com a polícia. Nem gosto de estudar, e tal. Mas Easton, meu irmãozinho mais novo, é poeta. Minha mãe lê todos os poemas dele, porque é sua — continua, e faz um barulho de explosão — maior fã, e ela merece crédito por ajudá-lo a ser publicado.

Easton parece dividido entre invadir o palco e pular no lago.

— *Tucker* — diz.

Sandry contorce o rosto, mas o olhar está concentrado em Tucker.

— Na verdade, ela merece pelo menos metade do crédito por todos os nossos feitos. Eu ainda não tenho minha parada, mas, quando tiver, sei que minha mãe me apoiará, como apoiou Dixon e Easton. A poesia dele era ruim. Assim, muito ruim, mas ela continuou encorajando. Porque ela é uma santa.

Há lágrimas nos olhos de Tucker, e a vergonha alheia que sinto dele é insuportável. Dixon está se preparando para se levantar quando a expressão de Tucker muda. Ele enfia a mão no bolso.

— Quer saber? Vou ler o poema que East publicou numa revista, porque é bom.

— *Tucker* — diz Dixon, dessa vez.

Tucker pigarreia...

E o mundo desmorona sob meus pés.

34

— **"Ela disse que amava palavras.**
As colecionava como pedaços de memória, as escondendo nas partes do coração que guardava para si.
Foi só o que restou.
Quando ela se foi.
E levou o ar do meu pulmão.
Quando todos que prometeram ficar se foram.
E disseram entender não entenderam.
Quando a gargalhada se foi.
Quando o sol sumiu do céu.
Eu ainda tinha as palavras.
É tudo que restou.

Escritas em papel escondido em cadernos e caixas e bolsos para desenterrar depois como tesouro escondido.
Deixo papel e tinta falarem, pois ela não fala mais.
Forte.
Mesmo quando ela não pôde sê-lo.
Essas palavras são nossas partes que escondo.
Guardam nosso segredo.

Inspiro e expiro o ar calado.
Sorrio sem idioma.
Digo palavras que não são verdade.

Só as palavras que ela dizia o eram.
Só ela.
Palavras que sinto no fundo das partes de mim que não encontro sem ela.
Palavras que sussurram as partes de mim que mudam alguém.
Arrastam-se atrás de mim como a névoa da manhã na superfície do lago.
Mudam no ar e enfeitiçam.

E são tudo que resta dos sorrisos dourados, dos suspiros doces, da pele de verão cobrindo um coração que bate em poesia.
Tudo que resta de manhãs cheias da luz de mel e de sussurros que me roçam como veludo.
Tudo que resta de iniciais esculpidas em madeira e de pontas afiadas de sonhos enfiados em papel multicolorido com nomes distantes descritos em latitude e longitude.
Passo o dedo nos riscos de tinta das palavras e imagino a boca dela as pronunciando.

Ela disse que amava as palavras
e
foram só o que restou."

35

Easton se levanta.
    Olha para a mesa. Para o chão. Para a mãe. Para o irmão. Para a saída.
    Só não olha para mim.
    E enfim ele se vai, os pés o levando para além das mesas, da casa, de tudo.
    Ben pega o microfone. Dixon olha furioso para Tucker. E não consigo respirar.
    Foram só o que restou.
    Vejo as costas de Easton desaparecerem no escuro da casa.
    Foram só o que restou.
    A dor no meu peito é forte, e tento entender o que aconteceu. O que aconteceu?
    — Obviamente temos muito orgulho de Easton. E de todos os nossos filhos — diz Ben. — Tucker sempre foi bom em encorajar os irmãos. Aprendeu isso com a mãe. É o mais parecido com ela, e sempre diz o que pensa — continua, rindo, e respira fundo. — Quem está pronto para dançar?
    A mão de alguém cobre a minha. É Dixon, cujo rosto está cheio de dó.

Odeio dó. É inútil, mas pior... significa que já perdi. Significa que não posso fazer nada a respeito do que aconteceu. Quero vomitar.

Como ele ousa escrever essas palavras sobre mim? Como ele ousa colocá-las no papel e dá-las para outra pessoa? Para serem lidas por qualquer um que comprar a revista. Palavras que deveriam ser minhas.

Como ousa?

Eu me levanto sem perceber o que estou fazendo e vou atrás de Easton. A casa está escura, mas sigo o caminho sem acender uma luz sequer. A porta do quarto dele está fechada e não sai luz por baixo, mas sei que ele está lá.

— Easton? — Bato, mas não ouço nada. — East — chamo de novo, e uma sensação estranha me encontra.

Ele vai trancar a porta. Ele vai me manter afastada... Giro a maçaneta o mais rápido possível e empurro a porta.

Easton não está trancando a porta; está andando em círculos.

— O que você está fazendo?

Ele mexe os ombros por baixo do paletó.

— O que você quer, Ellis?

Abro a boca, mas não sei o que quero.

— Veio aqui rir da minha cara? — pergunta.

— Rir da sua cara?

Ele arranca o paletó e o joga no chão. Puxa a gravata até estar solta o bastante para tirar pela cabeça, e abre os botões de cima da camisa.

— O que você quer? — pergunta, baixinho.

— Easton.

— Não, não vou fazer isso com você agora. Tucker filho da puta.

Mas ele não se mexe. Para na minha frente, e eu não saio dali. De pés e alma nus.

A voz dele falha ao falar.

— Ontem, você disse que tinha acabado. Que a gente tinha acabado. Aí Tucker lê uma porra de um poema que eu escrevi... séculos atrás, e você *aparece* aqui?

— Você já escreveu faz tempo?

— Escrevi quando... você foi embora. Faz quase um ano.

Tem alguma coisa que ele não diz.

— Quando você mandou para a revista?

Easton dá um passo para trás.

— Foi para um concurso.

— Quando?

— Faz três meses.

Parece tão injusto. Ele pode contar ao mundo que eu o magoei, mas do outro lado do poema está alguém que também ficou magoado.

— Easton, olha para mim.

— Por quê? Para você ver como estou com vergonha? Para se sentir melhor sabendo que também me sinto uma merda?

— Isso não é justo.

— Nada disso é justo, Ellis! Você acabou comigo, porra — diz ele, passando a mão pelo cabelo. — Tenho uns cem poemas iguais a esse que o Tucker leu. — Ele se vira e tira um caderno surrado da mesa. A capa marrom do Moleskine está manchada e gasta. Ele joga o caderno no chão entre nós. — Aqui. É seu.

Não consigo conter as lágrimas.

— Por que você está fazendo isso?

— Você me destruiu quando foi embora, e agiu como se só você estivesse magoada.

— Só eu estava sozinha.

Ele avança na minha direção com fúria nos olhos.

— *Eu* estava sozinho. *Eu* não tinha ninguém.

— Sua mãe. Seu pai. Seu irmão, seus amigos...

— Eu queria *você*. — Os olhos dele se enchem de lágrimas que escorrem pelo rosto, e eu quero secá-las... mas não é mais meu trabalho.

— Eu não queria mais ninguém. Não sabia que quando você fosse... — Ele se engasga nas palavras, mas sou eu que perco o fôlego. — Por que você foi? — sussurra.

— Eu não tive escolha.

Vivemos repetindo a mesma briga com palavras que cercam a mesma dor, de novo e de novo.

Ele engole em seco, com um barulho audível da garganta.

— Era para ficar mais fácil. Não era para ser sempre assim.

— Como a gente para?

Ele aperta a boca em uma linha fina e sacode a cabeça.

— Não sei se consigo. Não sei se quero — diz, passando a língua pelo lábio inferior. — Essa dor é melhor do que nada.

A verdade abre caminho por mim à força. Esmaga meu peito e me obriga a falar as palavras seguintes.

— Easton, não sei como existir sem você. Você é a única pessoa que já me enxergou de verdade. Você... Não sei viver sem você. *Por favor.*

É uma súplica despedaçada. Custa muito mais do que uma palavra deveria custar.

Ele me abraça no segundo seguinte, me puxando junto ao peito.

— El.

Meu nome é um sussurro em sua boca. Ele passa a mão pelo meu cabelo.

— Ellis.

Um soluço quebra a noite. Carrega as palavras que doem.

Foram só o que restou.

Não quero que só reste isso. A camisa de Easton está molhada de lágrimas, que não consigo controlar.

— Por favor, não me abandone — digo.

Todas as minhas emoções estão sufocadas e sinceras. Puxo o colar no meu pescoço. É muito pesado, e eu o tiro.

Sou patética.

Meu coração é uma bagunça rachada, mas, pela primeira vez em muito tempo, é a verdade. Ele acaricia minhas costas e solta uma pequena gargalhada.

— Não tem como eu ir a lugar nenhum em que você não esteja.

Abraço a cintura dele, minhas mãos sob a camisa, e sinto os músculos ali se tensionarem. Levanto a cabeça e passo o nariz na extensão macia do pescoço dele.

— Ellis.

Sem pensar, beijo o espaço sob a orelha dele. A pulsação dele bate frenética e, um segundo depois, ele dá um passo para trás, o peito subindo e descendo enquanto me olha. Pensando. Já vi essa expressão tantas vezes que poderia dizer os pensamentos por ele.

Ele está pensando nisso. Decidindo se deveria me deixar beijá-lo. Decidindo um jeito de me decepcionar.

— Você está errada — diz ele, me interrompendo.

— Como assim?

— O que quer que você esteja pensando, está errado.

— Então no que você está pensando?

Ele solta uma gargalhada curta, com mais frustração do que humor. Seus olhos estão escuros.

— Estou pensando que não é ideal me agarrar com alguém quando tem uma festa rolando lá embaixo. Estou pensando que não ligo se tem ou não uma festa. Estou pensando em todas as coisas que quero fazer com você agora que finalmente estamos sozinhos. Estou pensando que já faz muito tempo que não estamos juntos e não sei se consigo esperar para te levar a um lugar que você mereça. Estou pensando...

Ele não tem a oportunidade de concluir o pensamento, porque grudo minha boca na dele, faminta.

— Não me importo — digo, entre a respiração.

Passo as mãos por ele e amo o som do gemido junto à minha pele.

Easton me empurra contra a porta, o quadril junto ao meu, e eu enrosco a perna na cintura dele.

Ele leva a boca ao meu pescoço, ao meu ombro.

— Estou pensando em como seu gosto é bom. — Meus dentes arranham o maxilar dele, e ele solta um gemido, me apertando com mais força. — Estou pensando em quantas vezes pensei nisso.

Empurro os ombros dele, e ele dá um passo para trás. Easton está destruído. A camisa começou a sair de dentro da calça; o cabelo está desgrenhado, a boca rosada e inchada.

Por minha causa.

Eu fiz isso com ele, e esse fato me deixa ávida. Empurro Easton na cama e subo nele. Com dedos desajeitados, abro os botões de sua camisa, puxando da calça até conseguir passar as mãos no peito dele, que estufa sob meu toque.

— Estou pensando em todos os lugares que minhas mãos podem tocar — digo, e ele levanta o quadril na minha direção.

Eu o empurro de volta e vejo a expressão dele se transformar em prazer e dor.

Olho para ele. Bagunçado e lindo e inteiramente meu neste momento. Só levo um segundo para pegar a barra do meu vestido e arrancá-lo por cima. Volto a me sentar em Easton. O olhar dele poderia encontrar cem lugares diferentes — minhas coxas, meu peito, as curvas da minha bunda. Mas

Easton está olhando nos meus olhos. Esperando. Sou eu quase nua, mas é Easton que está vulnerável. Exposto.

Aberto.

— Eu te amo — sussurro.

Um sorriso lento muda o rosto dele, que tenta esconder, mordendo a boca.

Ele levanta o tronco, abre meu sutiã e leva as mãos aos meus seios. Devagar, desabotoo sua calça e abro o zíper. Ele tensiona o corpo inteiro e, quando me abaixo, leva a mão ao meu punho.

— Você não precisa... não precisa fazer isso — diz.

— Eu sei — digo. — Mas eu quero.

E quando o ponho na boca, ele joga a cabeça para trás com um gemido gutural. Amo a sensação que aquilo me causa. Amo os barulhos que ele faz e amo saber que são por minha causa.

— Para — diz ele, e eu me afasto, voltando a me sentar.

Um segundo depois, ele está por cima de mim. Olhos escuros cheios de desejo intenso me encaram.

— Estou pensando que não quero que a noite acabe assim.

Ele me beija, tirando o resto da calça e o resto das minhas roupas. A boca dele encontra todas as partes do meu corpo, e de repente sei o que ele sentiu meros momentos antes. Completamente à mercê de outra pessoa enquanto meu corpo tenta agarrar um sentimento que não consigo segurar. Como pegar raios de sol.

Ouço o barulho da camisinha sendo aberta, e ele me olha.

— Tem certeza?

— Estou pensando no quanto quis isso — digo para ele, aproximando meu quadril.

E assim nos juntamos, nossos corpos em vai e vém. Ele é cuidadoso e suave, e vejo a preocupação por mim em seus olhos.

Vamos acelerando.

Ele geme no meu ombro, a cabeça encostando ali.

— Ellis — sussurra.

Viro a cabeça para beijá-lo e nossos barulhos se misturam quando ele encosta a testa na minha.

Quando acabamos e começamos a respirar mais devagar, ele afasta o cabelo do meu rosto e abre um pequeno sorriso. É cheio de honestidade.

— Estou pensando em você — diz. — Estou sempre pensando em você.

36

Um mês antes

EASTON

A parte superior do capelo da formatura dela era simples, sem decoração.

Por algum motivo, foi o que mais doeu.

Eu a encontrei na multidão imediatamente. Sentada, olhando para o programa na mão. Ninguém falava com ela, ria com ela. Imaginei como deveria ser. Eu, me aproximando e cochichando alguma coisa engraçada ao pé do ouvido. Ela se esconderia atrás do cabelo escuro e eu o afastaria do de seu rosto. Era para ser assim.

Mas um fantasma estava sentado na cadeira dela. E eu ajudara a criá-lo.

Pensei na minha formatura, na semana anterior. Tinha sido cheia de piadas, brincadeiras e vivas. E família. Não Ellis. Mas cheia o suficiente para a ausência dela não ser o abismo de costume.

Coisas que ela não tinha.

— Merda — sussurrei baixinho.

Uma mulher grisalha sentada ao meu lado na arquibancada me olhou com julgamento e eu murmurei um pedido de desculpas desajeitado.

Era tudo tão... triste.

Meu celular vibrou com uma mensagem de Noah, me mandando uma sequência de fotos.

Noah:
Albrey! Vem pra cá. Agora! O México é top!

Top. Puta que pariu. Noah era um idiota, mesmo que fosse divertido.

A primeira foto era do mar, visto de uma varanda. As outras três eram da suíte que Sara reservara para a gente no resort que os pais dela dividiam. Digitei uma mensagem rápida.

Easton:
Chego daqui a pouco.

Noah:
Você já perdeu dois dias. Corre, senão a gente vai embora sem você!

Esperei sentir a urgência que a mensagem de Noah deveria inspirar. Íamos fazer um mochilão pela costa e deveria ser "a viagem inesquecível". Mas eu não conseguia parar de pensar em outra viagem que deveria fazer. Outra garota com a qual deveria ver o mundo. O anfitrião começou a chamar os sobrenomes com *T*, então fiquei com o celular na mão e esperei chegarem no fim. Quando disseram o nome de Ellis, mal houve aplausos. Ao longe, ouvi a tia dela e Tucker gritarem. Berrei o mais alto que consegui. Ellis subiu para o palco de costas para mim. O capelo escondia a maior parte do rosto.

Até que ela se virou.

Ellis Truman, com os cantos da boca mal levantados, esperou um homem que não conhecia entregar um pedaço de papel e lhe dar parabéns.

Mesmo a distância, ela ainda estava estonteante. Tirei uma foto quando ela levou uma das mãos ao capelo e olhou momentaneamente para o céu. Ellis era sempre linda, e me fazia perder o fôlego. Ainda mais ali. Esfreguei o peito, em cima do coração.

Ela voltou a se sentar e eu olhei para a foto que tirara. Sentia que não a via fazia mais de uma vida. Passei o resto da chamada olhando a foto, até...

— Ora, ora, *ora*.

Era a voz de Tucker. Levantei a cabeça correndo, arregalando os olhos.

— Você não deveria estar no México, irmãozinho? — perguntou.

Procurei um comentário sarcástico, alguma coisa para disfarçar ter sido pego. Tucker me substituíra na vida de Ellis, e tudo que eu sentia por ele era complexo e envolvia algum tipo de dano contra sua pessoa. Eu nunca iria perdoá-lo. No entanto, mais do que rancor, o que eu sentia era o direito de estar na formatura da *minha* melhor amiga. Mesmo que ela não falasse mais comigo.

— Eu quis vir.

Meu irmão levou a mão ao meu joelho e o apertou.

— Fico feliz que você tenha vindo.

A gentileza dele parecia errada. Fiquei ali sentado, aliviado por ele entender por que eu estava ali, e ao mesmo tempo com raiva por ele ser tão generoso.

— Ela vai ficar feliz de te ver — falou. — Mesmo se fingir que não está.

— *Não* — falei, rápido, como um tiro de bala. — Eu não... Não... Ela não precisa saber que estou aqui.

Tucker franziu as sobrancelhas.

— Como assim?

Eu tinha atravessado o país de avião para evitá-la. Soava ridículo. Eu sabia.

— Eu só queria ver Ellis se formar. Eu queria... Não preciso vê-la...

Sem mim. Não queria concretizar a realidade de tudo que Tucker substituíra. Não queria procurar o que ele não fizera, me perguntando se ainda havia espaços esperando para serem preenchidos por mim.

Tucker fechou os olhos e soltou um suspiro pesado pelo nariz, como se eu estivesse sendo absurdo. Eu queria socá-lo.

— Você deveria falar com ela, East.

Nunca iria acontecer.

— Não diga para ela que estou aqui — falei. — Por favor — acrescentei.

Eu odiava precisar implorar ao meu irmão por alguma coisa ligada a Ellis.

Ele estalou a língua, como se estivesse decepcionado.

— Vai ter muita importância você ter vindo.

O medo de vê-la e não ter "muita importância" me manteve na arquibancada. Eu ainda não podia reconhecer a verdade: eu e Ellis éramos pessoas que *não* tinham mais muita importância na vida um do outro.

Da arquibancada, a vi ao canto da multidão, Tucker se aproximando. Ela era como uma flor se virando para o sol quando ele chegou. Eles tiraram selfies e ela sorriu, mas não era o sorriso de verdade.

Tucker não a fazia feliz. Eu não sabia se gostava daquilo ou se me sentia ainda pior.

A tia dela apareceu e lhe deu um beijo. Ellis fez uma careta, porque odiou.

Meu celular vibrou. Era Tucker.

Tucker:
Você não vai descer mesmo?

Easton:
Não.

A resposta era simples, e esperava que ele entendesse. No entanto, vi os pontinhos da digitação.

Tucker:
Que voo caro só pra espiar a Ellis que nem um stalker.
Você deve ter ganhado mais dinheiro do que eu de presente de formatura.

Ele estava me provocando. Ignorei aquela merda. Não valia a pena.

Tucker:
Na real, você tá sendo um bebezão. Vocês dois merecem mais do que isso, você sabe muito bem. Vamos estar na praia se você decidir parar de criancice e quiser dar parabéns para a Ellis pessoalmente. Covarde do caralho.

Eu preferia me golpear na cara com uma faca de manteiga a ver eles dois na praia. A segurar vela em uma amizade que não tinha espaço para mim.

Mordendo a bochecha para conter meus pensamentos, abri o aplicativo para pedir um carro para o aeroporto. Se eu estivesse lá, não sentiria tentação de ver Ellis.

No carro, fiquei olhando o Instagram enquanto seguíamos pelo viaduto. A foto de Ellis e Tucker apareceu e cliquei no perfil dele. A maioria das fotos era deles dois, ou só dela. E eram todas lindas. Tucker sempre fora bom fotógrafo. Eu estava havia tempo demais olhando uma foto de burritos na praia quando recebi uma mensagem de Sara.

Sara:
Tudo bem?

Easton:
Indo embora agora.

Sara:
Você a viu?

Sara sabia por que eu tinha ido a San Diego. Era a única pessoa, além da minha mãe, para quem eu contara.

Easton:
De longe.

Sara:
Não falou com ela?

Easton:
Dessa vez, não.

Fez-se uma pausa abrangendo toda a decepção dela, seguida por uma mensagem.

Sara:
Que pena. Sei que você queria vê-la.

Eu odiava ver meus sentimentos refletidos na mensagem. Passei pela segurança do aeroporto para chegar ao terminal. Tirei os sapatos, o celular e a carteira do bolso. A bandeja de plástico onde os coloquei era azul e me lembrou das bacias que usavam na cadeia.

Se Tru tivesse feito outra escolha, será que eu e Ellis estaríamos na Europa naquele momento? Estaríamos juntos, em vez de eu me esconder em um aeroporto e ficar olhando a foto dela que nem um doido?

Arrumei minhas coisas do outro lado da segurança e achei um lugar perto da janela, colocando os fones de ouvido. Lá fora, a pista foi ficando escura conforme o sol sumia, e não consegui conter minha própria decepção.

Ela tinha se formado, e Tucker era o único Albrey presente. Será que ele bastava para ela? Será que ela pensara na gente? Em mim? Talvez ela tivesse mesmo superado. Talvez...

O celular vibrou na minha mão.

Número bloqueado.

Meu peito bateu em um ritmo errático, porque eu sabia quem era. Ellis.

— Alô?

Ela não falou; os únicos sons eram a respiração e um ou outro suspiro, que parecia conter lágrimas.

Ellis não me queria na formatura, mas tinha me ligado.

Eu me senti tão vitorioso quanto na primeira vez que ela me ligara depois de ir a San Diego.

Eu tinha passado muitas noites ouvindo Ellis respirar do outro lado do telefone. Doía toda vez, porque ela nunca atendia minhas ligações. Mas aquilo eu podia ter. Nós dois, sem falar, mas existindo.

Esperei ela dizer alguma coisa. Gritar. Brigar. Qualquer coisa. O anúncio no aeroporto informou que meu voo ia embarcar em poucos minutos, e, por um momento, eu achei que teria que escolher entre pegar o avião para o México e ficar no telefone com ela. Mas ela desligou primeiro, o choro abafado finalmente acabando. Era melhor assim.

Porque eu sempre escolheria Ellis. Todas as vezes.

37

O mapa na parede de Easton tem todos os mesmos alfinetes da última vez em que estive diante dele. Coloco o vestido e olho para eles de novo, me sentindo triste. Cada um é a perda de uma aventura com a qual sonhei. Planos vermelhos, azuis e verdes, agora só pinos de metal.

Easton me entrega um copo d'água e deita na cama ao meu lado. Toco a lateral do copo, olhando para o alfinete azul no Marrocos. Ele beija meu ombro exposto, rápido e gentil.

— Eu nunca tirei daí — diz, declarando o óbvio.

— Por quê?

Não digo: *Você foi sem mim*. Não digo: *Você vai para a* NYU. Não digo: *Isso ainda dói*.

— Eu só... É melhor do que...

Entendo, em um nível estranho.

— Você ainda tem o caderno? — pergunto.

Easton faz que sim com a cabeça e pega o caderno da escrivaninha. Aparentemente eu não o vira quando procurei o colar no quarto. Minha letra bagunçada em tinta roxa cobre a seção de *Matéria*. Papéis e fotos impressas da internet saem lá de dentro, se soltando de páginas em que foram grudados com fita ou cola bastão.

Abro o caderno e ouço a lombada estalar. *Itinerário* é a primeira coisa que vejo.

1 de junho: ida para a Inglaterra.

Passo os dedos pelas palavras.
— Estamos atrasados — diz Easton, atrás de mim.
Minha garganta aperta e contenho uma resposta irritada.
— Não vamos mais.
— Por que não?
— Como assim? — pergunto, franzindo a testa, pronta para a lista. — Você foi sem mim. México está na lista.
Não digo *nossa lista*.
— Fui a Cancún — diz, abrindo na página do México. — Você queria ir à Cidade do México. E teve toda uma reclamação a respeito de pontos turísticos que estragam Chichén Itzá. Por que não podemos ir?
Faço um ruído.
— *Te amo* — diz, em espanhol, e passa os dedos na parte macia da minha barriga. — É melhor que olá e obrigado.
Ele pega a água da minha mão e bebe um gole demorado.
— Podemos ir — insiste.
Eu rio, mas sinto a esperança começar a crescer.
— Claro.
— Estou falando sério — diz, se sentando na cama, e o ambiente ainda cheira a nós dois. — Ainda podemos ir.
— Easton. Para. *Eu* estou falando sério. — Como ele ousa me provocar assim?
— Ellis — diz junto a meu pescoço, e contenho um calafrio. — Eu iria hoje se você quisesse. Podemos seguir o itinerário.

Reviro os olhos involuntariamente e dou um soquinho na barriga dele.

— Cala a boca. Eu queria mesmo ir. Você não é engraçado.

Ele olha para o mapa e solta um suspiro que eu consigo sentir.

— Antes, você morava em Indiana e sonhava com o oceano. Agora, você mora em San Diego e já pisou no Pacífico. Espero que, no futuro, você pise em todos os oceanos da Terra.

Três coisas. Mesmo que não seja meu aniversário. Enfio as unhas nas palmas das mãos.

— Você vai para a NYU, eu vou para a UCSD.

Ele faz um barulho de concordância e acaricia meu ombro em círculos pequenos.

— Eu tenho a documentação para adiar a matrícula.

— Você... tem o quê?

A expressão dele me diz que está tentando ser paciente.

— Sinceramente, não sei como explicar isso de novo. Eu me inscrevi na NYU porque, quando ganhei o concurso da revista, a taxa de inscrição ficou de graça, mas a primeira coisa que pesquisei foi como adiar.

— Você pesquisou — repito em tom seco.

— É isso que estou tentando dizer. Sempre foi o plano. A gente adiaria a matrícula. Achei... — diz ele, e dá de ombros, olhando para o mapa. — Olho para esse mapa há dois anos. Claro que quero ir.

Solto uma pequena gargalhada.

— Quando a gente...

— A gente pode ir. Agora. Jogar as coisas na mala e... ir.

Minha cabeça está a mil. Tento dar um jeito de tornar isso possível.

— Mas sua mãe... sua família toda está lá embaixo.

Ele abre um sorriso diabólico.

— Temos dezoito anos. Este é nosso verão. Nosso *último* verão de verdade, as últimas férias antes da faculdade. E falamos disso há anos.

Estou começando a pensar nos passos que teria que tomar para ir embora com Easton imediatamente. Fazer a mala, pegar o passaporte, comprar uma passagem, ir ao aeroporto. São surpreendentemente poucos.

— Ainda tenho todo o dinheiro que economizamos. E o que ganhei de formatura.

Leio o itinerário.

— Estamos muito atrasados.

Ele dá de ombros.

— Eu já não queria ir a lugares onde falam inglês, de qualquer jeito. É chato se não acharem minha incompetência fofa.

Minhas mãos estão tremendo, então as ponho debaixo do cobertor.

— Easton.

— Se formos agora, ninguém pode nos mandar não ir. Ninguém pode nos impedir, dizer que somos idiotas ou que devemos esperar. Se formos agora... iremos de verdade.

Quero tanto isso que meu peito chega a doer de esperança.

— Tem certeza de que quer? — pergunto.

— *Você* quer? — retruca ele.

Que pergunta ridícula.

— Quero — digo.

Ele dá de ombros.

— Então vai arrumar suas tralhas.

O sorriso que brota em meu rosto é irrefreável. É... felicidade.

Atravesso o corredor até meu quarto. Os sons da festa entram flutuando no quarto. Lá embaixo está Tucker. Dixon. Ben.

Sandry.

Quero me despedir. Não quero que seja que nem da última vez, quando fui a San Diego, porque desta vez é diferente. Estou indo embora, mas escolhi ir. A decisão é minha.

Debaixo da cama está a caixa que trouxe de San Diego. O verdadeiro presente que tenho para Sandry. Todas as cartas que ela me escreveu. Estão todas arrumadas em ordem cronológica, e, entre os envelopes cor de marfim com selos, estão folhas de papel.

Em cada uma, uma resposta para ela.

Algumas escrevi na aula. Outras, nos intervalos. No meio da noite, com lágrimas nos olhos, me perguntando o que fizera para merecer meu exílio. Se eu poderia merecer um retorno aos Albrey.

Agora sei que eles estavam procurando jeitos de *me* merecer de volta.

Pego um papel e escrevo uma última carta. Dobro ao meio, escrevo o nome dela e deixo em cima da caixa.

Depois de enfiar tudo que tenho na mala, troco o vestido por uma calça e uma camiseta larga. Quando Easton entra, ele sorri.

— O que é isso? — pergunta, apontando para a caixa.

— É para sua mãe.

Easton olha para a caixa e reparo que reconhece as cartas. Ele sorri, mas não faz nenhuma das perguntas que vejo em seu rosto. Em vez disso, faz outra:

— Pronta?

Engulo em seco. Não estou, mas nunca estarei pronta para Easton. Nunca poderia estar plenamente pronta para algo que parece engolir o céu em cada inspiração.

— E seu pai? Sua tia?

Dou de ombros.

— Somos eu e você.
Ele pega minha mão e entrelaça os dedos.
— Nunca quero te soltar de novo.
— Tudo bem — digo, e o levo para fora do quarto.

Enquanto eu e Easton nos afastamos de carro da casa amarela com detalhes brancos e luzes que iluminam o amor que vive entre as paredes, ele segura minha mão. Finalmente noto uma coisa tão óbvia que quase me faz rir. Eu nunca pertenci aos Albrey. Eles sempre pertenceram a mim.

— No que você está pensando? — pergunto uma última vez.

— Estou pensando que isso é o que sempre deveria ter acontecido — diz, beijando minha mão. — No que você está pensando?

— Estou pensando que antes tarde do que nunca.

Ele ri. Eu rio.

E, pela primeira vez em muito tempo, me digo que tudo bem estar feliz.

Porque é isso que estou.

Feliz.

38

Querida Sandry,
    Nesta caixa estão todas as cartas que você me escreveu. Peço perdão por não ter mandado respostas. Você verá o motivo ao ler a primeira. Eu estava com raiva. Às vezes, ainda estou. E, outras vezes, só estou triste. Mas, principalmente, eu estava confusa. Sabia por que você me mandara embora. Mentalmente sabia, mas não no coração.
    Voltando para cá, vejo tudo que esqueci. Lembro como é morar em um lugar onde o amor é tão forte que parece inescapável.
    Tucker levou esse amor consigo para San Diego. Ele nunca duvidou que você o amava, ou me amava. Mas eu não levei. Deixei todo o amor aqui. Ao voltar, lembrei aos poucos. E não estou mais chateada.
    Pelo menos não o tempo todo.
    Espero que, ao ler estas cartas, você preste atenção naquelas que falam do meu dia, da minha vida. Não nas que dizem coisas com raiva e frustração.
    Quero dizer uma coisa que nunca cheguei a te dizer, mas deveria ter dito.

Obrigada por me amar. Eu sei que, quando apareci, você só estava cuidando da filha de Tru. Mas ainda me lembro do dia em que percebi que você me amava. Só eu.

Estávamos sentadas no píer. Você tomava uma taça de vinho e eu, um sacolé de morango. Foi o ano em que Ben fazia sacolé sem parar. "The Boxer", de Simon & Garfunkel, tocou no rádio e você me disse que era a música preferida do seu pai. Falou de que seu pai tivera uma vida difícil, mas que ele fazia questão que todo mundo em casa soubesse que era amado. Ficamos sentadas ali, juntas, ouvindo a música e olhando para a água, até você se virar para mim e dizer: "Um dia você vai entender que o lar não é feito de paredes e telhado, mas de um sentimento. E que você pode escolher quem mora lá."

Eu nunca senti que tinha um lar. Ainda não sinto que tenho o tipo de lar que tem paredes, mas foi naquele dia que eu soube que você me escolhera.

Eu te amo, Sandry. Obrigada por me amar do melhor jeito que soube, e peço desculpas por nem sempre reconhecer o sentimento.

Com amor,
Ellis

Epílogo

EASTON

Mãe
Você precisa pelo menos confirmar que leu essa mensagem. Dixon quer comunicar seu desaparecimento à polícia.

A mensagem da minha mãe é típica.

Meio preocupada, meio irritada por ter que aguentar outras pessoas preocupadas.

Daqui a pouco, terei que ligar para ela e dizer onde estou. Ouvir ela gritar comigo por ter ido embora, mesmo que eu ouça na voz dela o orgulho por termos ido. Ela me dirá que é bom eu não atrapalhar a inscrição na faculdade, mesmo sabendo que eu já me certifiquei disso. Minha mãe vai garantir que eu e Ellis preenchamos os documentos certos, mesmo que ela já os tenha mandado para meu e-mail três vezes.

Porque *Eu não me esforcei desse jeito para vocês se esquecerem da faculdade* — é uma citação direta.

E vou ligar.

Mas, agora, esses momentos são só para mim e para Ellis. Ela está quieta hoje de manhã. Cabelo castanho caído no ombro exposto, olhando para as belas pessoas italianas andando pela rua na frente do nosso albergue. Ela olha para a multidão e encosta o queixo nos joelhos, os abraçando junto ao peito.

— O que está se passando aí no seu cérebro? — pergunto, tomando um gole de expresso. Estranhamente, sinto saudade de café coado.

Ellis respira fundo, como se pudesse se livrar daquele peso com um suspiro.

— Estava pensando nessa gente toda. Indo trabalhar, ou estudar, ou fazer o que quer que façam da vida. Eu me sinto... Não esperava que tudo fosse me afetar tanto.

Faço que sim com a cabeça, como se entendesse. Não entendo, mas Ellis é assim. Tenta dar jeitos de se encaixar no mundo que vê. Ela se mede em comparação com tudo que sabe ser verdade, e categoriza cada versão que tem.

— Você não concorda. — Ela sorri. Eletriza minha pele como um raio.

Eu não esperava que *ela* fosse me afetar tanto. Fecho a mão na mesa para não tocá-la. Ela me torna guloso. Odeio ter passado tanto tempo sem tocá-la quando podia.

O olhar dela se ilumina, como se lesse meus pensamentos, e ela toma um gole do meu expresso.

— É meu — digo, sem ânimo.

Ela inclina a cabeça de lado e estreita os olhos, brincalhona. Não consigo respirar. Meu pulmão dói só de olhar para ela. Com o celular, tiro uma foto. Olhos suaves, sorriso iluminado. Vulnerável e aberta. É uma expressão que ela reserva para mim. Que é só nossa.

Ela respira fundo outra vez e volta a olhar as pessoas que passam.

— É... muito.

— O quê?

— Isso tudo. Os lugares. As pessoas. Tudo. Você nunca sente que nunca conseguirá fazer tudo? Ver tudo?

Sim.

— Não.

Ela revira os olhos.

— Às vezes fico deslumbrada com... quanta vida existe por aí — diz ela, e abaixa a cabeça, tímida. — Não estou me explicando bem.

Mas eu sei o que ela quer dizer. É o que sinto com ela. Um deslumbramento constante. Sou completamente viciado nela. Apenas.

Nas férias antes do nosso último ano de escola, semanas antes de ela ser mandada para a Califórnia, fui aceito em um programa de escrita que durava uma semana. Deram uma festa para os alunos e as famílias. Professores e ex-alunos conversavam sobre suas conquistas e faziam perguntas sem parar. Eu me lembro de estar ali, no meio da multidão, conversando com desconhecidos sobre poesia e literatura. A sala era barulhenta demais. Tinha gente demais. Era tudo demais.

Até que...

De repente, vi Ellis. Ela estava afastada, com um sorriso no rosto, e eu não me sentia mais prestes a me afogar.

Ela me disse:

— Você parece perdido.

Eu fiz uma piada, mas a verdade era, e ainda é, que estou sempre perdido sem ela.

Tiro outra foto dela olhando pela janela e decido que é a que mostrarei para as pessoas. Escrevo uma legenda curta e publico.

Alguns segundos depois:

@duckertucker comentou na sua foto: Bela legenda, cuzão. Para de usar minha modelo.

E aí:

@Dixon123: Liga para a mamãe ou te mato.

Sorrio e, por um segundo, sinto saudade deles. E aí passa. Releio a legenda e sei que escolhi certo.

E eu estou pensando
Nela.

Agradecimentos

Se você chegou até aqui, imagino que tenha acabado o livro. Você está segurando meus sonhos em papel, tinta e prosa. Nunca, nunca deixarei de sentir o peso disso. Minha gratidão por você é INFINITA.

Um enorme obrigada a Sarah Landis. Sua confiança neste livro, e em mim, torna minha gratidão imensurável. Obrigada por sempre segurar minha mão e apagar os incêndios.

A minha editora fabulosa, Erica Sussman. Seu amor e crença nesta história são um sonho realizado. Você tornou este livro melhor. Você me torna uma escritora melhor.

A Stephanie Guerden, obrigada, obrigada, obrigada por me incentivar, fazer perguntas e pelos gifs. É muita sorte trabalhar com você.

À maravilhosa equipe: Mitch Thorpe, Shannon Cox, Alexandra Rakaczki e Vanessa Nuttry, obrigada por ajudar a concretizar meus sonhos.

David: te dediquei este livro porque sou obcecada por você. E também porque você acreditou em mim o tempo todo, mesmo em dias em que eu não acreditava. Sou muito sortuda por ter encontrado alguém que me ama do jeito certo.

A meus filhos, Talon, Everlee (Bev), Coco e Marlowe. Vocês são meu primeiro público. Minha maior alegria é vocês ouvirem minhas histórias e inventarem suas próprias. Só sou a escritora que sou por causa de vocês. Obrigada por sempre dizerem que sou sua mãe preferida.

Mãe. Toda minha força, coragem e determinação vem de você. Se uma pessoa pior tivesse me criado, eu já teria desistido deste sonho há muito tempo.

Papai, você está lendo do céu, mas sei que está orgulhoso. Obrigada por sempre me encorajar a ler. Obrigada por sempre acreditar no impossível por mim. Queria que você estivesse aqui para ver isso mais do que qualquer outra coisa. Como você ousou morrer e perder isso? Completamente ridículo.

Tenho a família mais incrível, e minha gratidão por ela é eterna. Minda e Chris, vocês fazem todos seus filhos (inclusive eu) sentirem que podemos fazer qualquer coisa. Para os irmãos, partes de todos vocês estão nos Albrey. Obrigada por serem os melhores irmãos que uma garota poderia ter. Para as irmãs, sou inacreditavelmente abençoada por poder ser criativa junto às pessoas mais talentosas, generosas e amorosas que conheço. Vó — mulheres fortes vêm de mulheres fortes. Obrigada por criar aquela que me criou. Beam — obrigada pela fé e pela generosidade que mostrou para com minha escrita. Estou aqui por causa das sementes que você plantou.

Julie Juju Lint (e Katie) — vocês cuidaram dos meus filhos por muitas noites para que eu pudesse escrever. Minha conta está muuuuuito cara depois de vinte anos de amizade.

Tianna Radford, Morgan Fischer, Lisa Walker, Jacki Jenkins, Christy Decelle, Lacey Ravera, Annette Reece. Não há nada como nossas primeiras amigas. Nada como as pessoas que nos veem crescer, mudar e se tornar diferente, e ainda nos lembram de quem fomos. As pessoas para quem não precisamos explicar a vida, porque estavam lá. Amo vocês, meninas. Amo as histórias que contamos e como rimos. Amo quem sou por causa de vocês.

E Lacey — obrigada por ler este livro. Obrigada por me enxergar nele e entender a importância dele para mim. As piranhas mais gostosas e potrancas de Tonsai. Foi mal por aquela vez que espirrei na sua boca na Costa Rica.

Heather Petty — obrigada por ler no começo. Seu coração sombrio é meu preferido. Maura Milan — obrigada por me encontrar naquela festa e fazer eu me sentir importante. Patricia Riley — minha primeira leitora que disse amar meu livro. Jenn Wolfe — sou muito grata por seu entusiasmo e generosidade. Sona Charaipotra — muito obrigada pela generosidade e encorajamento sem fim. E para minha família Clubhouse: Melody, Taj, AJ, Inez, Hannah, Alex — obrigada pelas conversas, distrações e motivações. Harper Glenn — obrigada pelo amor, apoio e amizade. Patrice Caldwell — nunca saberei dizer o quanto agradeço pelo seu conselho. Akshaya Raman — amizade de crise para a vida toda. Penso muito no jantar em que nos conhecemos e, CACETE, que orgulho da gente! Sério. Alexandria Sturtz — obrigada por responder a uma esquisitona que te mandou mensagem aleatoriamente. Obrigada por me apoiar, encorajar, amar. Sua vez está chegando.

Stephanie Brubaker — sua amizade é um dos melhores presentes que já recebi. Tudo de inteligente que falei neste livro provavelmente me foi dito por você. Eu te amo.

Lyndsay Wilkin, Joanna Rowland, Jenny Lundquist, Tamara Hayes — o melhor grupo de amigas escritoras nesse ramo.

Shannon Dittemore, você é o motivo de eu estar aqui. Amo sua generosidade, sua amizade, seu cérebro. PARA SEMPRE.

Stephanie Garber, sinto que nunca paro de dizer o quanto eu te amo e admiro como pessoa e colega. Muito obrigada por sempre me animar e por ser um exemplo tão impressionante de gentileza genuína em uma indústria que às vezes esquece o valor dessas coisas. Isabel Ibañez — obrigada por aquele primeiro retiro. Obrigada por pacientemente esperar eu notar que você estava certa. Eu te amo. Rachel Griffin — sou eternamente grata por conhecer alguém tão encorajadora, maravilhosa e generosa. Obrigada por todo discurso motivacional e mensagem de apoio. Foi o que me manteve sã. Diya Mishra — amo o fato de você entender este livro. Entender o clima. Me entender. Honestamente, mal posso esperar para você me xingar nos seus agradecimentos. Eu mereço. Adalyn "Addy" Grace — minha gêmea. Obrigada por sempre ser tão generosa comigo, por acreditar em mim e por ler o livro da sua irmã, mesmo que não tenha sangue. Sua cara de má é forte, e seu coração, suave. Shelby Mahurin — obrigada por sempre responder minhas perguntas incessantes, pelo humor ácido hilário e pelo coração compassivo. Jordan Gray — não tenho palavras suficientes para descrever a importância da sua amizade, do seu conhecimento, dos seus livros, e dos seus comentários generosos. Mal posso esperar para ler meu agradecimento no fim do seu livro.

Sasha Peyton Smith — você é uma dádiva. Amo o fato de você ter me mandado um documento enorme sobre SVT que me impediu de escrever (porque temos prioridades).

Emily Wibberley e Austin Siegemund-Broka, Jenna Evans Welch, Rachel Lynn Solomon, Stacey Lee, Ashley Woodfolk, Elise Bryant, Robyn Schneider, Kami Garcia — obrigada por lerem e, sem obrigação, dizerem tantas coisas incríveis sobre um livro.

Courtney Summers — por dizer "Você vai ser boa nisso" e por sempre torcer por mim.

Victoria Van Vleet e Bill Povletich — o universo sabia o que estava fazendo quando mandou vocês se sentarem ao meu lado naquela SCBWI.

D. J. DeSmyter — você é um amigo incrível, e seu apoio e encorajamento sempre fez eu me sentir mais legal do que sou e mais inteligente do que deveria ser. Obrigada por se sentar comigo no chão e falar de história e magia.

Axie Oh e Erin Rose — amo vocês me deixarem fingir ser maneira o bastante para acompanhar vocês nos encontros de escrita. Amo como vocês são gentis e oferecem encorajamento e apoio às pessoas que amam.

Gretchen Schreiber — como colocar em palavras a sua importância? BOM, que tal "You're so lovely, I'm so lovely, we're so lovely, lovely, lovely". Eu te amo no nível Jimin--caindo-das-cadeiras-de-tanto-rir-e-se-jogando-no-colo-de--alguém-bebendo-champanhe-dança-de-Black-Swan-andar-perfeito.

Susan Lee — você é uma das melhores coisas do mercado editorial. Obrigada pelas conversas longas, pelas gargalhadas, pelos papos sobre K-dramas. Obrigada pela amizade, pelo amor e pelos pacotes de lanches coreanos bem quando eu precisava.

Amy Sandvos — seu amor é um presente. Seu apoio, sua fé e seu encorajamento, mesmo em dias em que eu não acreditava, têm mais importância para mim do que você jamais saberá.

Mara Rutherford — minha mentora e amiga. Obrigada por sempre me tratar como parte da galera descolada, por ler minhas histórias, por me encorajar; sua amizade generosa é um PRESENTE.

Kate Pearsall — você sabia. Para nós duas. Sabia que 2020 era o ano. Aí pegou fogo... mas ainda foi "o ano". Te amo, amiga.

Kara Richard — fico tão agradecida por você ser estranha do mesmo jeito que eu. Obrigada por fanfics sem fim que me lembraram de todas as minhas partes preferidas de histórias. Borahae.

À equipe ACOBAF — Alex, Ginger, Kelsey (que organizou sozinha a revelação de capa), Meghan e Chelci. Vivo pelas suas conversas sobre os meninos. Suas brigas me dão vida.

Joseline Diaz — obrigada por sempre se oferecer para me apoiar. Seu *blurb* é MUITO importante para mim.

Isabella Ogblumani — obrigada por entrar em contato com uma desconhecida e pedir para ler.

Rick e Beth — tanto da jornada dos Albrey tem a ver com o significado de família. Fico tão feliz por ter aprendido tanto disso com vocês. Com amor, Baby Mama #2.

Vanessa Del Rio e Natalie Faria — obrigada por... *aponta para tudo* literalmente todas as coisas. Natalie Eiferd — obrigada por me ensinar a escrever.

À minha família BTS: Diana Jeon Phang, Kara, Maddy S., Malory, Alexa, Gretchen, Alex e Kalley. Obrigada por sempre me lembrar 1000 milhões e trilhões de vezes de vendas, participações e shows. Fico muito feliz de ter conhecido vocês.

A Joel, Ethan, Sigh, Fin e Roo. Joel, obrigada pelo café mágico (que você faz melhor que Adrienne) e pelo apoio e torcida. E às crianças, obrigada pelas horas de ver vocês crescerem e sonharem. Pedacinhos de vocês estão espalhados por todas as minhas histórias. Amo vocês.

Quero agradecer a Namsan Tower e às pessoas que deixam os nomes escritos em cadeados do amor. Se lugares têm energia, esse lugar é cheio de amor, dor de cotovelo, coragem e inspiração. Aqueles minúsculos cadeados são impregnados de esperança e cuidam como sentinelas de uma cidade cheia de gente. Carreguei muito desse amor para casa e o pus neste livro. Então, obrigada.

E nenhum agradecimento ao K-pop (especialmente ao BTS). ESCREVI ESTE LIVRO APESAR DO SEU CANTO DA SEREIA ME ATRAINDO À COSTA ROCHOSA DA FALTA DA PRODUTIVIDADE. Mas muito agradecimento ao ARMY (e muitos outros fandoms). Quando escrever parecia difícil, vocês me ajudaram a rir, me emocionar e chorar.

E, finalmente, para Adrienne Young.

Este livro nem existe sem você. Eu nunca teria concretizado meus sonhos sem você segurar minha mão incessantemente, me encorajar agressivamente e, de forma geral, acreditar em mim. É o único motivo para ser possível segurar este livro e ler estes agradecimentos. Você sabia que era esse. Você leu todos os capítulos enquanto eu escrevia e passou horas planejando enredo, tendo ideias e me levantando do chão quando eu dizia coisas do tipo "este livro é um porre" e "nada acontece". E sim, sim, você estava certa. O livro é este. Sou madura o suficiente para admitir. Mas certamente não sou madura o bastante para me desculpar pelo Harry Potter World. Na torcida por muito mais livros para você supervisionar. E agradecimentos onde fingimos mal nos conhecer. Você é minha melhor amiga, minha referência de escrita, minha faladora de verdades e minha maior fã. Eu te amo tanto que às vezes te odeio.

**Confira nossos lançamentos,
dicas de leituras e
novidades nas nossas redes:**

🐦 editoraAlt
📷 editoraalt
📘 editoraalt
🎵 editoraalt